ro
ro
ro

Jessica Fox wurde 1972 in London geboren. Während eines Urlaubs in Cornwall lernte sie einen Fischer kennen, in den sie sich unsterblich verliebte und den sie wenig später heiratete. Seitdem lebt Jessica Fox in Cornwall, unterrichtet dort Medienwissenschaften und schreibt Romane. Ein zweiter Band ist bereits in Arbeit.

Jessica Fox

Leider schon vergeben!

Roman

Deutsch von
Julia Walther

Rowohlt Taschenbuch Verlag

Die Originalausgabe erschien 2009
unter dem Titel «The Hen Night Prophecies»
bei Little Black Dress/Headline, London.

Deutsche Erstausgabe
Veröffentlicht im Rowohlt Taschenbuch Verlag,
Reinbek bei Hamburg, August 2010

Umschlaggestaltung any.way, Hannah Krause
(Foto: ST Leng/Eastnine Inc./Getty Images)
Satz Quadraat PostScript, InDesign,
bei Pinkuin Satz und Datentechnik, Berlin
Druck und Bindung CPI – Clausen & Bosse, Leck
Printed in Germany
ISBN 978 3 499 25366 9

Für Pat Farrell

Kapitel eins

»Mist!«

Fern Moss sah sich erschrocken nach dem Auto neben ihr um. Sie hatte sich den Kopf verrenkt, um zu erkennen, ob die Getränkehandlung noch offen hatte, und gar nicht gemerkt, wie nahe sie dem glänzenden roten Blech gekommen war. Seitwärts Einparken war noch nie ihre Stärke gewesen, und ihr betagter VW Käfer hatte natürlich keine schicke Servolenkung, sodass erst ein grässlich knirschendes Geräusch Fern auf seine verhängnisvolle Zuneigung zu einem Mercedes aufmerksam machte.

«O nein!» Fern versuchte, auf die Bremse zu treten, als sie mit ihrem Plateaustiefel abrutschte und stattdessen auf dem Gaspedal landete. Ein unschöner Ruck nach vorn machte ihr Auto zum stolzen Besitzer dreier Seitenspiegel, von denen einer mit Elektronik ausgestattet und damit erheblich teurer war als die beiden anderen.

«Verdammt! Verflixt und zugenäht!» Vor lauter Verzweiflung ließ Fern die Stirn auf das Lenkrad sinken. Ade, Schadenfreiheitsrabatt! Hallo, wütender Mercedes-Fahrer!

Vielleicht sollte sie immer erst ihr Horoskop lesen, bevor sie in diesem Jahr auch nur einen Fuß vor die Haustür setzte. In Ferns Leben ging nämlich gerade einiges schief. Seb hatte sie verlassen, und er würde sicher nicht zurückkommen. Nein, falsch: Seb hatte sie verlassen, und Fern würde *ihn* nicht mehr zurücknehmen. Egal, wie leid es ihm angeblich tat und wie oft er beteuerte, dass Vanessa ihm überhaupt nichts bedeutet hatte und er doch eigentlich Fern liebte! Es war vorbei. Da konnte er so oft anrufen und SMS schicken, wie er wollte. Sie würde sich nicht umstimmen lassen.

Fern würgte den Motor ab und atmete tief durch. Ihr Seelenleben glich einer offenen Wunde, und jedes Mal, wenn sie sich Seb und Vanessa zusammen vorstellte, kam es ihr vor, als zöge jemand einen Stacheldraht durch ihre Eingeweide. Wie sollte sie je über diesen Verrat hinwegkommen? Ihr war immer noch zum Heulen zumute, wenn sie daran dachte, dass sie nie wieder in der Kneipe mit Seb über einen Insider-Scherz lachen, nie wieder ihre Finger durch seine seidigen schwarzen Haare gleiten lassen oder sich abends an ihn kuscheln würde. Aber deshalb würde sie doch noch lange nicht nachgeben und ihm alles verzeihen, oder?

Nein, verdammt nochmal, auf keinen Fall!

Seufzend öffnete Fern das Handschuhfach, fegte Zeitschriften, Kassetten samt Kabelsalat und einen Tampon auf den Boden, bis – na bitte! Da war ja ihre Notfallschokoladenration.

Sie riss die Verpackung eines Dairy-Milk-Riegels auf und biss ein großes Stück ab. Wenn je eine Frau einige tausend Kalorien verdient hatte, dann sie. Denn war Schokolade nicht ein Ersatz für Liebe? In vielerlei Hinsicht hatte Schokolade der Liebe sogar einiges voraus: Die Schokolade ließ nie die getragenen Socken auf den Fußboden fallen oder die Klobrille hochgeklappt, sodass man mitten in der Nacht fast in die Schüssel fiel. Schokolade betrog einen auch ganz sicher nicht mit einer blonden, salzstangendürren Tussi aus dem Büro. Bei Schokolade wusste jede Frau genau, woran sie war.

Fern war sich hingegen nie so ganz sicher gewesen, woran sie bei Seb war. Und das hatte sie stets als gleichermaßen aufregend wie frustrierend empfunden. Sein Job als Werber bei einer von Londons führenden Agenturen war ziemlich glamourös, und es hatte Fern auf jeden Fall Spaß gemacht, an diversen Veranstaltungen in Hotelbars und schicken Restaurants teilnehmen zu dürfen. Seb hatte Charme und Charisma und sah mit seinen schwarzen Haaren und den dunklen Augen auf klassische Art gut aus. Das Leben mit ihm war nie konventionell gewesen, und es hatte immer Spaß gemacht. Selbst ihre Streite waren legendär: Bei zwei kreativen Menschen wie ihnen war es in Ferns Augen wohl kaum verwunderlich, dass sie sich mitunter in die Haare kriegten, und bei den Versöhnungen, die stets gefolgt waren, hatten sich die kleinen Meinungsverschiedenheiten immer gelohnt.

Doch an all das wollte Fern jetzt nicht denken, nicht auf dem Weg zum Junggesellinnenabschied ihrer besten Freundin. Heute ging es darum, Zoe und Steves Beziehung zu feiern, nicht über den Schrotthaufen ihrer eigenen nachzugrübeln.

Apropos Schrotthaufen: Sie sollte sich vielleicht besser überlegen, wie sie den Schaden wiedergutmachen konnte, den sie soeben dem Mercedes neben sich zugefügt hatte.

Also riss sie aus einer der Zeitschriften eine Seite heraus und schnappte sich einen Augenbrauenstift aus dem Sammelsurium auf der Armaturenbrettablage, um ihren Namen und ihre Telefonnummer zu notieren. Jemand anderes (und vermutlich Reicheres) wäre wahrscheinlich einfach weggefahren, sagte sie sich. Fern hingegen, mit ihrem vollentwickelten, katholischen Gewissen, könnte mit solch schäbigem Verhalten nicht leben.

Irgendwann, davon war sie überzeugt, würde sie doch noch in den Himmel kommen.

Sie stieg also aus ihrem Käfer und klemmte die Nachricht unter den Scheibenwischer des Mercedes. Dabei betete sie, dass der Besitzer nicht gerade jetzt auftauchen würde. Sie war nun mal ein Feigling und wäre, wenn der Besitzer entdeckte, was sie angerichtet hatte, lieber in sicherer Entfernung. Zum Beispiel am anderen Ende Londons.

Mit ihrer großen, mit Perlen bestickten Tasche über der Schulter machte sie sich auf den Weg zur Getränkehandlung auf der anderen Straßenseite. Um dem Feierabendverkehr auszuweichen und ein bisschen verlorene Zeit aufzuholen, bemühte sie sich zu rennen, was in zwölf Zentimeter hohen Plateaustiefeln gar nicht so einfach war. Beim Blick auf die Armbanduhr stöhnte sie auf. Inzwischen war sie so richtig spät dran, was an und für sich nicht ungewöhnlich war, denn ihre Unfähigkeit irgendwo pünktlich aufzutauchen, war legendär. Fern legte es nie darauf an, sich zu verspäten, sondern bemühte sich sogar immer, eher zu früh dran zu sein. Doch irgendetwas hielt sie immer unerwartet auf. Es war wie ein ungeschriebenes physikalisches Gesetz oder so etwas. Heute Abend zum Beispiel: Gerade als Fern das *Angel Theatre* verlassen wollte und sich nochmal zurücklehnte, um das Bühnenbild zu bewundern, an dem sie gerade arbeitete, bot ihr die Kostümbildnerin an, sich am Requisitenschrank zu bedienen. Ein Diadem, ein Paar Feenflügel und einen grünen Samtmantel aus dem Theater schleppend, lag Fern deutlich hinter ihrem Zeitplan. Darum war sie auch so rasant durch den Freitagabendverkehr gedüst, während sie gleichzeitig versuchte, an jeder roten Ampel ihr Make-up aufzufrischen, und hatte noch schlechter eingeparkt als sonst.

Sie würde eine schöne Flasche Champagner kaufen, um

ihre Verspätung wiedergutzumachen, beschloss Fern, als sie auf ihren hohen Absätzen durch die Getränkehandlung klapperte und die Cristal- und Dom-Pérignon-Flaschen bewunderte, bevor sie zum Moët weiterstolzierte. Da sie gerade ihr Honorar erhalten hatte, sollte sie vielleicht gleich zwei Flaschen mitnehmen, damit der Abend so richtig in Schwung kam? Zu fünft würden sie sich bei Zoe zu Hause zu einem gemütlichen Mädelsabend treffen. Keine Stripper, hatte Zoe betont und Fern dabei scharf angesehen. Definitiv auch keine Limousine und kein Tanzen auf den Tischen in der Disko. Sie würden sich Essen kommen lassen und vielleicht eine DVD anschauen. Zoe wollte einen zivilisierten Abend, keine rauschende Party.

Das war alles irgendwie ein bisschen enttäuschend, dachte Fern, während sie sich zwei Flaschen Champagner schnappte und zur Kasse spazierte. Ein Junggesellinnenabschied war schließlich die perfekte Ausrede, um es mal so richtig krachen zu lassen – was Zoe nämlich schon eine geraume Weile nicht mehr getan hatte. Vor gar nicht allzu langer Zeit war Zoe noch ein richtiges Partygirl gewesen, aber in jüngster Vergangenheit hatten sie und Steve ein eher rentnerhaftes Freizeitverhalten an den Tag gelegt. Es wäre schön, mal wieder ganz ausgelassen zu feiern, dachte Fern. Sie hätten sich ordentlich rausputzen und ausgehen können, vielleicht sogar zu einer Mottoparty …

«Kostümparty?», wollte der Mann an der Kasse wissen.

«Wie bitte?» Fern sah auf und lächelte den älteren Herrn an, dem der Laden offenbar gehörte.

«Ihre Kleidung.» Er wies nickend auf ihr Outfit. «Gehen Sie auf eine Party?»

«Oh!» Fern schlug sich die Hand mit den vielen Silberringen vor den Mund, als sie in der Glastür eines Kühlschranks ihr Spiegelbild erkannte. Ein zierliches Wesen mit großen blauen Augen und einem Diadem auf den blonden Locken starrte sie an. Ein langer grüner Umhang und glitzernde Feenflügel, in Verbindung mit dunkelroten Schlaghosen und Plateaustiefeln, machten den Look komplett.

«Steht Ihnen», fuhr der ältere Herr fort, während er ihre Einkäufe eingab. «Eine Siebziger-Jahre-Party, was?»

«Der Junggesellinnenabschied meiner besten Freundin.» Fern beschloss, ihm nicht zu sagen, dass Stiefel und Hose in Wirklichkeit ihre Alltagsklamotten waren. Wie hatte sie nur vergessen können, dass sie die Hälfte des Kostümfundus anhatte? Ihr Gedächtnis glich in letzter Zeit wirklich einem Schweizer Käse: Entweder sie dachte an Seb und Vanessa oder an die Farben und Details ihres Bühnenbildes. Mit ketchuproten Wangen zerrte Fern sich das Diadem vom Kopf. Sie musste sich wirklich mal zusammenreißen.

«Das macht vierzig Pfund.» Der Mann wickelte beide Flaschen liebevoll in Seidenpapier. «Möchten Sie eine Tüte?»

«Ja, bitte.» Fern kramte in den Tiefen ihrer Tasche zwischen zerknüllten Tempos und undichten Kugelschreibern nach ihrem Geldbeutel, der sich grundsätzlich im hintersten Winkel versteckte. Seb hatte oft gewitzelt, dass Fern die erste Tardis-Tasche der Welt besaß und sich womöglich auch der verschwundene Lord Lucan sowie das entführte und nie wieder aufgetauchte Rennpferd Shergar darin verbargen. Die Tasche war so groß, dass Fern manchmal ewig herumwühlen musste, bis sie Schlüssel oder Geldbeutel fand. So wie heute zum Beispiel.

«Tut mir leid», sie nahm die Tasche von der Schulter, um besser darin kramen zu können. «Ich weiß, dass mein

Geld irgendwo da drin ist.» Zumindest hoffte sie das, doch auch nach mehreren Minuten des Suchens wurde sie nicht fündig.

O Gott, sie hatte doch hoffentlich nicht schon wieder ihren Geldbeutel verloren? Er musste einfach in der Tasche sein!

Leider tauchte der Geldbeutel auch nicht auf, als sie den gesamten Inhalt der Tasche auf die Ladentheke geleert hatte. Fassungslos starrte Fern auf den Berg an Krimskrams: U-Bahn-Karte, Handy, ein Paar Socken, Zigaretten, ein zerfledderter Jilly-Cooper-Roman, Theaterkarten für die *Sommernachtstraum*-Inszenierung, für die sie das Bühnenbild entworfen hatte, und ungefähr noch ein halber Hausstand, aber definitiv kein Geldbeutel.

«Er ist nicht da», flüsterte sie peinlich berührt.

«Sieht fast so aus», stimmte der Ladenbesitzer ihr zu. «Aber nun bleiben Sie mal ganz ruhig, Schätzchen. Diese Dinge tauchen immer wieder auf. Wo haben Sie ihn denn zuletzt gesehen?»

Fern zermarterte sich das Hirn. Dann fiel es ihr wieder ein. «Ich war gestern Abend noch im Internet. E-Bay. Ich muss ihn neben dem Computer liegenlassen haben! Uff!»

«Na, sehen Sie. Haben Sie vielleicht eine Kreditkarte?»

«Nicht dabei. So ein Mist. Ich werde den Champagner zurückstellen müssen.»

«Sie können doch keinen Junggesellinnenabschied ohne Champagner feiern», meinte der Verkäufer und musterte über den Rand seiner Brille hinweg den ausgebreiteten Tascheninhalt. Dann griff er nach den Theaterkarten und studierte sie nachdenklich.

«Wie wäre es, wenn ich die hier im Tausch gegen den Champagner nehme?»

«Wirklich?» In Ferns verzweifeltem Herzen perlte die Hoffnung wie ein Luftbläschen im Moët. «Sind Sie sicher?»

«Absolut. Die Kritiken im *Guardian* waren hervorragend, und meine Frau wird begeistert sein. Vorausgesetzt natürlich, Sie wären bereit zu tauschen? Diese Karten sind möglicherweise mehr wert als der Champagner. Am besten Sie nehmen noch eine Flasche. Ich bestehe darauf.»

«Das ist wunderbar! Vielen, vielen Dank», rief Fern. Um ehrlich zu sein, hatte sie sowieso nicht vorgehabt, die Karten zu nutzen. Während ihrer Arbeit am Bühnenbild hatte sie so viele Proben des Stücks gesehen, dass sie es fast schon alleine hätte aufführen können. Außerdem war es schwierig, sich für Feen zu begeistern, wenn man sie rauchend am Hinterausgang gesehen hatte und wenn man wusste, dass Puck mit Titania ins Bett ging. Aber die Karten gegen Moët eintauschen? So stellte Fern sich Zauberei vor – es würde ein fantastischer Junggesellinnenabschied werden!

KAPITEL ZWEI

Puh, endlich, dachte Fern, als sie schließlich, diesmal sehr vorsichtig, zwischen zwei funkelnden Geländewagen einparkte.

Wie konnte man für eine Strecke von gerade mal fünfzehn Meilen mehr als eine Stunde brauchen? Lächerlich! Und warum gab es in Hampstead eigentlich keine Parkplätze? Nachdem sie ihr Auto abgeschlossen und die blonden Locken hinter die Ohren geklemmt hatte, beschloss sie, die drei Straßen bis zu Zoes Haus wohl oder übel zu joggen, um sich nicht noch mehr zu verspäten.

Ich muss wirklich was für meine Fitness tun, dachte Fern unterwegs, während ihre Feenflügel im Takt mitwippten. Vielleicht sollte ich in ein Paar Turnschuhe und eine Mitgliedschaft im Fitness-Studio investieren? Mit einunddreißig sollte niemand nach einem kurzen Sprint so schnaufen und keuchen müssen. Sie könnte ja mal Libby, Zoes ultrasportliche Schwester, um ein paar Tipps bitten. Allerdings hatte Fern schon eine Ahnung, was Libby ihr raten würde: Schokolade, Alkohol und heimliche Zigaretten aufgeben – drei der Dinge, die Fern im Leben am liebsten mochte!

Fern verlangsamte ihr Tempo und humpelte mit Seitenstechen weiter. An der Tür hielt sie erst einmal inne, um wieder zu Atem zu kommen. Dann zog sie ihre Flügel gerade, strich sich einige feuchte Locken von den geröteten Wangen und hob den schweren kupfernen Türklopfer.

Time to party!

«Gott sei Dank!» Zoe riss die vornehme blaue Tür auf und

umarmte Fern stürmisch. «Wir waren schon kurz davor, einen Suchtrupp loszuschicken!»

«Tut mir leid», schnaufte Fern, «aber du wirst nicht glauben, was mir auf dem Weg hierher passiert ist.»

«Ach nein?» Zoe hob eine perfekt gezupfte Augenbraue und zog ihre beste Freundin liebevoll auf. «Was war es denn dieses Mal? Verlorene Autoschlüssel? Kein Benzin mehr im Tank? Nein, warte, ich hab's: Außerirdische!»

Fern wurde rot. Kürzlich hatte sie die Scheinwerfer einer 747 im Landeanflug für fliegende Untertassen gehalten – ein kleiner Irrtum, dem man schon mal erlegen konnte, wenn man ET geschaut und eine Weinflasche geleert hatte. Ferns eigentlicher Fehler war der gewesen, ihren Freundinnen davon zu erzählen, die es ihr nun auf ewig vorhalten würden.

«Sehr witzig.»

«Tut mir leid, Süße, aber du bist schon ein besonderer Fall.» Mit diesen Worten zwinkerte Zoe ihrer Freundin zu, packte sie an der Hand und zog sie ins Haus. Im Flur glänzten polierte Eichendielen, und an den Wänden hing eine Auswahl an Schwarzweißaufnahmen aus Zoes Kostümfilmen. «Ich wollte dich nicht veralbern. Was ist denn wirklich passiert?»

«Kleines Malheur beim Einparken. Nichts Schlimmes, aber ich hab's geschafft, den Seitenspiegel eines Mercedes mitzunehmen.»

«Oh, Fern! Was für ein Pech aber auch.»

Fern zuckte mit den Schultern. «Das waren eher meine miesen Fahrkünste als Pech. Und als ich im Laden stand, hab ich gemerkt, dass ich meinen Geldbeutel verloren habe.»

Zoe rollte mit ihren haselnussbraunen Augen. «Nicht schon wieder dieser vermaledeite Geldbeutel?! Den müssen wir wohl mit Sekundenkleber an dir festkleben.»

Fern lachte. «Das wäre durchaus eine Lösung. Aber Schluss jetzt mit meinen Katastrophen. Schließlich müssen wir dein letztes Wochenende in Freiheit feiern.»

«Genau.»

Zoe nahm Fern ihren Samtumhang ab und zuckte beim Anblick von Feenflügeln und Schlaghosen nicht einmal mit der Wimper – sie hatte Fern in den langen Jahren ihrer Freundschaft schon in wesentlich seltsameren Aufzügen gesehen. «Ich hoffe bloß, die Jungs behandeln Steve heute Abend gut und fesseln ihn nicht nackt an einen Laternenpfahl oder etwas Schreckliches. Deshalb haben wir seinen Junggesellenabschied auch auf dieses Wochenende und nicht auf den Tag vor der Hochzeit gelegt. Schließlich habe ich nicht das vergangene Jahr mit der Planung unseres großen Tages verbracht, damit der Bräutigam dann schlappmacht. Ich hab mir wirklich Mühe gegeben, dass alles schön wird.»

Das war vermutlich die Untertreibung des Jahrhunderts. Zoe lebte seit Monaten nur noch für ihre Hochzeit. Jedes Detail war minutiös geplant worden – und zwar mit genau jener Entschlossenheit, mit der sie eine der jüngsten und erfolgreichsten Drehbuchschreiberinnen beim Fernsehsender BBC geworden war. Nicht, dass das Fern überrascht hätte. Alles, was Zoe tat, war gründlich durchgeplant und perfekt ausgeführt. Warum also sollte ihre Hochzeit da eine Ausnahme sein?

«Keine Sorge», beruhigte Fern ihre Freundin. «Steve geht doch nur mit ein paar Kollegen was essen. Zerbrich dir nicht weiter den Kopf und genieß deinen Abend. Ich hab uns Champagner mitgebracht.»

«Danke, Süße! Am besten packen wir ihn eine Weile in den Kühlschrank. Die anderen sind sowieso in der Küche. Priya hat Knabberkram mitgebracht, und wir futtern alle schon mächtig. Komm mit.»

Fern folgte Zoe in ihre Wahnsinnsküche. Steve und Zoe heirateten zwar erst noch, aber das hier war wahrlich nicht das Heim eines Studentenpärchens. Da Zoe historische Dramen für die Leinwand adaptierte, die weltweit verkauft wurden, und Steve ein hohes Tier bei der BBC war, hatten sie an nichts sparen müssen, als sie das Haus gekauft und renoviert hatten. Zoe konnte ganz wunderbar kochen, und was das Küchendesign anging, hatte sie sich wirklich selbst übertroffen. Ferns gesamte Wohnung würde locker in diesen einen Raum passen. Die Küche mit dem funkelnden Glasdach, den Delabole-Bodenfliesen und einem Herd, der aussah wie ein verlorenes Teil des Raumschiffs Enterprise, war schlicht atemberaubend. Zwei lederne Knautschsofas und ein riesiger Plasmafernseher machten diesen Raum zum perfekten Ort, um bei einem Glas Wein zu entspannen, zu plaudern und eines von Zoes fantastischen Gerichten zu genießen.

An diesem Abend saßen drei Frauen am Glastisch, nippten an ihren Drinks und schnatterten, was das Zeug hielt. Fern kannte zwei von ihnen, wenn auch nicht besonders gut. Die hübsche Asiatin mit dem messerscharf geschnittenen Bob war Priya. Daneben schenkte sich Zoes amazonengleiche Schwester Libby mit den langen Gliedmaßen und dem schelmischen Grinsen gerade Wein nach. Die vornehme Rothaarige, die sich durch eine Schüssel Nachos arbeitete, kannte Fern jedoch nicht.

«Hallo, Fern.» Libby schwenkte zur Begrüßung grinsend ihr Weinglas durch die Luft. «Du hast einiges aufzuholen!»

«Kennt ihr euch alle?», wollte Zoe wissen, während sie

den Moët in den Kühlschrank stellte und dafür eine Flasche Chardonnay herausnahm. «Die mit der Weinflasche ist meine betrunkene Schwester, und daneben sitzt Priya, die diese Doku am Set von *Jane Eyre* gemacht hat.»

«Hi, Fern! Das Bühnenbild, das du für die Schlafzimmerszene mit Jane und Rochester entworfen hast, fand ich einfach umwerfend.» Priya lächelte Fern an und fächelte sich mit ihrer zierlichen Hand Luft zu. «Dieses Himmelbett mit den roten Vorhängen war so sexy!»

Fern wurde vor Freude rot. «Danke schön! Es hat mir auch viel Spaß gemacht, das zu entwerfen.»

«So viel Spaß, wie Rochester und Jane hatten?», rief Priya lachend.

Fern ließ sich auf einen Stuhl sinken und seufzte vor Erleichterung, dass ihre Füße in den hohen Schuhen entlastet wurden. Es war ein langer, harter Tag gewesen, und nun konnte sie sich gemütlich mit den Mädels betrinken. Himmlisch!

«Ich bin Charlotte», sagte die Rothaarige und hob den Blick von ihren Nachos. «Steves Schwester.»

«Und bald meine Schwägerin!» Zoe reichte Fern ein Glas, setzte sich neben Charlotte und grinste. «Ist das nicht verrückt? In etwas mehr als einer Woche werden wir verwandt sein.»

Charlotte verzog das Gesicht. «Verrückt ist nur, dass irgendjemand überhaupt heiraten will. Ihr müsst wahnsinnig sein. Sag nachher nicht, ich hätte dich nicht gewarnt.»

Die Luft schien plötzlich zum Schneiden dick. Fern fiel wieder ein, dass Zoe mal etwas von einer ätzenden Scheidung in Steves Verwandtschaft erzählt hatte. Ein gebranntes Kind.

«Du kennst mich doch, ich höre nie darauf, was andere

sagen», erwiderte Zoe so lässig, dass Fern begriff, wie oft die beiden diese Unterhaltung schon geführt haben mussten. «Ich werde der Ehe eine Chance geben.»

«Das würde ich auch, wenn es um Steve ginge», stimmte Fern ihr rasch zu. «Du hattest solches Glück, ihn zum Mentor zu haben, als du beim Sender angefangen hast.»

Ein verträumter Ausdruck lag jetzt in Zoes Augen. «Mhmm, nicht wahr?»

Von dem Augenblick an, als Steve Zoe zum ersten Mal sah, war er hin und weg gewesen. Und er hatte Glück, denn seinem Schützling ging es umgekehrt genauso.

«Ihr zwei seid einfach wie füreinander geschaffen», seufzte Priya.

«O Gott, reicht mir mal jemand den Kotzkübel?», murmelte Charlotte.

«Wir sind doch hier, um Steves und Zoes Beziehung zu feiern», wies Libby sie scharf zurecht. «Das hier ist ein freudiger Anlass.»

«Tut mir leid.» Charlottes hyazinthenblaue Augen füllten sich mit Tränen. «Ignoriert mich einfach. Wenn es eine Ausnahme unter all den beschissenen Arschlöchern von Männern gibt, dann ist es mein Bruder.»

«Wenn Steve ein braver Hindu-Junge wäre, dann würde ich mit dir um ihn kämpfen», scherzte Priya.

«Und wenn du nicht meine Schwester wärst, würde selbst ich mich an ihn ranmachen.» Libby kicherte.

Zoe lachte. «Finger weg! Der ist schon vergeben!»

«Aber mal im Ernst», fuhr Charlotte fort, «ich weiß, dass ihr beide wirklich glücklich sein werdet. Wenn ich euch nicht so gern hätte, wäre ich vermutlich vom Neid zerfressen.»

Fern beschloss, dass sie nun alle genug gegrübelt hatten.

Also erhob sie ihr Glas: «Wie wär's mit einem Toast? Auf Zoe und Steve! Das glücklichste Paar, das ich kenne!»

«Auf Zoe und Steve!», wiederholten die anderen im Chor und stießen mit ihren Gläsern an, während Zoes Gesicht die Farbe von Erdbeermilchshake annahm.

Einige Toasts und mehrere Gläser Wein später war sogar Charlotte in Partystimmung. Man öffnete Ferns Moët, und wie von Geisterhand herbeigezaubert, standen immer noch mehr Chips und ein köstlicher, selbstgemachter Guacamole-Dip nach dem anderen auf dem Tisch. Nach einer weiteren Runde Drinks trug Zoe bereits Ferns Diadem auf dem Kopf, eine Spitzengardine als Schleier und auf dem Rücken ein rotes L, wie die Fahranfänger, das Libby ihr mit Sicherheitsnadeln befestigt hatte.

«Jetzt fühlt es sich an wie ein richtiger Junggesellinnenabschied!», meinte Fern und trat einen Schritt zurück, um ihr Werk zu begutachten.

«Wobei mir einfällt: Ich hab dir doch ein Geschenk mitgebracht.» Priya zog ein hübsch eingewickeltes Päckchen aus der Tasche und überreichte es Zoe. «Etwas für deine Hochzeitsnacht.»

«Unterwäsche?» Zoe schüttelte neugierig die Schachtel.

«Das würde ich nicht tun!», riet Priya ihr. «Es könnte sonst –»

Brumm! Brumm! Brumm! Die Schachtel gab plötzlich merkwürdige Geräusche von sich. Alle sprangen erschrocken zurück. Nur Priya kicherte.

Brumm! Brumm! Brumm!

«Ist es das, was ich denke?», fragte Zoe.

«Weiß ich nicht!», erklärte Priya scheinheilig. «Warum machst du's nicht einfach auf?»

«Wie ich mein Glück kenne, kommt dann bestimmt eine Riesenhornisse raus», stöhnte Zoe, während sie das Geschenkband löste und den Deckel abnahm. «O mein Gott! Ich wünschte, es wäre eine!»

«Riesig ist das Ding auf jeden Fall», staunte Libby.

Vor ihnen auf dem Tisch brummte der gigantischste Vibrator, der Fern jemals unter die Augen gekommen war. Nicht dass sie schon viele gesehen hätte! Dieses beängstigende Exemplar bestand aus dreißig Zentimetern schwarzem Plastik mit realistischen Adern (warum nur?) und etwas, das aussah wie rotierende Stacheln. Die Frauen starrten schockiert und gleichzeitig fasziniert das Teil an.

«Du meine Güte!», flüsterte Fern, während das Ding summend vor ihr hin und her schwang. «Das ist kein Vibrator, das ist eine Massenvernichtungswaffe. Mir treten ja schon beim Gedanken daran die Tränen in die Augen!»

«Ich glaube, das ist der Sinn der Sache», kreischte Priya, und alle brachen in Gekicher aus.

«Pst!» Zoe wischte sich die Lachtränen aus dem Gesicht und hob die Hand. «Ich glaube, da ist jemand an der Tür. »

Tatsächlich war das laute Pochen des Türklopfers zu hören. Libby sprang auf. «Das dürfte dann mein Geschenk sein!»

Zoe verbarg das Gesicht in den Händen. «O nein, Libby. Du hast doch nicht etwa einen Stripper bestellt?»

«Natürlich nicht! Das wäre ja ein totales Klischee. Ich hab dir etwas viel Aufregenderes als 'nen Stripper gebucht!» Libby machte eine kleine dramatische Pause und sah die vier erwartungsvollen Gesichter der Reihe nach an. Ihre Augen blitzten.

«Mädels, hier kommt unsere ganz persönliche Wahrsagerin!»

Kapitel drei

Eine Wahrsagerin?», rief Zoe verwundert, nachdem Libby in Richtung Haustür davongeeilt war. «Hat meine Schwester den Verstand verloren?»

«Ich hab mir noch nie die Karten legen lassen», erklärte Fern. «Das könnte witzig werden.»

Charlotte runzelte die Stirn. «Und was ist, wenn sie dir etwas Schreckliches prophezeit?»

«Das würde sie doch nicht tun, ist eh alles Humbug», spottete Priya. «Man kann die Zukunft nicht vorhersagen. Obwohl es echt nützlich wäre, zu wissen, was auf einen zukommt, damit man die Dinge besser organisieren kann.»

Da war Fern sich allerdings nicht so sicher. Zigmal schon hatte sie sich bei der Fernsehserie *Most Haunted*, wo es um übersinnliche Phänomene ging, fast zu Tode gefürchtet. Wenn so viele Leute an Kommunikation mit der Geisterwelt glaubten, musste doch etwas dran sein. Vielleicht würde die Wahrsagerin ja in der Lage sein, etwas Licht in ihr dunkles Beziehungsleben zu bringen.

Bei diesem Gedanken bekam Fern vor Aufregung einen Knoten im Bauch. Es wäre auch durchaus sehr praktisch gewesen, wenn sie gewusst hätte, dass Seb ein untreuer Mistkerl war, *bevor* sie sich mit ihm eingelassen hatte. «Vielleicht ist es ja besser, wenn man vorgewarnt ist?»

«Da könntest du recht haben!», stimmte Charlotte ihr zu und schenkte sich ordentlich Wein nach. «Ich wünschte wirklich, ich könnte hellsehen. Dann hätte ich nie geheiratet und mir ein Vermögen an Anwaltskosten gespart.»

«Aber es muss doch auch gute Dinge in deiner Ehe gegeben haben? Es kann ja nicht alles schlecht gewesen sein?», wandte Zoe ein. «Wenn man dich vor dem Heiraten gewarnt hätte, dann hättest du so viele Erfahrungen verpasst. Im Leben geht's doch darum, zu lernen und zu wachsen, oder?»

Charlotte schnitt eine Grimasse. «Das sagt sich so leicht, wenn man noch nie eine Scheidung durchgemacht hat. Nein, ich nehme dankend alle verfügbaren Infos aus dem Universum an. Am liebsten wäre ich bei der Wahrsagerin als Erste an der Reihe!»

Zoe lachte. «Von mir aus gerne.»

«Mädels, das hier ist Angela, unsere Wahrsagerin!» verkündete Libby, die zurück in die Küche gestürmt kam.

Fern war sich nicht sicher, wie sie sich eine Wahrsagerin vorgestellt hatte. Vermutlich mit langen, wallenden Zigeunerröcken, goldenen Kreolen in den Ohren und einem Kopftuch, wie direkt aus *Carmen*. Oder ansonsten vielleicht von Kopf bis Fuß in Schwarz gekleidet mit einer Kristallkugel in der einen Hand und Tarotkarten in der anderen, während sie sich murmelnd mit einem Geist unterhielt, der ihr den Weg wies.

Was Fern jedenfalls nicht erwartet hatte, war jemand, der so normal aussah wie diese Frau, die jetzt lächelnd in die Runde grüßte. Sie sah eher aus wie die Mutter irgendeiner Bekannten und nicht wie eine Mystikerin. Mit ihrer rundlichen Figur, den rosigen Wangen, leicht ergrauten Locken und nichtssagenden Schlabberhosen war sie etwa so exotisch wie die englische Küste. Erstaunt stellte Fern fest, dass sie irgendwie enttäuscht war. Sie hatte tatsächlich gehofft, etwas über ihre Zukunft zu erfahren. Wie lächerlich!, schalt sie sich selbst, du weißt doch sowieso, dass das alles Unfug ist.

«Angela, vielen Dank, dass Sie gekommen sind.» Zoe, ganz die perfekte Gastgeberin, erhob sich sofort und begrüßte den unerwarteten Gast. «Kann ich Ihnen etwas zu trinken anbieten? Wein? Champagner?»

«O nein, vielen Dank, meine Liebe, aber ich trinke bei der Arbeit keinen Alkohol.» Nachdem sie ihre Tasche auf der Küchenarbeitsplatte abgelegt hatte, strahlte Angela die versammelten Frauen an. «Aber zu einer guten Tasse Tee würde ich nicht nein sagen.»

«Damit Sie in den Teeblättern lesen können?», erkundigte sich Fern hoffnungsvoll.

«Du lieber Himmel, nein! Wer liest denn heutzutage noch in Teeblättern? Schließlich gibt es fast nur noch Beuteltee oder irgendwelche schicken Kaffeevarianten. Ich mag nur eben gerne einen schönen Schwarztee. Allerdings nehme ich zwei Stück Zucker – fürs Weissagen braucht man nämlich ganz schön viel Energie!»

«Dann richten Sie sich am besten schon mal ein, während Zoe den Tee kocht», schlug Libby vor. «Ich habe mir gedacht, wir gehen in den Wintergarten, wenn das okay ist? Da hat man mehr Ruhe.»

«Sehr gerne.» Zoe füllte den Wasserkocher mit gefiltertem Wasser. «Wir knobeln aus, wer als Erste dran ist. Warum macht ihr es euch nicht so lange im Wohnzimmer gemütlich? Wir können auch ein bisschen Musik hören.»

Während Libby sich um Angela kümmerte und Zoe eine Kanne Earl Grey aufsetzte, alberten die drei anderen herum, wer sich als Erste die Zukunft vorhersagen lassen durfte. Schließlich entschieden sie, dass Zoe als Braut den Vortritt haben sollte, gefolgt von Priya, die am nervösesten war, dann Charlotte, Libby und als Letzte Fern. Nachdem sie sich noch mal nachgeschenkt hatten und Zoe durch den roten Samtvorhang in den Wintergarten verschwunden war, zogen sie sich ins Wohnzimmer zurück. Dort legte Libby *Wham!* ein und zog Priya zu einem Tänzchen auf die Füße, während Fern sich mit ihrem Drink in einen Sessel sinken ließ.

Vielleicht würde Angela ihr sagen können, wer der richtige Mann für sie war. Sie könnte sich eine Menge Ärger ersparen, wenn sie genau wusste, nach wem sie Ausschau halten musste. Die meisten Frauen küssten eine Menge Frösche, bevor sie ihren Prinzen fanden, aber Ferns Prinzen hatten die unschöne Angewohnheit, sich in Kröten zu verwandeln.

Als Zoe einige Zeit später zurück ins Wohnzimmer stolperte, waren diese Überlegungen natürlich sofort vergessen, denn die Freundinnen drängten sich um die zukünftige Braut, um zu hören, was Angela gesagt hatte. Leider schien Zoe gar nicht in Stimmung, irgendetwas zu verraten. Stattdessen schenkte sie sich schweigend ein Glas Wein nach. Dabei zitterten ihre Hände so sehr, dass ihr Glas überschwappte.

«Was ist los?», wollte Libby wissen. «Hat sie sich in allem getäuscht?»

Zoe schüttelte den glänzenden Schopf. «Nein. In den meisten Dingen lag sie erschreckend richtig. So etwas habe ich noch nie erlebt. Sie wusste Sachen, die ich noch nie jemandem erzählt habe.»

Charlotte drückte ihr tröstend die Schulter. «Nun schau doch nicht so ängstlich drein, Zoe. Da hat sie vermutlich ein paarmal gut geraten und lauter allgemeines Zeug geredet. Das hier ist schließlich dein Junggesellinnenabschied, also liegt es ja auf der Hand, dass die Themen Beziehung und Heirat bei dir aktuell sind.»

«Ging es darum? Ums Heiraten?», wollte Fern wissen.

«Ich möchte lieber nicht darüber sprechen.» Zoe griff nach ihrem Glas und nahm einen großen Schluck. «Warum behalten wir unsere Prophezeiungen nicht vorerst für uns und reden später darüber?»

Die anderen stimmten ihr zu, obwohl sie ein bisschen enttäuscht waren, doch sie wollten Zoe nicht drängen und ihr womöglich den Abend verderben. Eine nach der anderen ging zu Angela in den Wintergarten und kehrte ähnlich benommen und verwirrt zurück wie die zukünftige Braut.

Was auch immer Angela ihnen erzählt hatte, dachte Fern nervös, ihre Worte hatten offenbar eine Wirkung.

«Du bist dran, Fern», erklärte Libby, die gerade ins Wohnzimmer zurückkam und ebenso nachdenklich wie die drei aussah.

«Soll ich wirklich?», fragte Fern. Vor Nervosität kribbelte ihre Haut. «Ihr wirkt alle so ... geschockt.»

«Sie ist echt gut.» Charlotte riss sich von George Michael los. «Sie wusste alles über meine Scheidung, obwohl wir uns noch nie vorher begegnet sind!»

Fern hätte beinahe gesagt, dass auch sie Charlotte nicht gekannt und trotzdem von ihrer Scheidung gewusst hatte, aber sie biss sich rechtzeitig auf die Zunge. Das hier war Zoes Abend, und sie hatte eingewilligt mitzumachen. Schließlich war das nur ein bisschen Spaß.

Seufzend stellte Fern ihr Weinglas ab und ging Richtung Wintergarten. Der Himmel über dem Glasdach der Küche war rabenschwarz und mit Sternen gesprenkelt. Die Dunkelheit schien gegen die Fenster zu drücken. Fern schob den schweren roten Vorhang beiseite und sah Angela hinter dem Sofatisch in einem Lloyd-Loom-Sessel sitzen, den sie mit einem wunderschönen Seidentuch bedeckt hatte. Die Tischlampe warf ihr warmes gelbes Licht auf einen Stapel Tarotkarten.

«Hallo, meine Liebe.» Angela lächelte sie freundlich an. «Die Letzte im Bunde, was? Dann setzen Sie sich doch erst mal hin, bevor wir anfangen, einverstanden?»

Fern gehorchte gern, denn ihre Beine schienen plötzlich so weich wie gekochte Spaghetti. Hier im Halbdunkel wirkte Angela überhaupt nicht mehr wie die Mutter einer Bekannten, und Ferns Mund wurde so trocken, als hätte sie die halbe Sahara verschluckt.

«Für Ihr Alter hatten Sie in der Liebe schon ganz schön viel Pech», murmelte Angela, während sie sanft Ferns rechte Hand nahm und die Linien mit ihrem Zeigefinger nachfuhr. «Sie haben einige Male schlecht gewählt, sich Menschen ausgesucht, die nicht zu Ihnen passen.»

Fern lachte nervös. «Aus Ihrem Mund klingt das, als sei ich regelmäßig mit Männern zusammen, neben denen selbst ein Diktator so harmlos wirkt wie die Zahnfee.»

Doch Angela lachte nicht. «Jemand hat Sie aufs übelste hintergangen. Er hat Sie sehr verletzt, und jetzt fragen Sie sich, ob es Ihre Schuld war. Doch das war es nicht. Er hat einen schweren Fehler begangen, meine Liebe, und das weiß er.»

Okay, jetzt bloß keine Panik, befahl sich Fern. Das war nur gut geraten. Vielleicht hatte eine der anderen Seb erwähnt?

«Durch ihn müssen Sie sich um eine Bindung weniger kümmern», fuhr Angela fort, «und vielleicht hat er Ihnen damit sogar einen Gefallen getan, denn beruflich müssen Sie jetzt wichtige Entscheidungen treffen, richtig?»

«Hm», murmelte Fern. Das stimmte tatsächlich. Ihr guter Freund Alek hatte vor kurzem einen Firmenableger in Prag gegründet und wollte gerne, dass sie für ihn arbeitete. Fern war ernsthaft in Versuchung, sich gleichzeitig jedoch nicht sicher, ob sie ihre Freunde und Familie zurücklassen wollte. Aber auch das war eher allgemeines Zeug. Schließlich war sie Anfang dreißig, wo eigentlich jeder über seine berufliche Zukunft und Beziehungen nachdachte. Angela hatte lediglich mit einigen Verallgemeinerungen Glück.

«Sie werden die Kurve schon kriegen. Es wird sich alles klären. Haben Sie keine Angst davor, etwas zu verändern. Auf Sie wartet da draußen eine ganze Menge positiver Dinge. Sie werden schon erkennen, wann es so weit ist.» Angela schob ihr die Tarotkarten hin. «Mischen Sie die mal durch und heben Sie dann ab.»

Fern tat wie geheißen.

Angela beugte sich vor und nahm die erste verdeckte Karte vom Stapel. «Oh! Der Turm!»

Fern sah genauer hin und wünschte sofort, sie hätte es nicht getan. Die Karte zeigte lauter unglückliche Leute, die von einer Burgruine herunterstürzten, um die orangefarbene Flammen loderten.

«Das ist die Vergangenheit, meine Liebe. Chaos, Verzweiflung und Veränderung.»

«Klingt so weit richtig», seufzte Fern.

«Ich sehe einen Mann.» Obwohl Angela die Karte ansah, war ihr Blick leer und auf einen Punkt irgendwo in der Ferne gerichtet. Fern spürte, wie eine Gänsehaut über ihre Arme kroch. «Er greift sich an die Brust, in die Nähe des Herzens.

Kann das sein? Er sagt mir, dass Sie sich für seinen Tod nicht verantwortlich fühlen müssen. Es war Zeit für ihn zu gehen, und er gibt Ihnen keine Schuld daran. Werden Sie daraus schlau?»

Fern klappte die Kinnlade fast bis zur Tischplatte hinunter.

«Ich höre den Namen Roger», sagte Angela langsam. «Er zeigt mir die Farbe Pink und deutet auf seine Nase. Können Sie damit etwas anfangen?»

Plötzlich schien Ferns Blut in den Adern zu stocken, und ihre Kopfhaut kribbelte. «Roger war mein Vater», flüsterte sie. «Er hatte einen Herzinfarkt.»

Wie war es Angela gelungen, so persönliche Details herauszufinden? Das hatte sie nicht einmal Zoe erzählt. Niemand außerhalb ihrer Familie wusste davon irgendetwas. Sie war nicht besonders stolz auf das, was passiert war.

«Es geschah ganz überraschend», fuhr Angela fort. «Roger sagt, er habe überhaupt nichts gespürt. Es tut ihm leid, dass er Sie angebrüllt hat. Er möchte, dass Sie wissen, dass er Sie sehr lieb hat.»

Ferns Augen füllten sich mit Tränen, und einen Moment lang befand sie sich wieder im Jahr 1991, als widerspenstiger, streitlustiger Teenager, während einer Auseinandersetzung mit ihrem Vater. Es ging um ihr neuestes Nasenpiercing und die pinkfarbenen Strähnen, die sie sich ins Haar gefärbt hatte. Er hatte ihr befohlen, den Stecker wieder rauszunehmen und die Haare in Ordnung zu bringen, doch Fern hatte ihn bloß angeschrien, er solle zur Hölle fahren. Als der Streit eskalierte, griff sich Roger plötzlich an die Brust und stürzte zu Boden. Wenige Minuten später war er tot. Es war Fern völlig egal, dass er schon länger Herzprobleme gehabt hatte und seine Firma in Schwierigkeiten war – sie hatte sich jahrelang größte Vorwürfe gemacht. Obwohl sie tief in ihrem Innern wusste, dass sie eine ganz normale Pubertierende gewesen war, verspürte sie trotzdem entsetzliche Schuldgefühle.

«Er sagt, er macht Ihnen keinerlei Vorwurf, meine Liebe. Er möchte, dass Sie glücklich sind.»

Ein Kloß von der Größe eines Fußballs steckte in Ferns Kehle. Sie bohrte sich ihre Fingernägel in die Handflächen. Sie würde nicht weinen. Denn wenn sie damit anfing, würde sie vermutlich nicht mehr aufhören können.

«Ihre Haare gefallen ihm so viel besser. Er sagt, er hätte Sie deswegen aber eigentlich gar nicht so sehr unter Druck setzen wollen. Und wer war der Mann mit dem Make-up? Den mochte er auch nicht, stimmt's?»

Fern hatte es längst die Sprache verschlagen. Sie war damals verrückt nach Boy George gewesen, doch ihr Vater verabscheute den stark geschminkten Musiker. Er hatte sie endlos damit aufgezogen ... Das hier war Fern alles viel zu konkret. Woher wusste Angela von solchen Details?

Vielleicht war ja doch was dran an dieser Hellseherei?

Obwohl sie sich leicht unbehaglich fühlte und ziemlich beunruhigt war, beschloss Fern, das Ganze auf die Probe zu stellen.

«Wann werde ich dem Richtigen begegnen?», platzte es aus ihr heraus. «Vergessen Sie einfach meine Vergangenheit und all das! Wann werde ich meine bessere Hälfte treffen?»

«Sie hatten ihn bereits, meine Liebe.» Angela sah Fern traurig an. «Aber Sie haben ihn ziehen lassen.»

Fern starrte die Wahrsagerin ungläubig an. «Ihn ziehen lassen?»

«Ja, Sie sind Ihrer besseren Hälfte bereits begegnet, aber

Sie waren blind und haben es nicht gemerkt. Sie haben ihn nicht erkannt, oder?»

«Offensichtlich nicht!» Fern war entsetzt. Sie war einunddreißig, die meisten ihrer Freundinnen waren in festen Beziehungen, und alle Singlemänner, die sie kannte, blieben nicht ohne Grund alleine. Hatte sie womöglich ihre eine Chance aufs Glück verpfuscht?

«Einer meiner Exfreunde?» In Gedanken ging Fern bereits die beschämende Liste durch. Wen hatte sie fälschlicherweise ziehen lassen?

«Mehr kann ich nicht sehen, Liebes. Tut mir leid. Vielleicht sollten wir jetzt Schluss machen?»

Als Fern durch die Küche zurückging, drehten sich ihre Gedanken so schnell im Kreis wie eine Waschmaschine im Schleudergang. Wen hatte sie übersehen? Wer war ihr Seelenverwandter? Wen hatte sie fälschlicherweise ziehen lassen?

Im Wohnzimmer dröhnte inzwischen *Mika* aus den Lautsprechern. Der Kontrast zwischen dem ernsten Gespräch im Wintergarten und der lauten Musik war verwirrend.

«Und?», wollte Libby wissen. «Was hat sie dir erzählt? Niemand will auch nur ein Wort sagen, und ich glaube langsam, ich hab mein Geld zum Fenster rausgeworfen. Vielleicht hätte ich doch einen Stripper engagieren sollen.»

«Ist alles in Ordnung, Fern?», erkundigte sich Charlotte. «Du bist ziemlich blass.»

«Alles okay», schwindelte Fern. «Aber es war ein bisschen heftig.»

Libby seufzte. «Ich bringe Angela mal zur Tür und versuche, so zu tun, als hätten wir uns amüsiert. Wenn ich das nächste Mal eine tolle Idee habe, zieht mir eins mit dem Nudelholz über.»

Bei einem raschen Blick durchs Wohnzimmer wurde Fern klar, dass alle ziemlich verstört wirkten. Vielleicht hatte die Wahrsagerin ja nicht nur ihr unangenehme Dinge gesagt? Vor allem Zoe wirkte völlig abwesend, und Priya kaute pausenlos an ihren Nägeln herum. Wenn Fern die Sache hier nicht in die Hand nahm, würde sie in diesem Tempo bald die Ellbogen erreicht haben. Und zwar buchstäblich.

Also schnappte sie sich das Tablett mit Sambucas, die Zoe gerade eingeschenkt hatte, und tanzte damit durchs Zimmer. Wie eine Kellnerin hielt sie die Drinks dabei über den Kopf. Ein gefährlicher Balanceakt und im Takt mit der Musik gar nicht so leicht, aber zumindest richtete sich die Aufmerksamkeit sofort auf Fern.

«Na, kommt schon, Mädels», keuchte Fern, während sie durchs Wohnzimmer wackelte. «Hoch vom Sofa und rauf auf die Tanzfläche, wenn ihr Sambuca wollt! Von jetzt an interessieren wir uns nur noch für die Geister in Wein und Co.!»

Bald lachten alle über ihre Kunststücke. Doch während sie die Gläser verteilte und zur fröhlichen Musik herumalberte, wusste Fern, dass sie an diesem Abend nur noch an eines würde denken können, und wenn sie nicht bald eine Antwort fände, würde sie verrückt werden: Wenn sie dem Richtigen schon begegnet war, wer um alles in der Welt war er?

Und, fast noch wichtiger, wie sollte sie das herausfinden?

Kapitel vier

Latte macchiato mit fettarmer Milch und ein Käse-Schinken-Panino, wie bestellt.» Zoe stellte die Ausbeute ihres Gangs hinüber zum *Riverside Café* auf dem Tisch ab und sah Fern streng an. «Und jetzt iss was, in Gottes Namen. Süße, du siehst furchtbar aus.»

«Danke, dass du mich drauf aufmerksam machst.» Es war ja auch kein Wunder, dass sie schrecklich aussah, dachte Fern. Schließlich fühlte sie sich, als tobte eine Horde Breakdancer in ihrem Schädel herum. «Aber ich glaube fast, ein paar Kohlenhydrate reichen nicht aus, um das wieder in Ordnung zu bringen. Ein Eimer Aspirin würde sicher helfen. Wenn ich doch nur in einem abgedunkelten Zimmer liegen dürfte!»

Zoe lachte. «Die Kopfschmerztabletten bekommst du erst, wenn du was gegessen hast. Jetzt hör auf zu jammern und hau rein!»

Es war Samstagmittag, und die beiden Freundinnen saßen draußen an der Themse, blickten übers glitzernde Wasser und genossen die warme Frühlingssonne auf dem Gesicht. Zumindest Zoe genoss den Sonnenschein, wohingegen Fern die Augen gegen das helle Licht zukniff.

«Könnte mal bitte jemand die Sonne dimmen?», klagte sie und versuchte, die Augen mit der Hand abzuschirmen. «Oder könnten wir uns reinsetzen?»

«Wie viel Sambuca hast du gestern Abend eigentlich genau getrunken?», erkundigte sich Zoe verwundert, kramte eine Sonnenbrille aus ihrer Marc-Jacobs-Tasche hervor und reichte sie Fern.

«Zu viel», stöhnte Fern, während sie die Brille aufsetzte. «Ich werde nie wieder was trinken!»

«Das höre ich nicht zum ersten Mal», meinte Zoe lachend. «Ich glaube sogar, dass ich diesen Satz während unserer drei gemeinsamen Uni-Jahre jeden Samstagmorgen vernommen habe.»

«Diesmal meine ich's ernst», versicherte ihr Fern. «Sambuca werde ich jedenfalls mein Lebtag nicht mehr anrühren.»

«Und mit dieser Einstellung bist du nicht mal allein. Auch Libby und Charlotte wirkten vorhin ein bisschen grün um die Nase.»

Fern lächelte. Nach ihrer Show-Einlage mit den Sambucas ging die Trinkerei erst richtig los. Deshalb lag Priya heute Morgen auch immer noch in Zoes Gästezimmer, und Libby frühstückte gleich mehrere Kopfschmerztabletten. Zum Glück war Steve immer noch auf seinem Junggesellenabschied, denn weder seine Zukünftige noch ihre Freundinnen wären heute Morgen eine Augenweide gewesen.

«Es war trotzdem ein netter Abend, oder?», erkundigte sich Fern vorsichtig. Sie wollte nicht die Erste sein, die Angelas Weissagungen erwähnte, obwohl sie an nichts anderes dachte.

Ob es Zoe wohl genauso ging?

«Ein super Abend war das! Es gibt einfach nichts Besseres, als Zeit mit meinen besten Freundinnen zu verbringen», stimmte Zoe ihr zu. «Auf die Wahrsagerei hätte ich allerdings verzichten können. Ich steh ehrlich gesagt nicht so auf das ganze Zeug. Aber die anderen scheint es ja ziemlich beeindruckt zu haben. Sogar Charlotte fand Gefallen, und das will was heißen!»

«Glaubst du, dieser Angela kann man trauen?»

«Sie wusste auf jeden Fall eine Menge sehr persönlicher Dinge von mir», erwiderte Zoe nachdenklich. «Und wie war's bei dir? Hast du mit dem, was sie gesagt hat, etwas anfangen können?»

Fern löffelte ein wenig Milchschaum von ihrem Latte und nahm dann einen Schluck. Sofort fühlte sie sich besser. Letztlich war sie nämlich eher erschöpft als verkatert. Nach dem Ende der Party hatte sie sich auf Zoes Futonbett hin und her gewälzt, während ihr der Alkohol durch die Adern und schlechte Erinnerungen durch die Gedanken rauschten. Schließlich fiel sie in einen unruhigen Schlaf. Immer wieder hörte sie Angelas Worte, bis sie mit trockenem Mund und klopfendem Herzen aufwachte. Danach lag sie längere Zeit wach und sah den Lichtern der Autoscheinwerfer zu, die über die Zimmerdecke streiften. Währenddessen ging sie in Gedanken die Liste ihrer Exfreunde durch – wen hatte sie entwischen lassen? Doch selbst als das kühle Licht der Morgendämmerung durch den Spalt im Vorhang drang, war Fern kein bisschen schlauer. Wenn es nach ihr ging, waren sämtliche ihrer Exfreunde aus gutem Grund Exfreunde.

«Alles in Ordnung, Süße?» Zoes haselnussfarbene Augen blickten besorgt drein. «Du wirkst total aufgewühlt. Was hat sie denn zu dir gesagt?»

Fern seufzte und stellte klappernd ihre Kaffeetasse ab. Ihre Hände zitterten. Ob das allerdings am Alkohol oder am Schock darüber lag, dass Angela Ferns Leben im Detail zu kennen schien, konnte sie nicht so genau sagen.

«He!» Zoe drückte mit ihren kühlen, schlanken Fingern Ferns Hand. «Was ist denn los?»

«Sie wusste alles über meinen Vater», antwortete Fern leise. «Sie hat mir erzählt, wie er gestorben ist.»

Zoe hob wieder eine ihrer für die Hochzeit perfekt in Form gezupfte Augenbraue. «Das könnte auch gut geraten gewesen sein, Süße. Wie nennt man das nochmal? *Cold Reading?* Wenn man so tut, als wüsste man etwas, und Floskeln, die auf jeden zutreffen, plötzlich ganz persönlich wirken?»

Fern schüttelte den Kopf. «Niemals, Zoe. Dafür kannte sie viel zu viele Details. Sie wusste, was er gesagt hat. Sie wusste Dinge, die ich niemandem außerhalb meiner Familie je erzählt habe. Das hätte sie sich nie im Leben ausdenken können! Sie hat da voll ins Schwarze getroffen.»

«Dann kann sie also wirklich hellsehen?»

«Ich glaube schon», antwortete Fern. Dann merkte sie, wie Zoe unter ihrem Selbstbräuner blass geworden war. «Was hat sie denn zu dir gesagt?»

«Nur langweiliges Zeug», erwiderte Zoe rasch. «Vergiss mich jetzt erst einmal. Was hat sie noch gesagt? Und erzähl mir ja nicht, das sei alles gewesen, Fern Moss, denn ich kenn dich und weiß genau, wenn dich was umtreibt!»

«Du versprichst mir aber, dass du nicht lachst und mich auch nicht für völlig bescheuert hältst?»

«Natürlich nicht!»

Fern holte tief Luft. «Ich weiß, dass ich eigentlich eine selbständige Frau sein sollte und keinen Mann brauche, um ein ganzer Mensch zu sein, und all das. Aber ich habe Angela gefragt, wann ich den Richtigen treffen würde, meine bessere Hälfte ...» Sie wurde rot. «Ganz schön klischeehaft, was?»

«Jeder will geliebt werden, Süße.» Zoe drückte ihre Hand. «Außerdem werde ich dir da wohl kaum einen Vortrag halten können. Nachdem ich die letzten sechs Monate ein absolutes Brautmonster war! Also, was hat Angela gesagt? Wer ist er?»

«Nun, anscheinend ist genau das die Preisfrage. Sie hat

nämlich gesagt, ich hätte meinen Traummann schon längst gefunden, ihn aber wieder gehen lassen.»

Selbst als sie die Worte der Wahrsagerin wiederholte, zog sich Ferns Magen vor Angst heftig zusammen. Was, wenn es stimmte und sie ihre einzige Chance auf Glück verspielt hatte? War sie so unvorsichtig gewesen?

«Der, der durchs Netz ging ...», flüsterte Zoe. «Das ist so romantisch!»

«Ach ja?» Fern fand überhaupt nicht, dass das romantisch klang. Ihrer Ansicht nach war das alles entsetzlich kompliziert. Sie würde nicht nur ihre Liste an Exfreunden durchgehen müssen, sondern dann auch noch einen ganz gewaltigen Kniefall machen und zu Kreuze kriechen müssen, wenn sie geklärt hatte, wer der Richtige war. Beim bloßen Gedanken daran taten ihr schon die Knochen weh.

Zoe kramte in ihrer Tasche und holte einen Stift und ein wunderschönes, in Leder gebundenes Notizbuch von Smythson heraus, auf dessen Deckel in goldenen Kursivbuchstaben das Wort *Hochzeitsplaner* eingeprägt war. Sie blätterte weiter nach hinten, wählte eine freie, cremeweiße Seite und zückte den Stift. «Also, wir brauchen einen Schlachtplan.»

Fern rollte mit den Augen. Zoe nahm es mit dem Vorausplanen immer besonders ernst. Schon an der Uni hatte sie alle Termine und Deadlines stets eingehalten, während Fern sich am Ende eines Semesters mit Koffeintabletten vollgestopft und die Nächte durchgearbeitet hatte, um die geforderten Essays aufzuarbeiten.

«Schau mich nicht so an», schimpfte Zoe. «Los jetzt, lass uns mal richtig nachdenken. Wer, glaubst du, *könnte* es sein? Fällt dir da spontan irgendwer ein?»

Fern nahm einen großen Schluck Kaffee und dachte angestrengt nach. Aber das hatte sie doch schon die ganze letzte Nacht im Bett getan. Wie in einem Film war ihre Vergangenheit vor ihrem inneren Auge abgelaufen. Letztlich gab es nur drei Männer, die sie aufrichtig geliebt hatte.

Die erste Erinnerung kam mit einer bittersüßen Welle der Nostalgie. Schließlich gibt es die erste große Liebe kein zweites Mal.

Luke Scottman war Ferns erster richtiger Freund, und sie waren fast die ganze Universitätszeit zusammen gewesen. Zoe und Fern hatten Luke beim Theaterclub an der Uni kennengelernt, als sie alle beim *Sommernachtstraum* mitspielten. Fern konnte ihr Glück kaum fassen, als sie die Rolle der Hermia bekam und mit dem großen, gutaussehenden Kerl spielen durfte. Mit seinen stechenden blauen Augen würde er den Lysander geben. So zu tun, als sei sie in ihn verliebt, fiel ihr nicht besonders schwer, und bald wurde aus dem Spiel Wirklichkeit. Die beiden waren unzertrennlich, oder, wie Zoe es einmal formulierte, sie glichen siamesischen Zwillingen, die an den Lippen zusammengewachsen waren!

«Nun, da wäre natürlich Luke», sagte Fern langsam. «Aber das ist so lange her, dass es mir inzwischen unwirklich vorkommt.»

Zoe nickte und notierte seinen Namen in ihrem Buch. «Ich weiß, was du meinst. Ich kann auch kaum glauben, dass wir tatsächlich mit ihm zusammen studiert haben, und schon gar nicht, dass wir beste Freunde waren. Wer hätte damals gedacht, dass aus Luke mal ein waschechter Hollywoodstar würde?» Sie hielt inne. «Erst neulich habe ich gelesen, dass er höchstwahrscheinlich die Hauptrolle in diesem neuen Actionfilm kriegt. Wie hieß der noch gleich?»

«Dynamite», antwortete Fern, die den Artikel auch gelesen

und sich für Luke gefreut hatte. «Seit unserer Uni-Theatergruppe hat er's auf jeden Fall weit gebracht.»

«Luke war aber auch immer ein super Schauspieler», erinnerte sich Zoe. «Da überrascht es mich nicht wirklich, dass er eine so steile Karriere hingelegt hat. Ganz abgesehen davon, dass er einfach unfassbar sexy ist!»

«Mmm.» Fern pikte mit einer Gabel in den Panino, der vor ihr auf einem Teller lag. Der geschmolzene Käse war inzwischen hart geworden, und auf der Serviette breitete sich eine Fettlache aus. Aber sie hatte sowieso keinen Hunger. Dachte sie an ihre Verflossenen, verging ihr meist der Appetit. Eine gute Diät eigentlich.

«Bereust du, dass du dich von Luke getrennt hast?», fragte Zoe vorsichtig.

Fern seufzte. Sie hatte Luke angebetet, aber nach der Uni hatte es sie in unterschiedliche Richtungen gezogen.

«Nicht wirklich.» Fern drehte den dicken Bernsteinring an ihrem Finger hin und her. «Wir wollten ganz unterschiedliche Dinge, und das Timing hat einfach überhaupt nicht gestimmt. Luke wollte aus der Schauspielerei einen Beruf machen und ich mich auf die Bühnenbildnerei konzentrieren. Ich wusste, daraus wird nichts, wenn ich mit ihm von Filmset zu Filmset reise. Außerdem», sie seufzte wieder, «hatte ich es auch satt, ständig pleite zu sein. Ich hatte keine Lust mehr, immer irgendwelche schäbigen Buden zu mieten und Reste von gestern zu essen. Luke war immer so sehr mit sich selbst beschäftigt, er hat gar nicht kapiert, dass für mich die Bühnenbildnerei vielleicht genauso wichtig sein könnte.»

«Aber Luke ist heute wohl kaum mehr ein Künstler, der am Hungertuch nagt», gab Zoe zu bedenken. «Er ist ein Star.»

Das stimmte. Inzwischen verging kaum eine Woche, in der

Luke nicht in der Boulevardpresse oder irgendwelchen Talkshows auftauchte. Auch in den Zeitschriften wurde pausenlos über ihn geschrieben, und erst am vergangenen Wochenende hatte man ihn mit der hinreißenden Sängerin Trinity in Verbindung gebracht, die jetzt auch schauspielerte. Inzwischen spielte Luke in einer ganz anderen Liga als Fern.

Zoe trank ihren Kaffee aus. «Okay, das wäre Luke. Wer könnte sonst noch Mr. Right sein? Was ist mit Matt? Der war doch süß.»

Nun war Fern an der Reihe, das Gesicht zu verziehen. «Bitte, Zoe, erspar mir einen Vortrag über den heiligen Matt von Putney.»

«Er war ein netter Kerl! Also echt, Fern, manchmal glaube ich fast, dass man es dir nie recht machen kann.»

Fern war mit Mitte zwanzig mit Matt zusammen gewesen, aber die Beziehung war recht unschön auseinandergegangen, als sie beschloss, sich eine Auszeit zu nehmen und zu reisen. Theoretisch war Matt der perfekte Freund: nett anzuschauen, höflich, wohlhabend, und er hatte eine brillante Karriere als Tierarzt vor sich. In Wirklichkeit hatte die Gleichförmigkeit des Zusammenlebens Fern aber fast erstickt. Als Matt schließlich anfing, von Hochzeit und Kindern und einem Umzug aufs Land zu sprechen, war sie in Panik ausgebrochen. Nach Indien zu fahren, erschien ihr plötzlich eine ausgezeichnete Idee, und Matt wiederum war völlig am Boden zerstört gewesen ...

Fern seufzte. «Matt war total nett, aber er wollte nicht mal mit mir auf Reisen gehen, weißt du nicht mehr?»

Zoe wackelte mit einem perfekt manikürten Zeigefinger vor Ferns Nase herum. «Du hast mit Luke Schluss gemacht, weil er dir keine Sicherheit bieten konnte, und dann hast du dich beklagt, dass Matt nicht aufregend genug war. Luke ist dir zu viel herumgereist und Matt nicht genug. Verdammt, Fern, was willst du denn eigentlich?»

«Ich will alles – was auch immer das sein mag! Ich schätze mal, die perfekte Mischung. Und so süß Matt auch war, es fehlte eben etwas.»

«Da tut sich ein gewisses Muster auf, Süße», erinnerte Zoe sie. «Du bist eine Serienschlussmacherin. Gerade erst hast du dieses Schwein abserviert.»

Das Schwein alias Seb stand ganz oben auf Zoes Liste der meistgehassten Menschen und schlug damit sogar Spinnenliebhaber und unzuverlässige Hochzeits-Caterer.

Das war allerdings eine zweifelhafte Ehre.

«Ich hatte ja keine echte Wahl», meinte Fern betrübt. Dabei sollte sie eigentlich nicht unglücklich sein! Schließlich hatte sie mit ihm aus gutem Grund Schluss gemacht, nicht wahr?

«Meinst du, es ist Seb?» Fern wurde auf der emotionalen Wippe, auf der sie zu sitzen meinte, langsam ein bisschen schlecht. «Er hat einen sicheren Job, aber wir haben trotzdem viele aufregende Dinge zusammen unternommen. Dieser Safariurlaub, auf den er mich zum Beispiel mitgenommen hat, der war klasse. Und Seb hat mich oft zum Lachen gebracht.»

«Er hat dich auch oft zum Weinen gebracht», merkte Zoe an.

«Stimmt.» Fern zeichnete Muster in den Schaum ihres Latte. «Aber er hatte auch einen ziemlich sexy Körper.»

«Was für eine Schande, dass der von einem totalen Idioten bewohnt wird.» Zoe hatte auf alles eine Antwort parat. «Nein, du hast völlig richtig gehandelt, als du dieses Schwein abserviert hast, Süße. Ich bin mir sicher, dass die Wahrsagerin nicht ihn gemeint hat.»

«Warum glaubst du, dass sie überhaupt recht hat?» In Ferns Kopf fing es an zu hämmern. «Wir sind doch gutausgebildete, selbstbewusste Frauen des einundzwanzigsten Jahrhunderts. Das könnte auch alles totaler Mist sein, was diese Frau erzählt.»

«Vielleicht, aber du hast selbst gesagt, dass sie zu viel wusste. Es kann kein Zufall sein. Du hast die Liebe deines Lebens gefunden und wieder gehen lassen, Fern. Bist du wirklich bereit, das einfach zu ignorieren?»

Auf der Themse glitten jetzt zwei Schwäne vorbei, gefolgt von fünf flauschigen grauen Jungvögeln. Am gegenüberliegenden Ufer spazierte langsam ein junges Paar entlang und blieb alle paar Schritte stehen, um sich zu küssen. Während Zoe schon wieder etwas in ihr Notizbuch kritzelte, fing der Diamant ihres Verlobungsrings das Sonnenlicht ein und warf einen kleinen Regenbogen quer über den Tisch.

Fern schloss die Augen. Zoe hatte recht. Sie war nicht bereit, dieses Risiko einzugehen.

«Wenn ich ihn habe gehen lassen», fuhr Zoe fort, «dann gibt es schließlich auch die Möglichkeit, ihn zurückzugewinnen, nicht wahr?»

«Meinst du?»

«Natürlich! Wir müssen lediglich dafür sorgen, dass du mit diesen Kerlen wieder sprichst, und dann findest du sicherlich heraus, welcher es ist!»

«Warum eigentlich immer *wir*?», wollte Fern wissen. «Und was ist überhaupt mit deiner Prophezeiung?»

«Ach, meine war nicht halb so interessant wie deine, Süße. Außerdem bin ich eine alte, quasi verheiratete Frau, also kann ich Romantik und Aufregung nur über meine Single-Freundinnen bekommen! Darum ist es ein glücklicher Zufall, dass zwei deiner Verflossenen ohnehin schon zur Hochzeit eingeladen sind. Einer davon ist ärgerlicherweise das Schwein, weil er bei Steve in der Rugby-Mannschaft spielt. Grrr.» Zoe schnitt eine Grimasse. Fern wusste, dass Zoe mit Steve darüber gestritten hatte, aber Steve – netter Kerl, der er nun einmal war – konnte sich nicht vorstellen, eine Hochzeitseinladung rückgängig zu machen. «Und der andere ist Luke, der vermutlich gar nicht kommen kann.»

Fern verzog das Gesicht. «Dann bleibt also nur Seb. Na toll.»

«Ich bin sicher, ich könnte noch eine Einladung für Matt rausschinden. Schließlich ist er der Sohn von alten Freunden der Familie. Wir haben ihn in der ersten Einladungsrunde weggelassen, aber da einige Leute nicht kommen können, kriegen wir ihn bestimmt irgendwie unter. Was meinst du?»

Fern war sich nicht sicher, ob sie Matt wirklich wiedersehen wollte. Er hatte bei der Trennung ein paar nicht so nette Dinge gesagt. Es war wahrscheinlicher, dass er ihr eine Kopfnuss verpassen würde, anstatt sich als ihre verlorengegangene, große Liebe zu entpuppen. Oder hatte Fern ihn vielleicht zu schnell abgeschrieben? Hatte sie die Liebe ihres Lebens aufgegeben, bloß weil er gerne sesshaft werden wollte?

«Schließlich hast du mir dauernd erzählt, wie lieb Matt war.» Zoe fuhr mit der Dampfwalze durch Ferns emotionalen Porzellanladen. «Hat er dich nicht damals liebevoll gepflegt, als du dein Handgelenk gebrochen hattest? Und hat Matt dir im ersten Monat eurer Beziehung nicht jeden Tag Blumen geschickt?»

Fern nickte. Doch damals hatte sie sich eher wie ein krankes Kätzchen in seiner Praxis gefühlt. Und die Sache mit den Blumen hatte sie nach wenigen Tagen wahnsinnig gemacht. Es war kein Spaß gewesen, von Fleurop verfolgt zu werden. Aber rückblickend wirkte das Ganze zugegebenermaßen ziemlich süß. Was also, wenn Matt der Traummann war, den sie hatte ziehen lassen?

Zoe hatte recht. Sie konnte es nicht riskieren.

«Okay!» Die Aufregung machte sich als kleiner Knoten in ihrem Bauch bemerkbar. «Lad ihn ein. Es kann nicht schaden, ihn wiederzusehen. Also, nur für den Fall.»

«Das ist die richtige Einstellung!» Zoe grinste. «Ich weiß genau, wie die Sache ausgehen wird. Ich fühle es! Lass uns zur Feier noch einen Kaffee trinken.»

Während Zoe sich zwischen den Tischen hindurch ihren Weg bahnte, stützte Fern ihren hämmernden Kopf in die Hände und versuchte, der aufsteigenden Nervosität Herr zu werden. Ich muss mich mal abregen, ermahnte sie sich streng. Nur weil eine Wahrsagerin mir erzählt hat, dass ich den Richtigen bereits getroffen habe, muss das noch lange nicht stimmen!

Aber es hatte keinen Sinn, vernünftig zu sein. Es lag Fern außerdem gar nicht, vernünftig zu sein – siehe Plateaustiefel. Aber sie wollte es versuchen. Und während sie die Augen schloss und die warmen Sonnenstrahlen auf ihrem Gesicht genoss, hörte sie wieder Angelas ruhige, entschiedene Stimme …

Kapitel fünf

Zoe, du siehst umwerfend aus!», stellte Fern begeistert fest, als sie am darauffolgenden Wochenende das Schlafzimmer betrat, wo die Braut sich hergerichtet hatte. In ihrem schlichten weißen Etuikleid von Vera Wang und den blonden Haaren, die sie zu einem eleganten Knoten geschlungen hatte, war Zoe so atemberaubend schön, dass Fern Tränen in die Augen stiegen.

«Meinst du, das geht so?» Zoes Blick begegnete im Spiegel dem von Fern. «Du findest also nicht, dass ich schon ein bisschen zu betagt bin, um das so zu tragen?» Sie nestelte an der weißen Gardenie herum, die hinter ihrem Ohr steckte, und griff dann nach dem darauf abgestimmten Strauß.

«Du siehst wunderschön aus!» Fern nahm ihre Freundin vorsichtig in den Arm. «Steve ist ein echter Glückspilz. Und was dein Alter betrifft: Ich hab selten einen solchen Mist gehört!»

«Du hast doch gesagt, dass du zu alt bist für den Brautjungfernjob.»

«Bin ich doch auch! Gib zu, ich würde in rosafarbenen Rüschen entsetzlich aussehen – wie ein einsames Klorollenhäubchen!»

«Was denkst du eigentlich von mir? Meine Brautjungfern tragen Kirschrot!»

Fern grinste. «Das ist natürlich ganz was anderes als Rosa! Trotzdem werden deine Nichten das viel besser machen, als ich es je könnte. Ich würde garantiert auf dem Weg zum Altar stolpern und im Taufbecken landen oder so was.»

Zoe warf einen Blick auf Ferns Schuhwerk – grüne Pumps mit hohen Keilabsätzen und scharlachroten Bändern um die Knöchel – und musste lächeln. Ferns Hang zu Dramatik inklusive Knochenbrüche war unter ihren Freunden wohl bekannt!

«Außerdem», fügte Fern hinzu, «du weiß doch, wie es heißt: ‹Immer nur Brautjungfer, niemals die Braut.› Ich werde mein Liebesglück nicht weiter gefährden, nein danke! Nicht wenn mein ehemaliger und zukünftiger Mr. Right auf dieser Hochzeit ist!»

«Dazu wollte ich dir noch was sagen», setzte Zoe an, «ich glaube, du solltest wissen, dass –»

Doch da stürzte Zoes Vater, im schicken Anzug, ins Zimmer und strahlte seine wunderschöne Tochter an.

«Es ist so weit», erklärte Mr. Forster und bot Zoe den Arm, damit sie sich bei ihm unterhaken konnte. «Ich kann nicht fassen, dass mein kleines Mädchen tatsächlich heiratet!»

Fern traten wieder Tränen in die Augen. Sie freute sich so für Zoe, doch gleichzeitig verspürte sie einen Schmerz bei dem Gedanken, dass ihr eigener Vater nicht da sein würde, um sie zum Altar zu geleiten.

Reiß dich zusammen!, befahl sie sich selbst streng. Falls du nicht rauskriegst, wen du dir durch die Lappen hast gehen lassen, wird das mit dem Altar sowieso nichts mehr.

«Viel Glück, Zoe.» Fern blies ihrer Freundin einen Luftkuss zu. «Genieß jeden Augenblick.» Dann schlüpfte sie aus dem Zimmer und versuchte ihr Möglichstes, nicht darüber nachzudenken, dass sie sich am selben Ort befand wie Matt und Seb. Barfuß über glühende Kohlen zu laufen, wäre ihr leichter gefallen.

Ich werde jetzt nicht an sie denken!, wiederholte sie innerlich. Dies hier war Zoes großer Tag, und sie wollte jede Sekunde davon mitbekommen. Angelas Weissagung hatte sie ohnehin schon ganz verrückt gemacht.

Zoe und Steve hatten sich entschieden, ihre Hochzeit in einem bezaubernden Landhaushotel zu feiern. Die Zeremonie sollte im großen Ballsaal stattfinden und der anschließende Empfang im prächtigen Speiseraum, von wo aus die Gäste, wenn es das Wetter erlaubte, hinaus auf die Terrasse und in den Garten flanieren konnten. Als Fern die geschwungene Treppe aus dem ersten Stock hinuntereilte, bewunderte sie das mit Efeu, weißen Rosen und flatternden kirschroten Bändern umschlungene Geländer. Erleichtert seufzte sie auf, weil durch die Kuppel im Dach Sonnenstrahlen hereinfielen.

Die Brautjungfern, die bereits am Fuße der Stufen warteten, sahen in ihren kirschroten Kleidern und den Gardenien mit Schleierkraut im Haar bezaubernd aus. Trotzdem war Fern froh, nicht mit von der Partie zu sein. Sie gefühlte sich viel wohler in ihrem Vintage-Kleid mit rot-grünem Liberty-Druck, das sie in einer ihrer Lieblingsboutiquen gefunden hatte, und den grünen Keilabsatzschuhen, die sie etwas größer machten. Elegante Haarknoten hatte Fern mit ihren Locken noch nie hinbekommen. Deshalb hatte sie sie heute nur locker hochgesteckt, sodass ein paar lose Strähnen ihr Gesicht einrahmten, und eine rote Rose hinters Ohr geklemmt. Dazu ein perfekt stützender BH und Omaunterhosen, auf die Bridget Jones stolz wäre, und Fern war bereit für den Kampf.

Beziehungsweise für eine Begegnung mit ihren Exfreunden …

Sie setzte sich auf einen Stuhl etwas weiter hinten im Raum, verstaute ihre rote Plüschtasche unterm Stuhl und sah sich unauffällig um. Das allgemeine aufgeregte Murmeln übertönte die Bemühungen eines Streichquartetts, und an der Tür gab Zoes Hochzeitsplanerin dem Standesbeamten letzte Anweisungen. Vorne stand Steve unter einem Blumenbogen mit dem Trauzeugen an seiner Seite. Die leicht verspannte Haltung seiner Schultern verriet, wie nervös er war.

Fern verrenkte sich den Hals, um Priya zuwinken zu können, die wesentlich weniger grün im Gesicht war als bei ihrer letzten Begegnung, und lächelte einigen Leuten zu, die ihr noch aus Studienzeiten bekannt vorkamen. Der glänzende rote Pagenkopf unter dem salbeigrünen Hut konnte nur Charlotte gehören, und dort drüben saß Libby neben Mrs. Kent. In ihrem hinreißenden, griechisch geschnittenen Kleid statt des üblichen Skater-Girl-Looks sah Zoes Schwester heute ganz anders aus als sonst. Fern fühlte sich nicht mehr ganz so schlecht, dass sie es abgelehnt hatte, Brautjungfern-Farben zu tragen. Wobei, so wie sie Libby kannte, hätte die sicher keinen Aufstand gemacht, solange es sich um kirschrote Cargohosen und Sneakers gehandelt hätte.

Als sie den Raum mit den Augen scannte wie ein Terminator im Kleid, entdeckte Fern schließlich einen vertrauten dunklen Lockenschopf, und sofort schlug ihr das Herz bis zum Hals. Matt saß zwei Reihen vor ihr, vielleicht etwas fülliger als noch vor vier Jahren, und seine Haare waren länger als damals, aber es handelte sich zweifelsfrei um ihn. Fern schloss die Augen und erinnerte sich daran, wie es gewesen war, mit den Fingern durch die weichen Locken in seinem Nacken zu streichen. Auch fiel ihr plötzlich wieder ein, wie er sie oft sanft das Schlüsselbein entlang über die weiche Haut ihres Halses bis zum Mundwinkel geküsst hatte.

Allmählich erinnerte sie sich wieder genau daran, was sie an Matt gefunden hatte, bevor seine Zuverlässigkeit und Ernsthaftigkeit ihr auf einmal auf die Nerven gegangen waren. Fast war sie versucht, sich mit ihren Keilabsätzen selbst zu treten – was durchaus lebensgefährlich gewesen wäre.

Wie bescheuert! Warum sagte einem niemand vorher, dass einem mit Anfang dreißig ganz andere Dinge wichtig sein werden als mit Anfang zwanzig?

Neben Matt saß eine gutaussehende, schlanke Brünette. Vermutlich seine Begleiterin. Ob es wohl ernst war zwischen den beiden, überlegte Fern, oder war sie tatsächlich nur für die Hochzeit mit dabei?

«Entschuldigung, ist hier noch frei?»

Fern fiel vor Schreck beinahe vom Stuhl, als sich plötzlich Seb über ihre nackte Schulter beugte und auf sie herunterlächelte. Seine rauchgrauen Augen funkelten, und sein Einhundert-Watt-Lächeln war so charmant wie immer. Fern widerstand dem Pawlow'schen Reflex zurückzulächeln. Wie hatte sie jemals glauben können, es sei eine gute Idee, Seb wiederzusehen? Das war, als risse man die Fäden aus einer eben vernähten Wunde.

«Du siehst fantastisch aus.» Seb schien Ferns Schweigen als Einverständnis zu werten und setzte sich neben sie. «Das ist ein tolles Kleid. Hast du abgenommen?»

«Klar», blaffte Fern. «Ich bin achtzig Kilo nutzlosen Mann losgeworden.»

«Du bist immer noch sauer.» Seb seufzte. «Baby, wie oft soll ich es dir noch sagen? Es tut mir so leid. Es hat mir nichts bedeutet, und das weißt du.»

Sie wusste tatsächlich, dass es so war. Er hatte es ihr mehr als deutlich gemacht. Das Problem war, dass sein Fehltritt mit Vanessa für Fern durchaus etwas bedeutet hatte. Als sie ihn zu einer Abendeinladung mit seinen Kollegen begleitet hatte, musste sie zufällig mit anhören, wie sich zwei Frauen über seinen Seitensprung mit Vanessa unterhielten und darüber, wie leid Fern ihnen tat. Damals hatte sie einen solch heftigen, stechenden Schmerz verspürt, dass sie beinahe ohnmächtig geworden wäre. Auch wenn es ein Klischee ist: Fern hätte schwören können, dass in diesem Augenblick ihr Herz brach.

Nicht, dass sie Seb gegenüber zugeben würde, wie sehr er sie verletzt hatte. Also versuchte Fern, die letzten Fetzen Würde zu bewahren, die ihr geblieben waren – schließlich hatte sie ihm damals den Le Creuset-Wok an den Kopf werfen wollen –, und ballte die Hände zu Fäusten, um nicht zu explodieren.

«Ich will das jetzt nicht diskutieren», zischte sie. «Das hier ist eine Hochzeit, Seb. Ein glücklicher Anlass, schon vergessen?»

«Entschuldige. Du hast recht.» Sebs ebenmäßige Gesichtszüge verzogen sich sofort zu einer schuldbewussten Miene, und sein trauriger Blick war dermaßen mitleiderregend, dass er fast dem Welpen aus der Klopapierwerbung Konkurrenz machte. «Ich vermisse dich halt so sehr, Fern. Wirklich. Ich kann nicht aufhören, an dich zu denken.»

Fern ignorierte ihn, und zum Glück setzte in diesem Moment das Streichquartett zum Ave-Maria an und kündigte damit den Einzug der Braut an. Als Zoe und ihr Vater langsam den Gang entlang auf Steve zuschritten, tat Fern ihr Möglichstes, alle Gedanken an Weissagungen und Exfreunde zu verbannen. Tränen stiegen ihr in die Augen, als sie den liebevollen Blickwechsel zwischen Braut und Bräutigam beobachtete.

Und in diesem Augenblick gelobte Fern Moss sich selbst, dass keine geringere Liebe ihr je reichen würde.

Sie würde sich niemals mit dem Zweitbesten zufriedengeben.

Kapitel sechs

Steve hob sein Champagnerglas und räusperte sich.

«Auf meine wunderbare Frau! Mrs. Zoe Kent!»

«Mrs. Zoe Kent!», wiederholten die Hochzeitsgäste im Chor und prosteten dem Paar am Kopf der Tafel zu. Als Steve seine lächelnde Braut küsste, war allgemeines Seufzen zu hören.

Fern nahm einen großen Schluck Champagner und blinzelte. Du meine Güte, was war denn heute mit ihr los? Sie hatte so nah am Wasser gebaut, dass sie locker für eine dieser komischen Puppen durchgehen könnte, die auf Kommando Tränen vergossen. Während der ganzen Trauzeremonie hatte sie bereits feuchte Augen gehabt. Sie hatte noch nie etwas so Romantisches gehört wie Zoes und Steves Ehegelübde. Zoe sah so strahlend aus, ihre Augen blitzten, und ihre Wangen waren gerötet, als Steve ihr zärtlich den Ring ansteckte und gelobte, sie für immer und ewig zu lieben und zu ehren.

Was für ein Glück für Zoe, jemanden gefunden zu haben, der das für sie empfand, hatte Fern sehnsüchtig gedacht. Während das Brautpaar sich die ewige Treue schwor, hatte Seb den Anstand besessen, angestrengt seine Schuhspitzen zu studieren, während Fern das dringende Bedürfnis verspürte, ihn mit ihrem Gesangbuch zu erschlagen.

Aber sie blieb friedlich, die Zeremonie endete, und sie hatte ihn nicht erdrosselt, und jetzt war der feierliche Empfang in vollem Gange. Die Reden waren gehalten worden, die Gäste angenehm mit Bœuf en croute und zweifarbigem

Schokomousse gesättigt. Nach und nach traten die Leute durch die Flügeltüren nach draußen. Ums Terrassengeländer hatte man rosafarbene und weiße Lichterketten geschlungen, die wie tausend kleine Sterne funkelten, während die sanften Töne des Streichquartetts zum Himmel aufstiegen. Es war einfach perfekt.

Fern entschuldigte sich bei den anderen Gästen an ihrem Tisch, um ebenfalls nach draußen zu gehen, wo sie sich mit den Ellbogen auf die mit Flechten bewachsene Mauer stützte. Dahinter fielen sanft die Gärten ab, voller rauchiger Blau- und Lilatöne in der zunehmenden Dämmerung, während darüber eine schmale Mondsichel zwischen den Wolken hing.

«Wunderschön», erklang Sebs Stimme aus den Schatten.

Fern zuckte erschrocken zusammen und nickte dann. «Es war eine wunderschöne Hochzeit.»

«Ich meine nicht die Hochzeit», sagte er leise. «Ich habe das vorhin ernst gemeint, Fern. Du siehst absolut hinreißend aus. Es tut mir so leid, dass die Dinge zwischen uns schiefgelaufen sind.»

«Zwischen uns ist nichts schiefgelaufen!» Fern fuhr wütend herum. «Du hast eine andere Frau gevögelt, Seb! Dazu hat dich niemand gezwungen!»

Seb ließ den Kopf hängen. «Du hast recht, Süße. Ich war ein totaler Idiot, ein Missgeschick.»

Fern spürte den vertrauten stechenden Schmerz unter dem Brustbein. Während der ersten Wochen nach ihrer Trennung von Seb war dieser Schmerz ständig da gewesen. Sie dachte, er sei verschwunden, doch nach wenigen Minuten in Sebs Gesellschaft durchschnitt er ihr bereits wieder die Brust.

Vielleicht war sie doch noch nicht über ihn weg, wie sie gehofft hatte?

«Den Geburtstag von jemandem zu vergessen oder sich zu verwählen, das ist ein Missgeschick», erwiderte sie steif. «Nicht mit jemand anderem ins Bett zu gehen! Wie kann das ein Missgeschick sein? Du hast dich dafür entschieden, es zu tun.»

«Wie oft soll ich es noch sagen? Es tut mir wirklich leid!»

«Es tut dir leid?», wiederholte Fern ungläubig. «Seb, du hast mit einer anderen Frau geschlafen, und alles, was du dazu sagen kannst, ist, dass es dir leidtut? Verstehst du denn nicht? Zu sagen, dass es dir leidtut, macht nichts besser. Davon ändert sich nichts!»

«Das weiß ich doch.» Seb versuchte, ihr die Hand auf die Schulter zu legen, doch Fern zuckte zurück. Einst hatte sie seine Berührung geliebt. Ihr Innerstes hatte sich in schmelzende Eiscreme verwandelt, wenn er nur ganz leicht mit den Fingern über ihre Haut gestrichen war. Doch jetzt dachte sie an Vanessa und ekelte sich fast vor Sebs Nähe. Lieber wäre sie mit Osama bin Laden in einem Schrank eingesperrt, statt eine weitere Sekunde mit Seb zu verbringen.

«Lass mich einfach in Ruhe», erklärte sie ihm müde. «Ich hab das jetzt schon so oft gehört, und es war beim ersten Mal schon nicht überzeugend.»

Seb packte sie an den Schultern und sah sie mit festem Blick an. Seine Augen waren so zinngrau wie ein stürmisches Meer. «Es war ein Fehler, ein dummer Fehler, Fern, ich war betrunken. Ich schwöre bei Gott, wenn du mir eine zweite Chance gibst, werde ich nie wieder Mist bauen. Ich liebe dich!»

«Du liebst mich so sehr, dass du eine andere vögelst? Wie zum Teufel passt das denn zusammen?»

«Es hat nichts bedeutet, Liebling!»

«Mir verdammt nochmal schon!» Fern schüttelte ihn ab. «Und Vanessa möglicherweise auch!»

Seb fuhr sich mit der Hand übers Gesicht. «In Ordnung, ich versteh schon. Du bist wütend auf mich. Das hab ich verdient.»

«Klar bin ich wütend!» Fern funkelte ihn böse an. Es war egal, dass er immer noch attraktiv und witzig und möglicherweise der beste Liebhaber war, den sie je gehabt hatte. Sie hatte für sich selbst eine neue Grundregel aufgestellt: Keine Männer mehr, die gut im Bett, aber schlecht in allen anderen Dingen waren. Und Seb war nun mal ein Nichtsnutz. Selbst nach ihrer Trennung begriff er nicht, weshalb sein Verhalten sie dermaßen verletzt hatte und wütend machte.

«Können wir das nicht alles vergessen und nochmal von vorn anfangen?», bettelte er jetzt und nahm eine von Ferns beringten Händen in seine. «Wir hatten es doch gut zusammen, oder?»

Gegen ihren Willen nickte Fern. Das Leben mit Seb war die perfekte Mischung gewesen: aufregend, aber dennoch voller Liebe. Sie hatte ihn einfach angebetet.

Doch das war vorbei, rief sie sich selbst streng in Erinnerung.

«Wie wäre es also, wenn du mir vergibst und wir es nochmal versuchen? Ich weiß, dass es funktionieren würde. Du liebst mich, und ich liebe dich. Was wäre da einfacher?»

Fern entzog ihm rasch ihre Hand. Mit Seb hatte sie immer das Gefühl, als rannte sie mit dem Kopf gegen eine Steinmauer, so stur war er, und manche Dinge änderten sich nie.

«Du begreifst es wirklich nicht, oder? Du hast mich auf die

allerübelste Art hintergangen! Ich glaube nicht, dass ich dir verzeihen könnte, so gern ich es vielleicht würde. Und selbst wenn ich dir verzeihen könnte, wäre ich vermutlich nicht fähig zu vergessen, was du getan hast!»

Seb starrte sie erschrocken an. «Ich weiß nicht, was ich sonst noch sagen soll, außer dass es mir leidtut.»

«Hör bitte endlich damit auf, dich zu entschuldigen!» Zu ihrem großen Ärger spürte Fern, wie ihr schon wieder die Tränen kamen. Dabei hatte sie wegen Seb schon so viel geweint, dass eigentlich langsam Tränenknappheit auf der Welt herrschen sollte.

«Ach, Fern, bitte wein doch nicht!», bettelte er. «Das halte ich nicht aus. Ich hab dir nie weh tun wollen, Liebling.»

«Dafür ist es jetzt ein bisschen zu spät», krächzte Fern mühsam. «Schau, Seb, es hat wirklich keinen Sinn, die Sache nochmal durchzukauen. Fakt ist, du hast mich betrogen, und ich glaube nicht, dass ich da je drüber wegkommen werde. Ich kann einfach nicht mehr mit dir zusammen sein. Um ehrlich zu sein, ertrage ich kaum deinen Anblick.»

Sie machte auf dem Absatz kehrt, während ihr ein Schluchzen die Kehle zuschnürte, und eilte über die Terrasse davon – oder vielleicht war «hoppeln» die bessere Beschreibung für die schnelle Fortbewegung auf mörderisch hohen Absätzen.

Verdammter, verdammter Seb. Wie typisch für ihn, dass er erwartete, sie würde ihn wieder mit offenen Armen willkommen heißen, nachdem er mit einer anderen Frau geschlafen hatte. Der Typ war so sensibel wie ein Nashorn beim Angriff. Sie würde aber nicht schwach werden, dachte Fern wütend, während sie mit dem Handrücken Tränen wegwischte und einige Stufen hinunterstolperte. Seb konnte auf keinen Fall die große Liebe sein, die sie hatte gehen lassen. Es musste einfach einer der anderen beiden sein! Zu Seb würde sie nie zurückgehen können.

Niemals war der ihr Seelenverwandter.

Unten im Garten war es still und schattig. Je weiter Fern sich von der Terrasse entfernte, umso heftiger schluchzte sie. Sie versuchte verzweifelt, ihre Tränen zurückzuhalten, denn sie hatte Angst, sonst gar nicht mehr mit dem Weinen aufhören zu können, aber Sebs Entschuldigungsfloskeln summten wie Wespen durch ihren Kopf. Schließlich ließ Fern sich auf eine Steinbank sinken und barg das Gesicht in den Händen. Warum hatte das getan? Warum hatte er so gedankenlos ihre Beziehung aufs Spiel gesetzt?

Gläserklirren und gedämpftes Murmeln wurde vom lauen Wind zu ihr herübergetragen. Fern atmete zitternd durch und wischte sich die Tränen aus dem Gesicht. Das hier sollte eigentlich ein fröhlicher Anlass sein. Sie würde nicht zulassen, dass Seb Zoes großen Tag kaputtmachte. Sie würde noch ein paar Minuten hier sitzen bleiben und sich beruhigen, dann zurück ins Haus gehen, ihr Gesicht waschen und sich nachschminken und sich wieder unter die Feiernden mischen. Sie würde sich bei der Hochzeit ihrer besten Freundin nicht im Garten verstecken und ihrem Ex hinterherheulen. Es war sowieso an der Zeit, dass sie mal nach Zoe sah. Mehrmals während des Empfangs hatte Zoe sie herbeigewunken, aber jedes Mal wenn Fern sich dann der Braut nähern wollte, war diese von Fotografen oder stolzen Verwandten in Beschlag genommen worden. So hatte sie der frischgebackenen Mrs. Kent noch nicht mal gratuliert.

Als Ferns Atmung sich langsam beruhigte, merkte sie, dass sie nicht allein war. Sie ballte die Hände zu Fäusten. Sie war sich nicht sicher, ob es einen speziellen Fachausdruck für Exfreund-Mord gab, aber das würde sie sicherlich bald herausfinden, falls Seb ihr gefolgt war, um sich wieder einmal zu entschuldigen.

«Fern?», erklang eine Stimme aus dem Dunkeln, tief und süß wie warmer Karamellpudding. «Bist du das?»

Sie zuckte zusammen. Ein nicht unangenehmer kleiner Blitz durchfuhr sie.

Der Mann dort auf dem Rasen war in der Tat ein Exfreund. Matt starrte sie an, und seine Miene spiegelte eine Mischung aus Entsetzen und Verlegenheit wider. Für den Bruchteil einer Sekunde wirkte es, als wolle er sich wieder zurückziehen. Fern hätte es ihm nicht verübeln können, schließlich waren sie nicht gerade auf freundschaftliche Weise auseinandergegangen. Da sie sich plötzlich ihrer nassen Wangen und der verschmierten Wimperntusche bewusst wurde, versuchte sie, ihre Augen mit den Fingern abzuwischen. Warum hatte sie sich nur für ein Ballkleid entschieden? Wenn sie etwas mit Ärmeln anhätte, hätte sie sich jetzt mit denen die Augen trocknen können. Matt mochte zwar mal ihr Freund gewesen sein, aber deshalb würde sie vor ihm trotzdem nicht ihre Nase mit dem Rock ihres Kleides putzen!

«He, du weinst ja.» Als Matt Ferns verheultes Gesicht sah, trat er einen Schritt vor, setzte sich etwas linkisch neben sie und bot ihr seinen Ärmelaufschlag an.

«Ich habe leider kein Taschentuch», meinte er bedauernd.

Halb lachend, halb schluchzend nahm Fern seinen Ärmel dankbar an und trocknete damit ihre Tränen. Der gute alte Matt. Sie hatte ihn so schlecht behandelt, weil es ihr so wichtig gewesen war, Abenteuer zu erleben, und jetzt saß er in einem Moment der Not hier neben ihr. Diese verlässlichen

Qualitäten, die sie einst als so nervig und einengend empfunden hatten, gefielen ihr plötzlich.

«Besser?», fragte Matt.

Fern schenkte ihm ein schiefes Lächeln. «Viel besser, danke. Du kannst deinen Ärmel jetzt wiederhaben.»

«Sicher?» Matt erwiderte ihr Lächeln, und Fern fiel wieder auf, was für einen sensiblen, großzügigen Mund er hatte. «Ich hab noch einen zweiten, wenn du magst!»

«Es geht schon. Mein Gott, Matt, das tut mir leid. Dass du mich ausgerechnet in einem solchen Zustand sehen musst.»

Er zuckte mit den Schultern. «Wenn ich mich recht erinnere, war bei unserer letzten Begegnung ich in einem solchen Zustand.»

Aua. Fern war sich nicht sicher, was sie darauf erwidern sollte. *Ich weiß*, klang arrogant, und *tut mir leid* war absolut unzureichend.

«Matt, ich –»

«Verzeih mir, Fern, das hätte ich nicht sagen sollen. Ist doch alles Schnee von gestern, ehrlich. Ich werde dich deshalb jetzt nicht beschimpfen, versprochen.»

«Dann hast du also nicht vor, mich zur Schnecke zu machen?», versuchte Fern zu scherzen.

«Ganz sicher nicht, ich bin doch Tierarzt!» Matt machte ein ernstes Gesicht. «Ganz ehrlich, es ist alles in Ordnung. Ich bin dir nicht böse wegen dem, was zwischen uns passiert ist. Wie sich herausgestellt hat, hattest du sowieso recht: Wir hätten als Paar nicht funktioniert. Dazu sind wir viel zu verschieden. Amanda und ich passen viel besser zusammen.»

Amanda? Das musste die schlanke Brünette sein, die während der Zeremonie neben ihm gesessen hatte.

«Das ist toll», sagte Fern.

So saßen sie in vielsagendem Schweigen einige Minuten nebeneinander. Fern war so schwer ums Herz. Was, wenn dieser freundliche, sanfte Mann derjenige war, den sie hatte ziehen lassen? Wäre das nicht wieder mal absolut typisch?

«Und bist du mit jemandem zusammen?», fragte er nach einer Weile.

Fern zuckte mit ihren schmalen Schultern. «Es gab jemanden, aber das hat nicht so funktioniert, wie ich es mir erhofft hatte.»

«Der Typ auf der Terrasse?», wollte Matt wissen. «Bist du seinetwegen so unglücklich?»

«Ist eine lange Geschichte. Sagen wir einfach, er hat eine bessere Lösung gefunden.»

Matts dunkle Augenbrauen hoben sich fast bis zum Ansatz seiner braunen Locken. «Es fällt mir schwer, das zu glauben. Da muss ein Mann ziemlich lange suchen, bis er eine Bessere findet als dich, Fern.»

«Denkst du das wirklich?», flüsterte sie.

«Ja.» Er nickte. «Ich hab dich geliebt, Fern. Du bist witzig und einzigartig und so sexy. Du warst mein kleiner blonder Kobold, weil du mich immer zum Lachen gebracht hast mit all den Dingen, die du so angestellt hast. Jemanden zu finden, der es mit dir aufnehmen kann, das wäre ein ziemlich schwieriges Unterfangen.»

«Aber du hast es geschafft», seufzte Fern.

«Ich konnte ja nicht ewig auf dich warten, oder?»

Doch!, hätte Fern gerne gerufen. Genau das hättest du tun sollen, falls du die Liebe meines Lebens bist! Aber natürlich konnte sie das nicht von ihm erwarten. Er war nett und witzig und sah gut aus: der perfekte Partner. Wie hatte sie diesen Mann einfach so gehen lassen können?

Und was genau wollte er ihr eigentlich sagen? Dass er auf sie hatte warten wollen? War er immer noch traurig, weil sie ihn verlassen hatte? Fern holte tief Luft. Das Leben war zu kurz, um abzuwarten. Sie würde ihn einfach fragen.

«Matt! Liebling, da bist du ja!» Seine attraktive Begleiterin kam über den weichen Rasen auf sie zu, und der intime Moment verflog wie Nebel im Sonnenlicht.

«Tut mir leid, Schatz!» Matt sprang auf, ergriff die Hand der Frau und küsste sie zärtlich auf den Kopf. «Ich habe mich nur gerade mit einer alten Freundin unterhalten.»

«Das sehe ich.» Amandas schmale braune Augen legten nahe, dass ihr durchaus klar war, um was für eine Art von alter Freundin es sich bei Fern handelte. «Willst du uns nicht bekannt machen?»

«Natürlich», sagte Matt schnell. «Fern, darf ich dir Amanda vorstellen, meine zukünftige Frau!»

Fern war froh, dass sie schon saß. «Wie bitte? Was hast du gerade gesagt?»

«Meine Verlobte, Amanda», wiederholte Matt und hob ihre linke Hand, um den Verlobungsring mit einem einzelnen dicken Diamanten zu zeigen. «Sie war mutig genug, um einzuwilligen, es mit mir zu versuchen.»

«Wow! Glückwunsch!» Da Fern ernsthaft die Worte fehlten, konnte sie das glückliche Paar nur anlächeln, während sie sich gleichzeitig in Gedanken mit der Hand vor die Stirn schlug. Wie hatte sie annehmen können, Matt würde ihr gestehen, dass er immer noch etwas für sie empfand. Dieser Champagner hatte es ganz schön in sich. Sie würde so bald wie möglich noch ein Glas ergattern und dann ihren Kummer in Alkohol ertränken, beschloss Fern. Irgendwo dort, wo ihre Exfreunde sie nicht finden konnten, bevor sie sich völlig blamierte.

«Matt und ich haben uns letzte Woche verlobt», berichtete Amanda stolz und betrachtete ihren Ring. «Es war so romantisch! Er ist doch tatsächlich extra mit mir nach Paris geflogen und hat mir unter dem Eiffelturm einen Antrag gemacht!»

Fern fiel es nicht schwer, das zu glauben. Genau das Klischee, wie Matt es liebte. Und genau das, dass er so berechenbar war, hatte Fern oft dermaßen irritiert. «Toll!», staunte sie brav.

«Ja, es war wirklich toll.» Nun, da sie die Besitzverhältnisse dargelegt hatte, verlor Amanda schnell das Interesse an Fern. Sie hakte sich bei Matt unter und strahlte ihn von unten herauf an. «Ich habe vorhin zu Zoe gesagt, dass sie uns unbedingt die Infos zu diesem Hotel hier geben muss. Wäre es nicht perfekt für unser Verlobungsdinner, Schatz?»

Ah. Jetzt begriff Fern, weshalb Zoe sie so dringlich zu sich hergewinkt hatte. Sie musste Angst gehabt haben, dass Fern sich total zum Affen machen würde.

Wäre ja auch nicht das erste Mal gewesen ...

«Ähm, ja, perfekt», meinte Matt, doch obwohl seine Worte an Amanda gerichtet waren, sah er immer noch Fern an, und trotz der warmen Nachtluft überlief sie ein Schauer. Die Dinge mit Matt waren noch nicht abgeschlossen, so viel war sicher. Irgendetwas gab es noch zwischen ihnen.

«Wie dem auch sei, Liebling, ich bin gekommen, um dich zu holen, weil sie gleich den Kuchen anschneiden», verkündete Amanda. «Ich wollte, dass wir sehen, wie Zoe und Steve das organisiert haben. Schließlich müssen wir jetzt anfangen, unsere eigene Hochzeit zu planen! Ich kann kaum glauben, wie viel da zu tun ist.» Sie nahm Matts Hand und schob ihre Finger zwischen seine. «War nett, Sie kennenzulernen, Fern.»

«Ja, ebenso», murmelte Fern, während Amanda Matt zurück Richtung Terrasse zog. Sie hatte eine Ahnung, dass sie zu dieser Hochzeit keine Einladung bekommen würde.

Kapitel sieben

Was sah nun besser aus? Der rote Satinschal oder der Überwurf aus grünem Samt? Fern trat einen Schritt zurück und betrachtete mit gerunzelter Stirn die Chaiselongue, während sie auf ihrer Unterlippe herumkaute. Die Heldin des aktuellen, von der BBC produzierten Kostümfilms, Josephine, sollte sich in einer laut Drehbuch recht heißen Szene verführerisch auf der Couch räkeln, und Ferns Aufgabe als Set-Designerin war es, dafür zu sorgen, dass jedes Detail stimmte. Sie musste die perfekte Kulisse für einige der erotischsten Szenen kreieren, die der Sender je gefilmt hatte, und Fern fragte sich langsam, ob sie wirklich die Richtige für den Job war. Die Lektüre dieser Szene war so ziemlich das Leidenschaftlichste, was sie in letzter Zeit so erlebt hatte. Sie wäre im Moment wohl eher dafür geeignet, das Set für eine harmlose Arztserie auszustatten.

Sie trat noch einen Schritt zurück und musterte ihr Werk. Alles stimmte haargenau, von den nachgemachten Möbeln im Louis-Quinze-Stil bis hin zum Kamin aus Pseudo-Marmor. Selbst die dicken Orientteppiche waren genau so, wie der Regisseur sie sich ausgemalt hatte. Warum konnte sie sich dann nicht entscheiden, welchen Stoff sie über die dumme Chaiselongue werfen würde? Sie machte die Begegnung mit gleich zwei ihrer Exfreunde auf Zoes Hochzeit für diese Blockade verantwortlich. Das war zwar schon zwei Wochen her, aber Fern waren Angelas Worte noch immer nicht aus dem Kopf gegangen. Sie wurde den Verdacht nicht los, dass die Wahrsagerin womöglich von Matt gesprochen hatte. Normalerweise würde sie von Natur aus durchaus dazu neigen, irgendetwas Drastisches zu tun, um die Sache auf die eine oder andere Art zu klären, doch immerhin war Matt verlobt. Es war so frustrierend!

«Arghhh!», kreischte Fern und warf sich vor lauter Frust zusammen mit dem Samtüberwurf auf die Chaiselongue. «Was soll ich bloß tun?»

«Dieses scheußliche grüne Teil weglegen und mit zum Essen kommen, was denn sonst?!», erwiderte eine lachende Stimme. «Das willst du doch im Grunde auch!»

«Alek!» Begeistert sprang Fern auf und warf sich dem schlanken, dunkelhaarigen Mann in die Arme, der sie vom Rand des Sets aus angrinste. «Seit wann bist du wieder da? Bleibst du lang? Wie läuft es in Prag?»

Alek lachte. Nach zwei Jahren Zusammenarbeit mit Fern war er an ihre übersprudelnde Art gewöhnt.

«Vor einer Stunde. Nein. Und es ist toll!»

«Wie schön, dich zu sehen!» Fern spürte, wie ihr ganzer Ärger wegen Sofaüberwürfen und Weissagungen auf einmal verschwand, kaum dass einer ihrer besten Freunde wieder da war. Aleksander Novak war ihr bester Kumpel, ihr Mitstreiter und möglicherweise einer der talentiertesten Bühnenausstatter, mit dem sie je zusammengearbeitet hatte. Keiner von denen, die sie nach seinem Weggang vor einem Jahr angestellt hatte, war auch nur annähernd so gut gewesen. Obwohl sie wirklich sehr traurig war, konnte sie natürlich verstehen, dass er näher bei seiner tschechischen Freundin sein wollte. Hätte Seb seinerzeit vorgeschlagen, zusammen auf den Mond zu ziehen, sie hätte sofort ihre Koffer gepackt. Deshalb konnte sie also vollkommen verstehen, warum Alek das Angebot mit Prag nicht hatte ausschlagen können.

«Es ist so schön, dich zu sehen.» Alek drückte sie fest an sich. «So schön. Ich hab dich echt vermisst. He!» Er musterte sie mit gerunzelter Stirn. «Du hast abgenommen.»

«Fang lieber gar nicht davon an», erwiderte Fern streng. «Man nennt es die Exfreund-Diät, und ich kann sie wirklich nicht empfehlen. Wenn du mich mit in die Noodle Bar nimmst, versprech ich, so viel zu essen, wie ich nur kann.»

«Die Noodle Bar!» Aleks dunkelbraune Augen nahmen einen verträumten Ausdruck an. «Mein Gott, wie ich die vermisst habe! Diese köstlichen Hühnchenstreifen in schwarzer Bohnensauce – gehen wir!»

«Ich kann nirgendwo hingehen, bevor ich nicht dieses Set fertig habe», meinte Fern seufzend und entzog sich seiner Umarmung, um wieder die verschiedenen Sofaüberwürfe zu studieren. Frustriert schüttelte sie den Kopf. «Ich krieg das einfach nicht richtig hin und weiß nicht, warum. Nichts passt so richtig.»

Alek verschränkte die Arme und betrachtete gedankenvoll die Szenerie. Die heißen Studioscheinwerfer ließen seine hohen Wangenknochen vorteilhaft hervortreten, und sein pechschwarzes Haar glänzte. Sein kantiges Gesicht war wie aus Stein gemeißelt, und Fern hatte oft gedacht, dass er wie ein Cherokee-Indianer aussah, wenn auch mit slawischem Einschlag.

Alek schritt um das Set herum und begutachtete konzentriert ihr Werk.

«Hm, hier geht es um Opulenz? Um Verführung? Und trotzdem Romantik? Aber es soll nicht zu offensichtlich wirken?»

«Genau das ist es.» Fern war nicht überrascht, da Alek schon immer ihre Gedanken hatte lesen können. Das hatte sie zu einem guten Team gemacht. «Ich versuche wie blöd, alle Klischees zu vermeiden, und deshalb hab ich auch solche Probleme mit Satin und Samt.»

«In Ordnung. Verstehe.» Er blickte zwischen dem Set und Fern hin und her. «Darf ich etwas vorschlagen?»

«Ja, bitte.»

Alek trat einen Schritt auf sie zu und griff nach dem cremegoldfarbenen Brokatschal, den Fern zu ihrem schlichten schwarzen Oberteil und dem scharlachroten Zigeunerrock trug. Mit einer fließenden Bewegung zog er ihn ihr von den Schultern und drapierte ihn über der Chaiselongue. Im Handumdrehen ließ er die Szenerie zurückhaltend und doch verführerisch erscheinen.

Fern staunte ehrfürchtig. «Ich habe Sie vermisst, Mr. Novak. Sie sind ein Genie.»

Alek grinste sie an. «Miss Moss, das ist hinreichend bekannt! Aber für Sie werde ich ausnahmsweise keine unverschämt hohe Rechnung ausstellen. Sie können mich für meine Dienste in asiatischen Nudeln bezahlen. Lass uns zum Mittagessen gehen!»

Das musste er der hungrigen Fern nicht zweimal sagen.

«Hatte ich nun recht mit den Nudeln?» Alek wirkte sehr mit sich zufrieden, während er Fern dabei zusah, wie sie ihr Essen in sich hineinschaufelte, als drohe eine weltweite Nudelknappheit. «Sind die nicht absolut göttlich?»

Fern nickte nur, denn ihr Mund war so voll mit den leckersten Nudeln, die sie je gegessen hatte. In etwas Sesamöl gewendet, mit einem Spritzer Sojasauce waren sie genau das, was Fern nach ihrem hektischen Morgen brauchte. Dazu noch ein paar superzarte Hühnchenstreifen und die knackigsten Zuckerschoten: der absolute asiatische Nudelhimmel.

«Ist mir also hiermit verziehen, dass ich weggezogen bin?», fragte Alek.

Fern schluckte ihre Nudeln und tupfte sich den Mund mit der Serviette ab. «Da gibt es nichts zu verzeihen, Alek. Das war die perfekte Chance für dich. Du wärst verrückt gewesen, sie nicht anzunehmen.»

«Aber hast du mich denn vermisst?» Er zog eine Augenbraue hoch. «Nun komm schon, Fern, sag mir, dass du ohne mich nicht leben kannst und dass dein Leben als Set-Designerin nun traurig und leer ist.»

«Ja, klar!», spottete Fern. «Deine Abwesenheit ist mir kaum aufgefallen!»

«Wie grausam sie ist», sagte Alek wie zu sich selbst, während er nebenher Nudeln auf seine Gabel drehte. «Ich denke jeden Tag an sie, sage mir, dass ich ohne meine gute alte Freundin Fern keine Minute länger leben kann, und was tut sie? Sagt mir, dass sie mich nicht mal vermisst. Es bricht mir das Herz!»

Fern verdrehte die Augen.

«Und wenn du nicht gerade an Einsamkeit stirbst, wie läuft es denn dann so in Prag? Gefällt es dir noch?»

Seine Miene leuchtete auf wie ein Weihnachtsbaum. «Es ist der Wahnsinn. Die Prager Zweigstelle wächst von Tag zu Tag. Mal im Ernst, Fern, du machst dir keine Vorstellung davon, wie lukrativ Set-Design da drüben ist.»

«Ich freu mich so, dass sich das alles für dich gefügt hat.» Sie tippte auf die Rolex an seinem Handgelenk. «Und du musst mir nicht erzählen, wie gut die Bezahlung ist! Das sehe ich selber.»

Alek wurde rot. «Ist sie zu protzig? Ich habe mir eine versprochen, falls wir nach dem ersten Jahr schwarze Zahlen schreiben. Ich habe nie damit gerechnet, dass wir schon nach sechs Monaten Profit machen würden.»

«Ich mach doch nur Spaß!» Fern lachte. «Du hast so hart gearbeitet, also solltest du auch jede Minute deines Erfolgs genießen. Ich freu mich wirklich für dich, Al. Das klingt alles fantastisch.»

«Könnte allerdings noch um einiges besser sein», meinte er gedankenverloren und sah sie an. «Ich habe ein tolles Team in Prag, aber etwas fehlt. Oder sollte ich sagen, jemand?»

Fern wackelte mit dem Zeigefinger vor seiner Nase herum. «Alek, fang nicht wieder mit Bitte-zieh-nach-Prag an.»

«Ach, Fern, aber warum denn nicht? Ich brauch dich da! Es gibt niemanden mit deinem einzigartigen, kreativen Blick oder jemanden, der genug leidenschaftliche Begeisterung hat, um einen ganzen Tag lang nach der perfekten Farbschattierung zu suchen. Sosehr ich mich auch bemühe, ich finde einfach niemanden, der in Plateauschuhen Auto fahren kann oder in einem flauschigen Minirock so gut aussieht wie du. Komm schon, Fern. Bitte komm und arbeite für mich. Wir hätten so viel Spaß zusammen!»

Alek war schon immer eher der direkte Typ gewesen. Seine SMS, E-Mails und Anrufe während der vergangenen sechs Monate hatten allesamt den sprichwörtlichen Wink mit dem Zaunpfahl enthalten, dass Fern doch nach Prag ziehen und mit ins Geschäft einsteigen solle. Fern war hin und her gerissen. Die Vorstellung, wieder mit ihm zu arbeiten, war klasse. Sie waren immer so ein tolles Team gewesen, und niemand brachte sie so zum Lachen wie Alek. Er war einer der wenigen Menschen in ihrem Bekanntenkreis, der sich von ihren verrückten Launen nicht aus der Ruhe bringen ließ, sondern sogar mit einstieg. Mit ihren gemeinsam erlebten Abenteuern – aus Versehen in den falschen Zug steigen oder verkleidet bei einer unkostümierten Party auftauchen – könnten sie ein ganzes Buch füllen. Als Alek weggezogen war, hatte Fern viele Tränen darüber vergossen, weil sie einen seelenverwandten Menschen verloren hatte. Es würde viel Spaß machen, wieder mehr Zeit mit ihm zu verbringen, und auch der Gedanke an ein Leben im Ausland war äußerst reizvoll. Sosehr sie London-Tooting auch liebte, konnte es im Hinblick auf Geschichte und Romantik mit Prag wohl kaum mithalten.

«Komm und arbeite mit mir», wiederholte Alek, der ihre Unentschlossenheit offensichtlich spürte und nun aufs Ganze ging. «Prag würde dir total gefallen, Fern. Chess und ich würden dich herumführen und dich allen vorstellen. Wir unternehmen total viel, und du würdest dich prächtig amüsieren. Komm schon, du kleiner Feigling. Man lebt nur einmal!» Er unterbrach sich kurz selbst, da ihm ein Gedanke kam. «He, du könntest bei mir und Chess einziehen. Wir hätten so viel Spaß zusammen!»

Chess mit ihrem Porzellanteint und ihren taillenlangen, kastanienbraunen Haaren erinnerte Fern immer an Lara aus Dr. Schiwago, und bei den wenigen Gelegenheiten, wo sie sich begegnet waren, hatten sie sich auch sehr gut verstanden, unter anderem, da Aleks und Ferns Beziehung immer nur rein freundschaftlich gewesen war und sie auch gemeinsame Freunde hatten. Doch so nett und herzlich Francesca auch war, Fern konnte sich für den Gedanken, im Leben der beiden das fünfte Rad am Wagen zu spielen, nicht wirklich erwärmen. Sie hatte mit Steve und Zoe schon genug solcher Momente, dass es ihr ein Leben lang reichte. Mit einem Paar zusammen zu wohnen und deren Zweisamkeit zu stören – keine gute Idee.

Nein, beschloss Fern traurig, während sie auf ihre erkaltenden Nudeln hinunterstarrte. Sie war einunddreißig, nicht einundzwanzig, und sosehr ihr die Vorstellung auch gefiel, nach Prag umzusiedeln, war es vermutlich an der Zeit, über ihre eigene Zukunft nachzudenken. Es mochte unmodern klingen, aber sie wollte in absehbarer Zeit gerne eine eigene Familie gründen, und das würde kaum passieren, wenn sie mit Alek durch die Tschechische Republik tingelte. Außerdem, sie konnte doch nicht einfach von ihrer Mission ablassen, sich wieder mit ihrer wahren Liebe zu vereinen? Wie sollte sie ins Ausland gehen, solange sie nicht herausgefunden hatte, welcher von den dreien ihr Mr. Right war?

«Nun komm schon, Fern.» Alek griff über den Tisch hinweg nach ihrer Hand. «Ich meine es ernst. Ich kann mir nichts Schöneres vorstellen, als dass du nach Prag kommst und mit mir zusammenarbeitest. Nenn mir einfach ein Gehalt, und ich verdopple oder verdreifache es. Los jetzt, was hält dich denn zurück? Du bist nicht mehr mit Seb zusammen und hast auch niemand Neues kennengelernt, oder?»

«Ich bin immer noch die alte Jungfer», seufzte Fern. «Und bei meinem Glück wird sich das wohl auch so bald nicht ändern.»

«Dann sind alle Männer in England dumm und blind!», erklärte Alek galant. «Vergiss sie einfach und komm nach Prag! Wir haben jede Menge Singlefreunde, die nur zu gern mit dir ausgehen würden!»

Okay, damit war es besiegelt, dachte Fern. Auf keinen Fall würde sie nach Prag gehen, um auf immer die einsame

Singlefrau abzugeben! Außerdem wollte sie herausfinden, wer ihre einzige wahre Liebe war, und sie war nicht bereit aufzugeben, bevor sie überhaupt richtig angefangen hatte. Ihre Mutter warf ihr ständig vor, die Dinge immer nur halb zu tun. Gegen diesen Ruf wollte sie etwas unternehmen. Es war ja nicht ihre Schuld, dass ihr die Katastrophen auf Schritt und Tritt folgten.

«So einfach ist das nicht, Alek», sagte sie.

«Warum denn nicht? Wenn du etwas willst, dann tu's einfach», erwiderte Alek, für den das Leben tatsächlich so einfach war. Ein Jobangebot in Prag? Schlag zu. Interesse an einer umwerfenden Frau? Sprich sie an. Probleme mit einem Set? Wirf einfach einen Schal über das Sitzmöbel und fertig. Es musste schön sein, in Alek-Hausen zu leben, dachte Fern. Wie schade nur, dass sie im Fern-Land wohnte, wo einen das Leben gerne mal heimtückisch in den Hintern biss. Indem man die Liebe seines Lebens einfach ziehen ließ zum Beispiel ...

Einen Moment lang spielte Fern mit dem Gedanken, Alek von Angelas Weissagung zu erzählen. Schließlich waren sie gute Freunde, also warum sollte sie ihm das nicht anvertrauen? Gerade als sie den Mund aufmachen wollte, fiel ihr wieder ein, wie abfällig Alek stets reagiert hatte, wenn sie ihr Horoskop laut vorlas, und wie er sich schlappgelacht hatte, weil sie und Zoe sich bei der Geistersendung *Most Haunted* immer fast in die Hose machten.

Hm. Vielleicht behielt sie die Geschichte doch besser für sich.

«Nun komm schon, Fern», wiederholte Alek und hielt ihre Hand inzwischen sehr fest. «Trau dich, was zu verändern. Du weißt doch, dass du es willst.»

Sie seufzte und zog ihre Hand weg. «Ich kann nicht. Ich habe Verpflichtungen, Alek. Da kann ich nicht einfach aufstehen und gehen, selbst wenn ich es wollte, was ich hiermit nicht unbedingt ausdrücken will – also lass mich erst ausreden!»

Alek tat pantomimisch so, als würde er seinen Mund versiegeln, während Fern fortfuhr.

«Ich habe Verträge bei der Arbeit, ich habe einen einjährigen Mietvertrag für meine Wohnung, und dann ist da noch meine Familie. Ich würde nur ungern meine Nichten verlassen, denn sie würden mir schrecklich fehlen. Außerdem bekommt meine andere Schwester nächsten Monat ein Baby. Und was ist mit meiner Mutter? Du weißt doch, wie labil sie ist. Da geht es nicht nur um die einfache Entscheidung wegzuziehen. Zumindest nicht für mich.»

«Okay, okay!» Er hob resignierend die Hände. «Ich versteh ja, was du mir sagen willst. Ich werde dich nicht mehr belästigen, wenn du dir tatsächlich ganz sicher bist.»

«Bin ich», versicherte Fern ihm. Und das war sie wirklich. Es war an der Zeit, nicht mehr davonzurennen, wie sie vor Matt davongerannt war. Vielleicht sollte sie endlich sesshaft werden und sich mehr darum bemühen, erwachsen und verantwortungsbewusst zu handeln. Bei ihren Schwestern Tamsin und Chloe schien das funktioniert zu haben. Ferns Mutter hatte sich ihr Leben lang nur mit nutzlosen Männern eingelassen und war von einer närrischen Idee auf die nächste verfallen, was sie nicht sonderlich glücklich gemacht hatte. Fern wollte nicht in dreißig Jahren plötzlich als Kopie von Cybil Moss aufwachen. Nein, vielen Dank.

Warum war es eigentlich nicht möglich, beides zu haben?, dachte Fern traurig, während Alek die Rechnung zahlte und sie zurück zur Arbeit begleitete. Mussten sich Frauen immer zwischen Familie und Karriere entscheiden? Warum konnte sie nicht das Beste von beidem haben?

Das war die 1-Million-Pfund-Frage.

«Du weißt, dass mein Angebot steht, falls du deine Meinung doch noch änderst», erklärte Alek Fern sanft, als er sie zum Abschied auf die Wange küsste und sie in den Arm nahm.

«Vielen Dank, Alek», murmelte sie. «Das ist wirklich lieb von dir.»

«Das ist nicht lieb, das ist egoistisch! Ich habe jedes Wort ernst gemeint! Du wärst eine Bereicherung des Teams, und ich hätte dich gerne in meiner Nähe. Du darfst es dir jederzeit anders überlegen, Fern.»

«Ich werd es mir merken», versprach sie und umarmte ihn ebenfalls, obwohl sie in ihrem Herzen wusste, dass ihre Entscheidung gefallen war. Sie würde bleiben, wo sie war, eine brave Tochter und Schwester sein und, was vielleicht noch wichtiger war, die Liebe ihres Lebens finden.

Oder etwa nicht?

Kapitel acht

«O nein, nicht schon wieder!»

Fern stand vor ihrer Haustür, den Autoschlüssel in der Hand und ihre grüne, perlenbestickte Tasche über der Schulter, und starrte entgeistert den riesigen Strauß aus dunkelblauen, kugelrunden Allium-Blüten an. Nicht, dass mit dem Strauß irgendetwas nicht gestimmt hätte – oder mit den drei identischen Arrangements, die bisher geliefert worden waren. Es handelte sich um ihre Lieblingsblumen, und normalerweise wäre sie völlig aus dem Häuschen gewesen, solch hinreißende Sträuße zu bekommen.

Nein, an den Blumen hatte Fern nichts auszusetzen, an der Person, die sie jedes Wochenende seit Zoes Hochzeit persönlich vorbeigebracht hatte, hingegen schon.

Anscheinend war Seb nicht bereit, ihr Nein zu akzeptieren.

Fern blickte die Straße hinauf und hinunter, doch sein roter Mercedes war nirgends zu sehen. Sie seufzte erleichtert. Es war halb elf Uhr morgens, und sie war auf dem Weg zur M40 Richtung Oxford zu einem sonntäglichen Familienessen. Das Letzte, wonach ihr jetzt der Sinn stand, war eine weitere Beziehungsautopsie mit dem flehenden Seb.

Es war schon jammerschade, dass er sie nicht auf diese Weise zu schätzen gewusst hatte, während sie tatsächlich zusammen waren.

Fern nahm den Strauß, stieß ihre Haustür mit dem Fuß zu und hüpfte über die niedrige Mauer zum Nachbargarten. Zum Glück mochte Freda, ihre Nachbarin, Allium-Blüten genauso gern wie sie. Viel anderes war der armen Freda in den vergangenen Wochen auch nicht übriggeblieben, denn Fern wollte die Sträuße auf keinen Fall behalten.

«Speziallieferung», verkündete Fern, als Freda die Tür öffnete.

«Oje!» Freda schüttelte ihren grauen Lockenkopf. «Er gibt nicht so leicht auf, was?»

«Leider nein.» Fern hielt ihr den Strauß hin. «Würdest du dich für mich um die hier kümmern? Ich glaube nicht, dass ich den Anblick ertrage.»

«Bist du ganz sicher, dass du sie nicht willst?» Freda vergrub die Nase in den Blüten. «Die sind absolut herrlich.»

«Um Gottes willen, bloß nicht! Ich fühle mich schon schuldig genug, wenn ich sie vor meiner Tür liegen sehe.»

Freda sah Fern durchdringend an. «Du, meine Liebe, brauchst dich wegen überhaupt nichts schuldig fühlen! Nimm dir diese emotionale Erpressung ja nicht zu Herzen. Denk einfach nur mal an den Zustand zurück, in dem du warst, als du hier eingezogen bist, und dann sag mir, wie schuldig du dich fühlst.»

Die bloße Erwähnung jener furchtbaren Zeit nach ihrer Trennung von Seb ließ Fern erschaudern. Sie war völlig benommen vor Trauer und Schock gewesen, dass sie nicht nur den Mann verloren hatte, den sie liebte, sondern auch noch ihr Zuhause – denn sie hatte mit Seb in seinem tollen Apartment am Fluss gewohnt. Die spärlich möblierte Wohnung, die sie dann mietete, war ihr vergleichsweise als kalter, einsamer Ort erschienen. Die erste Nacht hatte Fern damit verbracht, die Schatten auf dem Fußboden zu beobachten und so sehr zu weinen, dass sie am nächsten Morgen aussah wie ein Frosch. Wäre ihre ungewöhnliche und manchmal recht gestrenge Nachbarin nicht gewesen, würde Fern möglicherweise immer noch in ihr feuchtes Kissen heulen. Als überzeugter Single konnte Freda das jedoch keinesfalls zulassen, darum hatte sie ihre traurige neue Nachbarin längst unter ihre Fittiche genommen. Viele Tassen Tee und Männer-sind-Schweine-Unterhaltungen später waren die beiden eng befreundet. Die dreißig Jahre Altersunterschied schienen überhaupt nichts auszumachen, wenn Freda Fern Geschichten aus ihrer Kindheit in Schweden erzählte oder sie gemeinsam durch die Antiquitätenboutiquen in Spitalfields bummelten.

«Du hast ja so recht, Freda, meine Schuldgefühle sind schon verschwunden!» Fern grinste.

«Braves Mädchen.» Freda nickte anerkennend. «Du siehst heute wirklich bezaubernd aus. Ich liebe dieses grüne Samtkleid. Passt ausgezeichnet zu deinen riesigen Stiefeln. Hast du was Besonderes vor?»

«Ich fahre zum Mittagessen zu meiner Schwester Tamsin. Wir sind alle hinbeordert worden, sogar meine Mutter.» Sie warf einen Blick auf ihre alte Snoopy-Uhr. «Verflixt! Es ist schon fast elf! Ich bin spät dran. Tamsin kriegt einen Anfall, wenn ich schon wieder unpünktlich bin.»

«Fahr vorsichtig», rief Freda ihr nach, als Fern den Gartenweg entlangspurtete. «Und vergiss nicht, dass du deine Automobilclubmitgliedschaft erneuern musst. Ich fahre nicht nochmal bis nach Banbury, um dich zu retten!»

Fern warf ihrer Nachbarin einen Luftkuss zu und stieg in ihren Käfer. Sie würde das mit dem Club definitiv regeln, sobald sie ihre Barclaycard-Schulden beglichen hatte. Und die von der Visacard. Und sich um ihr überzogenes Konto gekümmert hatte ...

Während Fern den Motor startete und eine Abba-Kassette ins Autoradio schob, schickte sie ein Stoßgebet zum Himmel, dass ihr Auto bis Oxfordshire durchhalten würde. Sie hatte wirklich keine Lust, zu trampen und sich von einem bulligen LKW-Fahrer bei Tamsin absetzen zu lassen, obwohl es nicht das erste Mal wäre.

Eineinhalb Stunden später parkte eine sehr erleichterte Fern vor dem hübschen Cottage ihrer Schwester in dem kleinen Dorf Upton Norton in Oxfordshire. Nachdem ihre Nichten sie stürmisch begrüßt und mit dem neuen Retriever-Welpen der Familie bekannt gemacht hatten, durfte Fern sich mit einem Glas eiskaltem Wein an den geschrubbten Kieferntisch sinken lassen, während Tamsin am Herd ihre kleinen Wunder vollbrachte und Chloe letzte Hand an einen Apfelkuchen legte. Lachend lehnten die beiden Ferns Hilfsangebote ab – über ihren Mangel an häuslichen Fähigkeiten wurde in der Familie schon lange gespöttelt. Tamsin bestand darauf, dass Fern sich nach der langen Fahrt erst einmal ausruhte.

«Ich finde es wirklich schön her. Es ist so friedlich», seufzte Fern und sah sich begeistert in der gemütlichen Küche um. Tamsins Cottage hätte direkt aus einer Schöner-wohnen-Zeitschrift stammen können. Glänzende Kupferpfannen hingen von den Eichenbalken der Decke, auf dem kirschroten AGA-Herd blubberte es in Töpfen fröhlich vor sich hin, und auf einem alten walisischen Schrank tickte eine Uhr.

«Nicht zur Fütterungszeit!» Tamsin lachte. «Hungrige Kinder und Ehemänner machen jede Menge Krach. Wart's nur ab, Chloe. Du bist auch bald dran.»

Chloe, die mit ihrem ersten Baby im achten Monat schwanger war, tätschelte lächelnd ihren Bauch. «Jetzt ist es zu spät, um es mir noch anders zu überlegen, Tam! Ich werde einfach Dominic mit der Fütterung beauftragen.»

«Der gute alte Dominic. Ich wette, der macht das auch noch», meinte Tamsin. «Um ehrlich zu sein, bin ich überrascht, dass er noch nicht angeboten hat, dir die Geburt abzunehmen.»

«Wo ist denn unser Goldjunge?», wollte Fern wissen. In der Familie Moss war man sich einig, dass Chloe den perfekten Mann gefunden hatte. Der Steuerberater Dominic hatte perfekte Manieren, war attraktiv und wusste, wenn man Chloe Glauben schenken wollte, im Bett genau, was zu tun war, wobei Fern über Letzteres nicht so gern Bescheid wissen wollte.

«Er ist kurz mit James Weinnachschub holen», antwortete Chloe. «Ich wünschte, ich könnte auch ein Glas trinken.»

Es lag Fern auf der Zunge zu sagen, dass sie nur zu gern ein mickriges Glas Wein gegen einen liebenden Mann und ein Baby eintauschen würde, aber sie beherrschte sich noch rechtzeitig. Sie war nicht wirklich neidisch auf Chloe: Dominic mit seiner Liebe zum Detail und der Neigung, selbst in Jeans Bügelfalten zu bügeln, würde ihr dermaßen auf die Nerven gehen, dass sie nach kürzester Zeit explodieren würde. Fern war eher neidisch auf Chloes und Tamsins Leben im Allgemeinen, denn auf ihre Partner im Speziellen. Wenn sie nur nicht so achtlos ihre eigene bessere Hälfte hätte gehen lassen! Wie würde ihr Leben dann wohl aussehen? Vielleicht wäre sie jetzt mit Matt hier, mit einer Schar braunäugiger, wuschelköpfiger Kinder. Sie seufzte und nahm einen großen Schluck Wein, um das stechende Gefühl von Einsamkeit zu vergessen.

Tamsin schob den Braten in den Warmhalteofen und den

Apfelkuchen zum Backen in die Röhre. Dann schenkte auch sie sich ein Glas Wein ein und gesellte sich zu ihren Schwestern an den Küchentisch. Draußen tobten die Mädchen mit dem Hund durch den Garten. Quietschen und Bellen tönte in der sonntäglichen Stille.

«So», meinte Tamsin, «damit wäre das Mittagessen organisiert.» Sie lächelte Fern auf mütterlich-liebevolle Art an. «Und, hast du inzwischen deine Weissagung erfolgreich entschlüsselt?»

Die drei Moss-Schwestern standen sich nah, was vermutlich daran lag, dass ihre Mutter sie nach dem Tod ihres Vaters durch halb Europa geschleppt hatte. Sie hatten immer gegenseitig auf sich aufpassen müssen, während Cybil mit ihrem aktuellen Beau herumzog. Sie erzählten sich alles und hatten daher während der letzten Wochen auch ausführlich über Angelas Weissagung diskutiert, um herauszufinden, wer genau Fern da durchs Netz geschlüpft war. Die romantische Chloe setzte auf Ferns erste Liebe Luke, während die eher praktisch veranlagte Tamsin eindeutig Matt favorisierte. Fern hatte allerdings den Verdacht, dass die Hoffnung auf reduzierte Tierarztrechnungen etwas damit zu tun hatte.

Sie spielte an ihren silbernen Armreifen herum. «Ich habe absolut keine Ahnung. Ich weiß nur, dass es nicht Seb sein kann.»

«Definitiv!», stimmte Tamsin ihr zu. «Der ist niemals der Richtige. Nicht nach dem, was er dir angetan hat. Dieser Mistkerl.»

«Ja, Mistkerl», stimmte Chloe mit ein.

«Ich frage mich die ganze Zeit, ob es nicht doch Matt ist? Bei Zoes Hochzeit hatte ich den Eindruck, er will mir sagen, dass er immer noch was für mich empfindet. Aber er ist verlobt, also kann ich ihn schlecht darauf ansprechen. Das wäre nicht fair.» Fern kaute auf ihrem Daumennagel herum. «Irgendwie stecke ich fest, wenn ich ehrlich sein soll.»

Tamsin beugte sich herüber und zog Fern den Daumen vom Mund weg. «Hör auf damit. Das ist eine abscheuliche Angewohnheit.»

«Du würdest auch auf deinen Nägeln herumkauen, wenn dir die Liebe deines Lebens abhandengekommen ist!»

Tamsin legte die Stirn in Falten. «Du scheinst dich ja richtig in diese Prophezeiungssache reingesteigert zu haben, Schwesterchen. Vielleicht solltest du es dem Schicksal überlassen? So von wegen, *que sera* und so?»

«Quatsch!», widersprach Chloe. «Sie muss dem Schicksal nachhelfen. Stimmt's, Fern?»

«Ich weiß nicht.» Fern seufzte. «Bei meinem Glück stolpere ich vermutlich über den Teppich des freien Willens, und dann wird das mit dem Schicksal nichts mehr. Vielleicht hat Tam ja recht, und ich sollte tatsächlich einfach mal abwarten, was passiert.»

«Das ist doch Blödsinn!», kreischte Chloe. «Was ist denn los mit dir?»

«Beruhig dich, Chloe. Denk an deinen Blutdruck», warnte Tamsin sie.

«Vergiss meinen Blutdruck!», rief Chloe. Vor lauter Eifer hatte sie die Augen weit aufgerissen, und ihre Locken flogen hin und her, als sie ungläubig den Kopf schüttelte. «Du warst doch noch nie so passiv, Fern. Normalerweise bist du die Erste, die eine Gelegenheit beim Schopf packt. Weißt du noch, damals, in Sorrento? Erzähl mir ja nicht, dass du das vergessen hast!»

Fern schloss die Augen. Sie erinnerte sich noch so gut

daran, dass sie manchmal beim leisen Duft von Frangipani-Bäumen glaubte, wieder fünfzehn zu sein, braungebrannt und gelangweilt, unter der heißen italienischen Sonne.

«Wir haben bei einem von Mums Freunden in seiner Villa in den Hügeln gewohnt», meinte Chloe verträumt. «Wie hieß der nochmal?»

«Irgendwas total Angeberisches wie Luigi oder Donatello?» Tamsin sah nachdenklich drein.

«Jedenfalls war er nicht gerade ein Ninja Turtle!», kreischte Chloe. «War er nicht Graf oder so was?»

Tamsin winkte ab. «Weiß der Geier. Es gab so viele.»

«Er hieß Graf Antonio da Silva», sagte Fern, die es nie vergessen hatte. Das Schicksal war in jenem Sommer in Gestalt zweier Gärtnerssöhne aufgetreten: braungebrannte Muskeln und verschmitzte brombeerfarbene Augen. Sie hatten stinkende, selbstgerollte Zigaretten geraucht und waren auf knallroten Mopeds durch die Gegend gebraust. Fern und Chloe waren hin und weg gewesen, und als die Jungs sie zu einem Ausflug nach Pompeji einluden, hatten sie sofort zugesagt.

«Wir wollten gerade hinten auf ihre Mopeds klettern, als du plötzlich wie ein Fallschirmjäger aufgetaucht bist und uns angebrüllt hast, dass wir nicht mitfahren dürfen, du langweilige alte Ziege», erinnerte Chloe ihre Schwester Tamsin.

«Das war aber auch eine bescheuerte Idee», gab diese zurück. «Jeder weiß, dass Mopeds tödlich sind. Und wie sich herausstellte, hatte ich ja durchaus recht, oder hast du diesen Teil etwa vergessen?»

«Ja, ja!» Chloe winkte ab. «Du hast ja immer recht, Tamsin. Wird dir das eigentlich nicht manchmal langweilig? Aber was ich sagen will, ist, dass Fern absolut klasse war! Sie hat gesagt, wir würden uns von niemandem irgendetwas verbieten lassen, und dann hat sie den Jungs auf Italienisch zugerufen, dass sie losfahren sollen. Weißt du noch, Fern?»

Fern nickte. Natürlich erinnerte sie sich. An jenem Nachmittag hatte es einen dieser plötzlichen, heftigen italienischen Regengüsse gegeben, wodurch die staubigen Straßen sofort matschig und rutschig wurden. Und auf dem Rückweg war eines der Mopeds von der Straße gerutscht. Chloe wurde verletzt – nicht schlimm, aber trotzdem ...

«Du bist fast gestorben, Chloe!», warf Tamsin ein. «Das war verdammt leichtsinnig von euch beiden.» Sie sah Fern scharf an. «Genau das passiert, wenn Leute versuchen, das Schicksal zu beeinflussen.»

«Ich bin nicht fast gestorben! Ich hab mir das Handgelenk verstaucht.» Chloe kicherte. «Und das war's auf jeden Fall wert.» Sie blickte Fern mit ihren großen, grünen Augen flehend an. «Sag's ihr, Fern! War das nicht ein magischer Tag in Pompeji, für den sich jedes Risiko gelohnt hat?»

In ihrer Erinnerung sah Fern vier junge Menschen durch die verlassenen Straßen schlendern. Sie fühlte die melancholische Atmosphäre der Stadt. Sie spürte wieder die Freude darüber, mit dem schönsten Jungen, den sie je gesehen hatte, Händchen zu halten. Doch es war eine bittersüße Erinnerung, denn kein Erlebnis seither war je mit dieser unschuldigen Freude vergleichbar gewesen.

«An diesem Tag hab ich mich zum ersten Mal verliebt, und es war das Schönste, was man sich vorstellen kann», seufzte Chloe. «Der Schauer bescherte uns einen traumhaften Regenbogen. Unter dem hab ich meinen ersten Kuss bekommen. Das ist immer noch der romantischste Augenblick meines Lebens.»

Tamsin wirkte schockiert. «Wie? Romantischer als dein Hochzeitstag?»

«Mein Gott, der war alles andere als romantisch! Das war Stress pur.» Chloe erschauderte. «Die Hochzeitsnacht war allerdings nicht schlecht. Dom hatte diese –»

Fern hob die Hand. «Genug der Einzelheiten, vielen Dank!»

«Tut mir leid.» Chloe grinste. Es sah allerdings nicht wirklich so aus, als täte es ihr leid. «Abgesehen von meiner Hochzeitsnacht war das der romantischste Moment. Und ohne Ferns lässige Einstellung hätte ich dieses Erlebnis nie gehabt. Manchmal muss man den Dingen auf die Sprünge helfen, sonst verpasst man alles.»

Tamsin sah aus, als wollte sie widersprechen, doch zum Glück verflog jegliche Missstimmung zwischen den Schwestern, als plötzlich die Hintertür aufging und der Welpe in die Küche gesprungen kam, dicht gefolgt von Cybil Moss.

«Warum musstet ihr euch gerade jetzt einen Hund anschaffen?», beschwerte sie sich und gestikulierte dabei theatralisch mit ihren Händen mit den rotlackierten Nägeln herum. «Jetzt, wo ich ganz dringend jemanden brauche, der sich um Petra kümmert. Das ist gar nicht nett von dir, mein Schatz, wirklich nicht. Wie soll ich denn jetzt auf meine Kreuzfahrt gehen?»

Tamsin verdrehte die Augen. «Mummy, ich hab dir doch schon mal gesagt, in diesem Cottage ist kein Platz für eine Dogge. Was ist denn mit deiner Hundesitterin?»

Cybil fasste sich mit der sehnigen Hand dramatisch an die Brust. Als Veteranin zahlloser Fernsehkomödien und Werbespots der siebziger Jahre nutzte sie ihr schauspielerisches Talent gerne zu ihrem Vorteil. Prompt riss sie nun ihre dick mit Kajal umrahmten Augen auf: «Die hat mir abgesagt, ist das zu glauben? Und auch noch so kurzfristig!» Sie wandte sich an Chloe. «Mein Herz, du und dein liebster, liebster Dominic, könntet ihr nicht auf Petra aufpassen? Sie ist inzwischen so eine alte Dame und macht auch gar keinen Ärger.»

Chloe wurde blass. «Mum, sie ist so groß wie ein Shetland-Pony! Niemals zieht die bei uns ein. Außerdem ist Dom allergisch gegen Hundehaare.»

«O Gott, ich bin am Ende!» jammerte Cybil weiter, während sie sich Chardonnay einschenkte. «Dimitri wird eine andere mit auf die Kreuzfahrt nehmen und mich zurücklassen! Mein Herz wird brechen!»

Cybils Herz wurde regelmäßig von irgendwelchen Lovern gebrochen, deren Haut so orangerot gebräunt war, dass man sie selbst vom Mond aus erkennen würde, und die auf Namen wie Raoul oder eben Dimitri hörten. Darum waren die Schwestern an solche Äußerungen längst gewöhnt. Überraschend war allerdings, dass Fern anbot, sich die Woche über um Dogge Petra zu kümmern. Chloe und Tamsin starrten ihre Schwester erstaunt an, während Cybil fast ihr Weinglas auf den Schieferboden fallen ließ.

«Aber, Liebling, du hast doch Hunde noch nie gemocht!», rief sie. «Du warst immer entsetzlich eifersüchtig auf Petra.»

«Weil du sie als Ersatz für mich gekauft hast, als ich daheim ausgezogen bin. Da ist das wohl auch kaum verwunderlich», erwiderte Fern trocken.

«Schwesterliche Rivalität, wie süß!» Cybil seufzte. «Ich hab euch doch beide lieb, du Dummerchen! In meinem Herzen ist genug Liebe für alle!»

«Das wissen wir», murmelte Tamsin. «Schließlich hast du uns das während unserer prägenden Jahre bewiesen.»

Doch Cybil war viel zu sehr damit beschäftigt, Fern in eine Floris-Parfüm-geschwängerte Umarmung zu ziehen, um ihre Älteste zu hören. Chloe jedoch zwinkerte Fern zu und grinste breit.

«Du musst dir auch keine Sorgen machen, falls Petra krank wird, Mum. Fern kennt da einen tollen Tierarzt!»

Fern stöhnte. Das war das Problem, wenn man seinen Schwestern nahestand: Manchmal konnten sie Gedanken lesen. Und trotzdem, es konnte doch nichts schaden, Petra mal durchchecken zu lassen, oder?

Vielleicht war es tatsächlich an der Zeit, dass sie dem Schicksal ein wenig auf die Sprünge half.

Kapitel neun

Der Tierarzt hat jetzt Zeit für Petra.»

Fern schluckte nervös. Gestern, nach einem langen Telefonat mit Chloe und mehreren Gläsern Wein, fand sie die Vorstellung großartig, bei Matt einen Termin für Petra auszumachen. Heute, sozusagen bei Tageslicht betrachtet, war sie sich nicht mehr so sicher. Zum einen war es äußerst mühsam gewesen, die Dogge in den Käfer zu quetschen, und zum Zweiten wimmelte es in der Tierarztpraxis von Kleintieren, was den riesigen Hund ganz verrückt machte. Petra festzuhalten, war nicht gerade einfach, wenn nur Zentimeter von ihrem Maul entfernt nette Kätzchen in ihren Körben saßen. Fern hatte inzwischen das Gefühl, ihre Schulter würde sich nie wieder einrenken.

«Miss Moss?» Die Sprechstundenhilfe klang nun einen Hauch ungeduldig. «Der Tierarzt erwartet Sie.»

«Oh! Verzeihung!» Fern sprang von ihrem Stuhl und zog Petra vom Boden hoch. O Gott. Es war eine schlechte, schlechte Idee gewesen, hierherzukommen. Nicht nur, dass Ferns schwarzes Wickelkleid inzwischen mit einer dicken Schicht weißer Haare bedeckt war. Nein, während Petra sie quer durchs Wartezimmer zog, löste sich auch noch Ferns Haarspange mit der roten Rose, sodass ihr die Locken wild ins Gesicht fielen. Fern schien dem Border Collie Konkurrenz machen zu wollen, der als Nächster auf Matts Warteliste stand.

So hatte sie sich das nicht vorgestellt, als sie heute Morgen sorgfältig ihr Outfit zusammengestellt hatte.

«Tu wenigstens so, als wärst du krank», zischte Fern. Petra jedoch genoss es anscheinend, als Ausbund hündischer Gesundheit ins Behandlungszimmer zu galoppieren und sich auf Matt zu stürzen, den sie schon damals verehrt hatte.

«He, langsam, langsam, meine Hübsche! Sitz!» Matt wurde von Petras begeisterter Begrüßung schier umgeworfen. Er streichelte die Hündin und sprach sanft zu ihr. Als er den Kopf hob und Fern ansah, war sein Gesichtsausdruck jedoch weniger freundlich und sein Blick kalt.

«Was genau stimmt nicht mit dem Hund?»

Fern war ernsthaft verblüfft. Wie wäre es mit: «Hallo, Fern, was für eine nette Überraschung, dich zu sehen?» Aber Matt konnte ihr noch nicht einmal richtig in die Augen sehen.

«Nun?»

«Ich passe auf Petra auf, während meine Mutter unterwegs ist, und sie will überhaupt nichts mehr fressen», improvisierte sie spontan. «Ich mache mir echt Sorgen. Sie hat ihren Napf seit Tagen kaum angerührt.»

Beide betrachteten sie den Hund, der nun zufrieden ausgestreckt am Boden lag. Mit jedem Schwanzwedeln wackelte ihre Speckschicht.

«Aha», meinte Matt mit frostiger Stimme.

«Ich habe schon bei ganz vielen Tierärzten nachgefragt!», schwindelte Fern. «Und alle sagen, dass sie nichts finden können. Aber sie ist so alt, und da dachte ich, ich sollte vielleicht was für sie tun. Mum würde mir nie verzeihen, wenn Petra während ihrer Abwesenheit etwas zustoßen würde.»

Statt einer Erwiderung öffnete Matt Petras Maul und sah sich ihre Zähne genau an. Dann zog er ein Stethoskop aus der Tasche und horchte sie sorgfältig ab. Anschließend tastete er ihren Bauch ab und wog sie. Während der ganzen Untersuchung sah er Fern nicht an, und die Atmosphäre zwischen ihnen war so unterkühlt, dass es Fern nicht überrascht hätte, wenn sich im Behandlungszimmer plötzlich eine Gletscherspalte aufgetan hätte.

«Vielleicht vermisst sie ihr Frauchen?», schlug Fern verzweifelt vor. Wenn ein paar Strohhalme mit vorbeigeschwommen wären, hätte sie diese dankbar gepackt. «Oder vielleicht mag sie einfach die Hundefuttermarke nicht? Oder –»

«Diesem Hund fehlt überhaupt nichts», blaffte Matt. «Wenn überhaupt, dann hat sie Übergewicht. Und trotz ihres Alters ist sie bester Gesundheit. Du verschwendest hier meine Zeit.»

Fern war sprachlos. Der sanfte Matt war immer so entspannt und locker gewesen. Wenn sie sich recht erinnerte, war er während ihrer gesamten gemeinsamen Zeit nicht ein einziges Mal laut geworden.

Sie musste ihn ernsthaft verletzt haben.

Matt stützte die Hände in die Hüften und funkelte Fern an. «Sagst du mir jetzt bitte, was zum Henker hier vor sich geht?»

«Es tut mir leid», antwortete Fern leise. «Ich wollte dich einfach unbedingt wiedersehen und wusste nicht so recht, wie ich es sonst anstellen sollte.»

«Mich jetzt wiedersehen zu wollen, vier Jahre, nachdem du mir den Laufpass gegeben hast – ist reichlich spät, wenn du mich fragst.» Nun blickte Matt Fern endlich direkt an, und sie sah die Wut in seinen Augen. «Verdammt nochmal, Fern, warum gehst du nicht einfach und lässt mich in Ruhe?»

Fern schnappte nach Luft. Sinnlos, sich vorzumachen, dass er nur deshalb so verstimmt war, weil er immer noch etwas für sie empfand und unter ihrer Trennung litt. Wenn Matt tatsächlich ihre große Liebe war, hatte sie die nun auf jeden Fall verloren. Denn anscheinend konnte er sie nicht mehr ausstehen.

Betroffen blinzelte sie die Tränen weg, die ihr plötzlich die Sicht verschleierten.

«Ich hatte nicht vor, deine Zeit zu vergeuden. Tut mir leid, Matt, das war eine blöde Idee. Ich gehe schon. Komm, Petra.»

Aber Petra hörte nicht. Sie war viel zu sehr damit beschäftigt, einen plüschigen Hamster zu begrüßen, der aus einem unverschlossenen Käfig herausschaute.

«Tut mir leid», wiederholte Fern und zog an Petras Leine. «Petra, komm jetzt! Lass den Hamster in Ruhe. Sie will ihm nichts tun», erklärte sie Matt über die Schulter hinweg. «Sie will nur spielen.»

«Es wäre mir lieber, sie würde nicht gerade mit dem Lieblingstier einer Kundin spielen», fuhr Matt Fern an. «Jetzt beeil dich und bring sie hier raus, ja?»

«Petra!» Fern zerrte an der Leine. «Tut mir so leid, Matt! Ich bin schon weg.»

Und das wäre sie auch gewesen, wenn nicht das Schicksal wieder mal beschlossen hätte, Fern ein Schnippchen zu schlagen. Sie verfing sich nämlich mit dem Fuß in Petras Leine und stolperte quer durch die Praxis, direkt in einen Stapel Käfige hinein, der prompt zu Boden polterte. Im Nu wuselten überall Hamster, Wüstenrennmäuse und Ratten herum, deren Barthaare vor Freude zuckten, da sie nun endlich ihre Chance auf Freiheit witterten.

Fern lag auf dem Boden, Sägespäne und Sonnenblumenkerne im Haar, und sah zu, wie sich die Zimmerdecke über ihr drehte. In der Zwischenzeit versuchte Matt, die befreiten Nager wieder einzufangen. O Gott! Sie hoffte nur, dass das keine Ratte war, die ihr eben über den Bauch gerannt war. Fern schloss die Augen und stöhnte.

Und wieder war eine Entschuldigung fällig. Welch Schande, dass sie dafür keinen Mengenrabatt bekam.

«Es tut mir so unendlich leid.» Sie kam sich vor wie ein kompletter Idiot. Sie öffnete den Mund, um Matt zu versichern, dass sie nur vorgehabt hatte, die Dinge zu klären, nicht etwa seine Praxis zu Kleinholz zu verarbeiten, als ihr klar wurde, dass er ihr gar nicht zuhörte.

Er war viel zu sehr mit Lachen beschäftigt.

«Was ist denn so lustig?», fragte Fern und wischte sich Mäusekot vom Kleid. Sie selbst fand an der Situation nun wahrlich nichts zum Lachen.

Matt lächelte auf sie herab, und nun war sein fröhlicher Blick so warm wie flache Wassertümpel im Sommer. «Ich lache, weil du wie eine menschliche Massenvernichtungswaffe bist! Also echt, Fern! Du hast dich überhaupt nicht verändert, oder? Mit dir gab es immer eine Katastrophe nach der anderen. Erinnerst du dich noch an unsere erste Begegnung?»

Fern stöhnte. «Natürlich!»

Wie konnte sie das vergessen, wo diese peinliche Szene ihr doch bis ans Ende ihrer Tage ins Gedächtnis eingebrannt war.

Es war ein warmer Abend im September gewesen, die Bienen waren wie trunken vom Nektar und die Rosen in voller Blüte. Steve und Zoe hatten spontan beschlossen, eine Party zu veranstalten, um den ersten Film zu zeigen, an dem sie gemeinsam gearbeitet hatten. Sie hatten einige ihrer Freunde zu sich nach Hause eingeladen, als es plötzlich einen Stromausfall gab. Da saßen nun also zwanzig hungrige Gäste, und es gab keine Möglichkeit, die Steaks und Folienkartoffeln zuzubereiten, die Zoe besorgt hatte. Das gesamte Haus war stockdunkel, und Fern musste leider zugeben, dass vermutlich ihre Lavalampe schuld war. Während Steve sich auf die Suche nach dem Sicherungskasten und schließlich nach einem Elektriker machte, schnappte Fern sich Matt, dessen breite Schultern es ihr angetan hatten, und marschierte mit ihm zum nächsten Baumarkt. Dort kauften sie Sturmlampen und Einweggrills, um den Abend zu retten. Die Gruppe verbrachte den Abend in Dunkelheit, und als Fern glaubte, gleich vor Verlangen zu platzen, küsste Matt schließlich etwas Ketchup von ihrem Mundwinkel. In dem Moment, als sie seinen Kuss erwiderte, stieß Steves Elektrikerfreund einen triumphierenden Schrei aus, und die plötzlich wieder aufflammenden Lichter offenbarten allen Anwesenden Matt und Fern beim Knutschen. Es war schwer zu sagen, wer mehr errötete.

«Das war eine fantastische Nacht», sagte Matt wehmütig.

Fern schluckte. Er hatte recht. Sie waren zu ihm nach Hause gegangen und hatten zwei Tage lang das Bett nur zum Essen oder für ausgiebige gemeinsame Bäder verlassen.

«Ich denke immer noch daran», fügte er leise hinzu. «Du warst etwas ganz Besonderes für mich, Fern. Ganz egal, wie es zu Ende ging, ich habe jede Sekunde genossen, die ich mit dir verbracht habe. Ich möchte, dass du das weißt. Ganz egal, was passiert, ich werde nie wieder das fühlen, was ich mit dir empfunden habe.»

Da meldete sich Ferns schlechtes Gewissen. Sollten sie diese Unterhaltung wirklich führen, wo Matt doch mit

Amanda verlobt war? Andererseits – war sie nicht genau deshalb in die Praxis gekommen? Damit er wehmütig wurde und sie herausfinden konnte, ob es zwischen ihnen noch etwas gab? Schließlich hatte sie ihn vor Amanda gekannt. Dadurch besaß sie doch gewisse Rechte. Oder etwa nicht?

Als Matt Fern auf die Beine half und die Sägespäne von ihr abklopfte, beschloss sie, die Gelegenheit beim Schopf zu packen. Hier ging es um die Liebe ihres Lebens – da blieb keine Zeit für kalte Füße.

«Matty», begann Fern, bevor sie es sich anders überlegen konnte. «Ich habe Petra hier angemeldet, und meine Telefonnummer ist bei dir im System verzeichnet. Wenn es irgendeinen Grund gibt, weshalb du davon Gebrauch machen solltest – irgendein Gefühl, dass es zwischen uns vielleicht noch etwas gibt –, dann ruf mich bitte an!»

Und mit diesen Worten machten sie und Petra auf dem Absatz kehrt. Matt und die entlaufenen Haustiere sahen ihnen nach. Würde er anrufen? Fern war sich nicht sicher, aber ihr Herz war vor lauter Hoffnung so leicht wie ein Heißluftballon.

Und irgendetwas tief in ihrem Innern sagte ihr, dass sie Matt nicht zum letzten Mal gesehen hatte.

Kapitel zehn

Fern war noch nie jemand gewesen, der lange über den Dingen brütete. Sie neigte weder zum Grübeln noch dazu, jede Nuance in den Aussagen ihrer Mitmenschen zu analysieren, um deren wahre Bedeutung zu erraten. Sie quälte sich auch nicht damit, sich all die cleveren Sätze auszudenken, die sie selbst hätte sagen können. Nein, normalerweise gehörte Fern zu denen, die im Hier und Jetzt lebten. Doch als sie an jenem Abend ihre Wohnungstür aufschloss, gingen Ferns Gedanken zurück zu der Szene in Matts Tierarztpraxis, und vor lauter Scham überlief sie ein kalter Schauer. Was zum Teufel hatte sie sich dabei gedacht, dort einfach so aufzutauchen?

«Du warst mir auch keine Hilfe», sagte sie zu Petra. «Wenn du diesen Hamster in Ruhe gelassen hättest, dann wäre mir vielleicht wenigstens ein würdevoller Abgang gelungen.»

Was um alles in der Welt dachte Matt nun von ihr? Vermutlich, dass er Glück hatte, gerade noch entkommen zu sein, dachte Fern traurig. Irgendwie konnte sie sich nicht vorstellen, dass die coole, beherrschte Amanda sich je zum Affen machen würde, indem sie stolperte und dabei Käfige mit Kleintieren zu Boden riss. Im Nachhinein betrachtet war Projekt Petra wohl doch keine so gute Idee gewesen.

Merke: Pläne zur Zurückgewinnung von Exfreunden nicht unter Alkoholeinfluss schmieden.

Und auch nicht mehr Chloe um Rat fragen. Selbst Zoe war erschrocken, als Fern ihr am Telefon vom Katastrophenbesuch in der Tierarztpraxis erzählte.

«O Fern!» Zoe hatte richtig besorgt geklungen. «Ich denke, diese Idee war von Anfang an zum Scheitern verurteilt. Matt hat seine Arbeit immer so ernst genommen. Es muss ihn total geärgert haben, dass du da einfach so aufgetaucht bist.»

«Ich weiß, ich weiß», stöhnte Fern. «Ich hätte es besser durchdenken sollen, aber ich dachte einfach, das wäre ein guter Plan. Und Chloe fand das auch.»

«Ich wette, Tamsin nicht», hatte Zoe erwidert. «Und ich frage mich langsam, ob ich selbst dir wirklich einen guten Rat gegeben habe, als ich dich neulich in der ganzen Sache bestärkt habe.» Sie hielt kurz inne. «Vielleicht solltest du diese Prophezeiungsgeschichte einfach vergessen oder dich entspannen und abwarten, was passiert.»

«Hmm.» Die Wahrscheinlichkeit, zum Mond zu fliegen, war größer, als dass Fern jetzt die Prophezeiung vergessen würde. Für Zoe – glücklich verheiratet mit der Liebe ihres Lebens – war es natürlich ein Leichtes, ihr zu raten, dass sie einfach abwarten solle. Aber wenn Fern nur gemütlich auf ihrem Hinterteil sitzen blieb, heiratete ihr Seelenverwandter womöglich in der Zwischenzeit eine andere.

Das würde sie niemals zulassen.

Abwarten war Ferns Meinung nach was für Schlaffis.

«Schließlich war das mit der Wahrsagerin bloß ein bisschen Spaß», fuhr Zoe fort. «Vermutlich ist eh alles Quatsch. Wir sollten es am besten einfach vergessen.»

«Das sind ja ganz neue Töne!», stellte Fern überrascht fest. «Neulich warst du noch voll dafür, dass ich mein Schicksal in die Hand nehme. Was ist denn los?» Dann schoss ihr plötzlich ein Gedanke durch den Kopf. «Hat es etwas damit zu tun, was Angela zu dir gesagt hat? Davon hast du mir ja noch gar nicht erzählt.»

«Ach, das war total vage, deshalb. Und es hatte auch nicht wirklich etwas mit meinem Leben zu tun. Ich glaube einfach, wir laufen Gefahr, uns da in etwas zu verrennen», erwiderte Zoe nachdenklich. «Außerdem kenne ich dich, Fern, und ich mache mir Sorgen, dass du etwas Dummes anstellen könntest.»

Wie zum Beispiel einem verlobten Mann meine Telefonnummer zu geben, dachte Fern. Dieses kleine Detail sollte sie Zoe gegenüber vielleicht besser nicht erwähnen.

«Ich schätze, das wäre wohl nicht das erste Mal», gab sie zu. «Vielleicht hast du recht.»

«Also wirst du jetzt einfach mal abwarten? Du machst keine Dummheiten mehr?»

Fern hatte die Finger, Zehen, Beine und alles andere Überkreuzbare überkreuzt. «Natürlich nicht.»

«Puh!» Zoe klang ehrlich erleichtert. «Ich hatte einen Moment lang schon ein richtig schlechtes Gewissen. Hör zu, Süße, ich muss leider los. Ein Nacht-Shooting in den Docklands. Lass uns bald wieder quatschen, ja?»

Und damit war sie weg. Zurück blieb Fern mit ihren Schuldgefühlen, da sie absolut nicht vorhatte, etwas dermaßen Wichtiges wie ihr zukünftiges Glück dem Zufall zu überlassen. Nie im Leben.

Aber was Zoe nicht weiß, macht Zoe nicht heiß, richtig?

Mit einem lauten Seufzer schob Fern zwei Toastscheiben unter den Grill des Backofens, schaufelte Hundefutter in Petras Napf und machte sich eine Tasse dermaßen starken Kaffee, dass der Löffel förmlich darin stehen blieb. Während sie auf den Toast wartete, hörte sie die Nachrichten auf ihrem Anrufbeantworter ab. Ihre Laune sank, denn alle drei waren von Seb. Nicht, dass das überraschend gewesen wäre. Seit

Zoes Hochzeit hinterließ er ihr lange, reuevolle Nachrichten, in denen er sich wiederholt entschuldigte und beteuerte, wie sehr er sie liebte. Nachdem Fern alle gelöscht hatte, ohne sie anzuhören, war ihr der Appetit vergangen. Ganz egal, wie oft Freda oder Zoe ihr aufmunternd zusprachen, Fern hatte trotzdem ein schlechtes Gewissen, da Seb so reuig und traurig klang. Vielleicht sollte sie ihm doch verzeihen? Schließlich machte jeder mal einen Fehler. Man wurde deshalb noch nicht automatisch zum schlechten Menschen. Ich habe Matt auch furchtbar behandelt, dachte Fern bei sich, und ich bin kein Ungeheuer. Und tief in ihrem Herzen wusste sie, dass auch Seb keine Monster war.

Okay. Ganz, ganz tief im Verborgenen.

Sollte sie ihn anrufen? Eine Sekunde lang schwebten Ferns Finger über dem Telefon, während sie mit dem Gedanken spielte. Es wäre so leicht, wieder da anzuknüpfen, wo sie aufgehört hatten. Sie könnte zurück in das geräumige Apartment in den Docklands ziehen, wieder Teil eines Paares sein, und oberflächlich wäre alles wunderbar. Darunter lägen jedoch stets die würgenden Schlingpflanzen ihrer Verbitterung, die sie ganz sicher in die Tiefe ziehen würden, sosehr Fern sie auch ignorieren wollte. Denn wie konnte sie es ertragen, von Seb berührt zu werden, wo sie doch wusste, dass er mit Vanessa zusammen gewesen war? Und wie könnte sie ihm je wieder vertrauen?

Ferns Hand fiel schlapp herunter. Nie würde sie diesen Anruf machen können, sosehr sie sich es vielleicht auch wünschte. Man konnte nicht die Zeit einfach zurückdrehen.

Mit ihrer Kaffeetasse ging sie hinüber ins Wohnzimmer. Ein langer einsamer Abend erstreckte sich vor ihr, und während sie so durch die Satellitenprogramme zappte, wurde ihre Stimmung immer trüber. War das wirklich alles, was aus ihrem Leben geworden war: alleine mit einem alten Hund vor dem Fernseher zu sitzen? Wenn sie gewusst hätte, dass sie sich mit einunddreißig so fühlen würde, dann hätte sie die Dinge ganz anders angepackt. Hätte sie Matt dann so achtlos weggeworfen?

«Natürlich hätte ich das nicht», sagte sie zu Petra, und ihre Stimme klang tränenerstickt. «Was, wenn ich wirklich alles total versaut habe?»

Doch Petra schlief und träumte bestimmt herrliche Hundeträume, in denen Hamster vorkamen. Ihre Antwort bestand lediglich aus einem leisen Schnarchen. Fern machte sich also wohl oder übel auf einen ruhigen Abend zu Hause gefasst, wickelte sich in ihre dicke dunkelrote Chenille-Decke und ließ den Kopf in die Kissen sinken. Vielleicht würde sie einfach ein Weilchen die Augen zumachen ...

Piep! Piep! Piep!

Das laute Schrillen des Rauchmelders katapultierte Fern fast bis an die Decke und ließ ihr Herz vor Schreck wild gegen den Brustkorb hämmern. Das Wohnzimmer war voller Rauch, und kaum öffnete sie die Augen, brannten sie höllisch. Petra rannte laut bellend zwischen Wohnzimmer und Küche hin und her, wobei ihr langer Schwanz den kalten Kaffee vom Sofatisch fegte.

«Verdammt! Der Toast!», krächzte Fern und stürmte in die Küche, wo dicker schwarzer Qualm von den verkohlten Resten ihres Abendessens aufstieg. Rasch stellte Fern den Backofen ab, riss die Hintertür zum Garten auf und atmete an der frischen Luft ein paarmal tief durch, bevor sie den Toast schnappte und ihn hinaus auf den Rasen warf. Bellend galoppierte Petra in die Dunkelheit hinterher. Fern kletterte in der Zwischenzeit auf den Tisch, um den Reset-Knopf des Rauchmelders zu drücken, doch ohne ihre Plateaustiefel war sie mehrere Zentimeter zu klein.

«Verfluchte Scheiße!», schimpfte sie. «Was kann denn heute noch schiefgehen?»

Sie musste in einem früheren Leben irgendetwas ganz Schreckliches getan haben, um so viel Unglück anzuziehen. Den Tränen nahe, schob sie sich vom Tisch herunter, um ihre Stiefel zu suchen, was im dicken Rauch gar nicht so einfach war.

«Fern? Ist alles in Ordnung, meine Liebe?» Freda war an der Hintertür aufgetaucht. «Ich habe den Alarm gehört und bin über die Mauer gestiegen. Brennt es? Soll ich die Feuerwehr rufen?»

«Ich habe meine Toast verkohlen lassen», erklärte Fern zwischen zwei Hustenanfällen. «Aber jetzt ist alles wieder unter Kontrolle.»

«Wirklich?» Freda betrachtete zweifelnd die Rauchwolken. «Du meine Güte, dieser Rauchmelder ist aber laut. Kannst du den nicht ausschalten?»

«Ich bin zu klein. Ich komme nicht hin!»

«Warte, ich mach das.» Für eine Dreiundsechzigjährige kletterte Freda beeindruckend gewandt auf den Tisch und streckte sich, um den Rauchmelder auszuschalten. Vor lauter Erleichterung, dass die schrille Sirene endlich schwieg, war Fern ein bisschen schwummrig zumute.

«Komm nach draußen an die frische Luft», befahl Freda ihr, nahm Fern am Arm und führte sie in den Garten hinaus. Sie setzten sich nebeneinander auf die niedrige Backsteinmauer. Fern atmete die kühle Nachtluft ein, bis sich ihre Atmung langsam, aber sicher wieder beruhigte, obwohl ihre Augen immer noch brannten und sich ihr Hals rau anfühlte.

«Wie ist das denn passiert?», wollte Freda wissen.

Fern stöhnte. «Ich bin eine solche Idiotin. Ich muss eingeschlafen sein, während der Toast unterm Grill lag. Ich hätte das Haus abfackeln können.»

«Quatsch!», erwiderte Freda brüsk. «Natürlich nicht, meine Liebe. Deshalb gibt es doch Rauchmelder. Zum Glück hast du einen.»

«Das habe ich Tamsin zu verdanken. Die hat ihn mir gekauft.»

«Dann ein Hoch auf Tamsin!» Freda schnupperte. «Meine Güte, was dieser rauchige Geruch an Erinnerungen mit sich bringt.» Ihr Blick schien auf einmal in weite Ferne gerückt. «Es gab da in Jerusalem dieses kleine Café, wo die Luft immer nach Rauch roch. Die Männer hockten mit ihren Wasserpfeifen da, die nach Apfel und anderen ziemlich exotischen Sachen dufteten. Sie waren ganz schön erschrocken, als ich auch mal probieren wollte.»

Fern liebte es, wenn ihre Nachbarin in Erinnerungen an ihre Reisen schwelgte. Fredas Unternehmungen waren genau solche Abenteuer, nach denen sie sich gesehnt hatte, als sie sich mit Matt so eingeengt gefühlt hatte. Und sie hatte dann tatsächlich ihre eigenen Abenteuer erlebt, als sie ihn verließ, um durch Asien zu reisen, und diese Erinnerungen würde ihr niemand je nehmen können. Aber in letzter Zeit fragte sie sich manchmal, ob sie damals die richtige Entscheidung getroffen hatte.

«Das kannst du dir nur selbst beantworten», erwiderte Freda, als Fern diesen Gedanken laut aussprach.

«Aber muss es denn wirklich so sein?» Fern sah hinauf in

den dunklen Nachthimmel, auf dem die Sterne wie Glitzerstaub auf einer Weihnachtskarte verstreut waren. Sie fühlte sich sehr einsam. «Muss man wirklich seine Freiheit der Liebe opfern? Ist es wirklich das eine oder das andere? Kann man nicht beides haben?»

Die ältere Frau zuckte mit den Schultern. «Die Antwort darauf kenne ich leider auch nicht. Ich bin wohl kaum eine Expertin in Sachen Beziehung, nicht wahr?»

«Du willst doch wohl nicht behaupten, dass du nie verliebt warst.»

Freda seufzte. «Ach, verliebt war ich natürlich, Kleines. Aber es hat mich nicht besonders glücklich gemacht.»

Fern sagte nichts. Freda war sehr geheimnisvoll, wenn es um ihr Liebesleben ging, aber Fern vermutete schon länger, dass sich hinter ihrem Zynismus diesbezüglich eine tiefe Traurigkeit verbarg. Während die Dunkelheit sie beide einhüllte, lauschte Fern gespannt, als Freda begann, von ihrer Reise durch Australien zu erzählen und wie sie in Sydney Stopp gemacht hatte, um sechs Monate lang als Lehrerin zu arbeiten.

«Ich dachte wirklich, ich stünde über diesem ganzen sentimentalen Romantikquatsch. Und als ich dann Greg traf, überraschte mich dieses Gefühl vollkommen.» Sie lächelte reumütig. «Ich empfand jedes Klischee, das es zwischen Himmel und Erde gibt! Er unterrichtete Naturwissenschaften, aber seine Leidenschaft galt dem Segeln, und an den meisten Abenden fuhr er mit dem Boot über die Bay. Eines Abends lud er mich dazu ein, und es war traumhaft! Ich hatte noch nie jemanden erlebt, der so aktiv und lebenshungrig war.»

Freda hielt inne. In ihrer Erinnerung war sie nicht länger

eine ältere Frau mit grauem Haar, sondern wieder ein junges Mädchen mit weicher, glatter Haut und langen, dunklen Locken, das sich mit ihrem Segler unter den hellen australischen Sternen liebte.

«Wir waren zwei Jahre lang zusammen», fuhr sie schließlich fort. «Einmal an Weihnachten segelten wir die Westküste hinauf, und das war die tollste, schönste Zeit. Ich hätte nie gedacht, dass es möglich sein kann, so verliebt zu sein – oder so glücklich.»

«Was ist dann passiert?», flüsterte Fern. Freda hatte sich dem Singleleben verschrieben, darum wusste sie, dass diese Geschichte nicht mit Hochzeitsglocken endete.

Freda knetete ihre Hände im Schoß. «Während dieser Reise erhielt ich auf halber Strecke die Nachricht aus England, dass mein Vater schwer krank sei. Ich habe Greg gebeten, mich nach Hause zu begleiten, aber er wollte unbedingt weitersegeln, sodass ich schließlich alleine geflogen bin.» Sie schluckte. «Ich habe ihn nie wiedergesehen. Als ich nach Sydney zurückkam, hatte er das Angebot angenommen, im America Cup Team mitzusegeln, und war meilenweit entfernt.»

«Mistkerl!»

Freda schüttelte den Kopf. «Greg hat an seinen Träumen festgehalten. Er hat die Freiheit der Liebe vorgezogen, und für ihn muss es das Richtige gewesen sein. Irgendwann kam er nach Sydney zurück – jedenfalls hörte ich das von gemeinsamen Freunden –, aber ich war inzwischen weitergezogen. Kurz darauf hat er wohl geheiratet, und ich hoffe, dass er sehr glücklich wurde.» Sie lächelte sehnsüchtig. «Ich habe ihn nie vergessen. Im Grunde vergeht kein Tag, an dem ich nicht daran denke, was hätte sein können, wenn ich nicht nach England hätte zurückfliegen müssen. Ich schätze mal, Greg war für mich immer derjenige, der es hätte sein sollen.»

Fern starrte ihre Nachbarin entsetzt an. Würde es ihr in dreißig Jahren genauso gehen?

«Aber genug der Gefühlsduselei! Was weiß ich schon über die Liebe?» Man konnte Freda ansehen, wie sie sich innerlich zusammenriss, indem sie ihren zerknitterten Rock glattstrich und auf die Uhr sah. «Du meine Güte! Ich werde mich schon wieder beim Bridge verspäten. Bist du sicher, dass alles in Ordnung ist? Du siehst ziemlich blass aus.»

Das mochte stimmen, hatte aber nichts damit zu tun, dass Fern beinahe das Haus abgefackelt hätte. Sie versicherte ihrer Nachbarin, es gehe ihr gut, küsste Freda auf die weiche, gepuderte Wange und bedankte sich noch einmal für ihre Hilfe. Dann kletterte Freda zurück über die Mauer und verschwand in ihrer Küche. Der Rauchgeruch hing immer noch in der Luft, also versprühte Fern großzügig Raumspray und öffnete einige weitere Fenster, bevor sie sich ans Reinigen des Grillgitters machte. Sie schrubbte und scheuerte, als hinge ihr Leben davon ab. Alles war ihr recht, um nicht über Fredas Geschichte nachzudenken und eventuelle Parallelen zu ihrer eigenen Situation. Langsam geriet sie in Panik. Ihr Puls beschleunigte sich.

Als das Telefon klingelte, stürzte Fern sich dankbar darauf. Sich mit irgendjemandem zu unterhalten, und sei es auch nur Seb, war auf jeden Fall besser, als sich mit endlosem Grübeln in den Wahnsinn zu treiben. Falls Tamsin dran war, würde sie sich bei ihr für den Rauchmelder bedanken können, und Zoe würde sie die Geschichte so erzählen, dass sie sich bald vor Lachen kringeln würden. Und selbst falls es Cybil war, um sich nach Petra zu erkundigen, würde Fern sich freuen, von ihr zu hören.

Doch es war jemand anderes.

«Fern?» Als sie diese Stimme hörte, tief und leise, bekam Fern sofort weiche Knie. «Ich bin's, Matt. Ich habe den ganzen Tag über das nachgedacht, was du gesagt hast. Du hast recht, zwischen uns gibt es noch Klärungsbedarf. Kann ich dich sehen?»

Fern rutschte mit dem Rücken am Herd hinunter und hockte sich auf den klebrigen Küchenboden. Ihr Mund war plötzlich ganz trocken.

«Fern?», wiederholte Matt. «Ist das okay? Kann ich vorbeikommen?»

Das war es also, sagte sich Fern. Dies war ihre Gelegenheit, das Schicksal in die Hand zu nehmen. Wenn sie es nicht tat, wer garantierte ihr dann, dass sie in dreißig Jahren nicht ebenso voller Reue war wie ihre Nachbarin? Das würde sie nicht ertragen.

Es gab im Grunde nur eine Antwort.

«O Matt.» Ferns Herz galoppierte los. «Musst du da überhaupt fragen? Natürlich kannst du vorbeikommen. Komm – so schnell du kannst.»

Kapitel elf

Als Matt aufgelegt hatte, raste Fern wie eine kleine blonde Ausgabe des Tasmanischen Teufels durch die Wohnung, fegte Zeitschriften und Zeitungen unters Sofa, klopfte Kissen zurecht und pfefferte das schmutzige Geschirr in die Spülmaschine. Die Jo-Malone-Duftkerze vertrieb mit Basilikum-Limetten-Aroma endgültig den Rauchgeruch, und die Tischlampen warfen warme, gelbe Lichtkegel durch den Raum. Es blieb ihr keine Zeit, sich richtig um ihr zerzaustes Äußeres zu kümmern, also tauschte sie lediglich ihr verrauchtes Kleid gegen weite Hosen und ein cremefarbenes Top mit Flatterärmeln. Die Locken steckte sie mit einer Glitzerspange hoch und tupfte sich ein wenig ihres Lieblings-Benefit-Parfüms hinter die Ohren. Es sollte nicht aussehen, als hätte sie sich aufgetakelt.

Fern war sich gar nicht so sicher, was genau sie sich eigentlich von Matts Besuch erwartete, aber während sie das für sich klärte, wollte sie wenigstens anständig aussehen und eine halbwegs aufgeräumte Wohnung präsentieren. Matt war immer ein Ordnungsfanatiker gewesen – Ferns konstantes Chaos hatte ihn in den Wahnsinn getrieben –, also wäre es nett, ihn damit zu beeindrucken, dass sie sich seit ihrer Trennung gebessert hatte.

Na gut, dachte Fern, als sie den zu bügelnden Wäscheberg unter dem Waschbecken verstaute, vielleicht hatte sie sich nicht sooo sehr verändert, wie sie sich das gewünscht hätte, aber sie bemühte sich zumindest, ordentlicher zu wirken. Und das war es doch schließlich, was zählte, oder?

Sie überlegte sich gerade, den Staubsauger zum Kampfeinsatz zu bringen, als es laut an der Tür klopfte. Petra stürmte an Fern vorbei in den Flur, fing durchdringend an zu bellen und hörte erst auf, als Matt durch den Briefkastenschlitz mit ihr sprach.

«Petra, ich bin's. Braves Mädchen. Lass mich rein, Fern. Hier draußen schüttet's auf einmal!»

«Petra! Aus!» Fern packte den Hund am Halsband und zerrte ihn von der Tür weg. «Tut mir leid», rief sie, während sie die Schlösser entriegelte. «Ich glaube, Petra bildet sich ein, sie sei ein Wachhund.»

«Und was für einer», meinte Matt trocken, denn Petra rollte sich sofort auf den Rücken, um sich den Bauch kraulen zu lassen. «Ich wünschte, ich hätte auf alle Frauen diese Wirkung!»

Fern war sich nicht sicher, wie sie darauf reagieren sollte. Sie könnte es natürlich dem Hund gleichtun, aber dann würde der arme alte Matt vermutlich vor Schock tot umfallen.

«Es ist schön, deine Wohnung zu sehen.» Matt richtete sich auf und lächelte Fern an. «Ich habe versucht, mir vorzustellen, wie du wohl lebst.»

«Nun, das hier ist es!», erwiderte sie munter. «Es ist klein und vollgestopft, aber es ist mein Zuhause.»

Matt sah sich im schmalen Flur mit der rosafarbenen Lichterkette, den bunten, wilden Gemälden und dem Läufer im Regenbogenlook um und nickte. «Passt zu dir.»

Das stimmte. Und Matt wirkte hier bei ihr wie eine Riese. Er füllte den kleinen Flur fast aus, während die von seiner Jacke rinnenden Regenwassertropfen auf dem Laminat eine Pfütze bildeten. Plötzlich flatterten Ferns Nerven, und sie wunderte sich, dass Matt den Luftzug nicht spürte. Alleine mit ihm in ihrer Wohnung zu sein, kam ihr komisch und seltsam heimlichtuerisch vor.

«Möchtest du was trinken?» Es überraschte sie selber, wie zittrig sie war. «Tee? Kaffee? Cola light?»

«Fern», sagte Matt leise, «ich denke, wir wissen doch beide, dass das hier kein Höflichkeitsbesuch ist.»

Fern schluckte. Leidenschaft lag in Matts Blick, den regennasse Wimpern umgaben. Als er sie heftig an sich zog und küsste, schmeckte sie diese Leidenschaft auf seinen Lippen. Er vergrub seine Finger in Ferns Locken und drückte sie fester und immer fester an sich. Er küsste sie wie ein Ertrinkender, der nach Luft schnappt. Und dann schob er sie plötzlich weg.

«Verdammt!» Er starrte sie bestürzt an. «Das hatte ich eigentlich nicht vor.»

Fern ließ sich gegen die Wand sinken, denn die Intensität seines Kusses hatte ihre Beine in Wackelpudding verwandelt. Während der ganzen Zeit, als Matt und sie ein Paar waren, hatte er sie nie so geküsst. Was zum Henker war hier los?

«Warum hast du dann?», flüsterte sie.

«Ich konnte dich nicht nicht küssen!», knirschte Matt. In seiner linken Wange zuckte ein Muskel, ein vertrautes Anzeichen für Anspannung. «Verflixt, Fern! Was machst du hier mit mir?»

«Ich mache überhaupt nichts!» Doch noch bevor ihr die Worte über die Lippen gekommen waren, wusste Fern in ihrem Innersten, dass das nicht stimmte. Von dem Moment an, wo sie Matt bei Zoes Hochzeit wiedergesehen hatte, hatte sie sich gefragt, ob er vielleicht der Richtige für sie war und ob er noch Gefühle für sie hegte.

Nun, das war nicht länger die Frage. Auf seiner Seite waren die Gefühle offensichtlich noch sehr stark, und das laute Pochen ihres Herzens verriet, dass sie selbst auch nicht gerade immun war.

Matt blickte sie kläglich an. «Du hast mich aufgesucht, schon vergessen? Und wie viel Mühe du dir damit gemacht hast! Erst meine Praxis ausfindig machen und dir dann eine Krankheit für den Hund deiner Mutter ausdenken.»

Fern wurde rot. Zum Glück wusste Matt nicht, dass sie aus genau diesem Grund angeboten hatte, sich um Petra zu kümmern. Sonst würde er sie womöglich noch für einen Stalker halten oder so. Ehrlich gesagt, so wie er das darstellte, glaubte sie langsam selber, sie sei ein Stalker.

«Und dann», fuhr er fort, wobei er die Arme vor der Brust verschränkte und auf sie herabsah, «hast du Petra absichtlich bei mir registriert und deine Kontaktdaten hinterlegt, du wusstest genau, dass ich sie nicht würde ignorieren können. Du hast genau gewusst, was du tust, Fern.»

«Okay! Ich bekenne mich schuldig!» Fern hob die Hände. «Aber ich habe dich nicht dazu gebracht, in dein Auto zu springen und herzufahren, um mich zu sehen, oder? Das war ganz allein deine Entscheidung, Matty.»

«Aber du wusstest, was ich für dich empfinde.» Matt seufzte. «Das war nie ein Geheimnis, oder, Fern? Ich dachte, ich hätte dir immer gesagt, was ich für dich empfinde, dir meine Liebe gezeigt und dich anständig behandelt. Das musst du doch gewusst haben?»

Sie ließ den Kopf hängen. Natürlich hatte sie das gewusst. In all ihrer gemeinsamen Zeit hatte Matt sie nie im Stich gelassen. Warum war sie damals nicht in der Lage gewesen zu erkennen, wie gut sie es hatte?

«Ich hab dich so sehr geliebt, Fern», fuhr Matt fort, und sein Blick war immer noch sanft und liebevoll, als er sie über den Flur hinweg ansah. «Verflixt, ich wollte dich bitten, mich zu heiraten. Ich dachte wirklich, du liebst mich und wir würden zusammenbleiben.» Er lachte rau. «Nun, so kann man sich irren! Während ich unsere Zukunft geplant habe, musst du wie besessen über deine Flucht nachgedacht haben. Hast du auf deinen Reisen durch Asien noch darüber gelacht? Oder warst du zu sehr damit beschäftigt, deinen Sternen zu danken, dass du nochmal entkommen bist?»

Fern starrte ihn entsetzt an. «Natürlich nicht! Ich hatte keine Ahnung, dass du über Heirat nachgedacht hast!»

«Natürlich nicht.» Matt fuhr sich mit den Fingern durch die Haare, wodurch Strähnen anschließend in alle Richtungen abstanden. «Ich kam in deinen Plänen ja überhaupt nicht vor, richtig?»

«Das stimmt nicht!»

«Und dann, wenn ich gerade mein Leben wieder unter Kontrolle habe, gerade eine Frau kennengelernt habe, die mir guttut und die tatsächlich mit mir zusammen sein will, da beschließt du, dass es eine prima Idee wäre, die alten Wunden wieder aufzureißen!» Matt schüttelte den Kopf. «Dein Timing ist absolut perfekt, nicht wahr? Und hier stehe ich, wie ein dummer Schuljunge, denn selbst als ich dich gehasst habe, Fern – und glaub mir, es gab eine Zeit, da hab ich dich wirklich gehasst –, selbst da hab ich dich immer noch geliebt. Es mag vielleicht ein Klischee sein, aber weißt du was? Es ist seither kein Tag vergangen, an dem ich nicht an dich gedacht und mich gefragt habe, was gewesen wäre, wenn du mich damals nicht verlassen hättest.»

Er hielt inne, und die Stille zwischen ihnen dehnte sich aus wie ein zäher Kuchenteig. Dann schien Matt alle Kampfeslust zu verlassen, und er ließ die Schultern hängen.

«Warum hast du mich auf diese Weise verlassen, Fern? Das habe ich mich immer gefragt. Habe ich irgendetwas falsch gemacht, oder hast du mich einfach nicht genug geliebt?»

«Ich hatte Angst», flüsterte Fern. «Dir war das alles so ernst, Matt, und ich fühlte mich einfach noch nicht so weit. Ich hatte Angst.»

«Angst?», wiederholte er ungläubig. «Wovor zum Teufel? Wir waren richtig gut zusammen.»

«Ich hatte Angst davor, wie ernst das mit uns wurde.» Fern schloss die Augen. Ihrer Erfahrung nach wurde meistens einer verletzt, wenn es bei Paaren ernst wurde. Und wenn einen jemand, den man wirklich liebte, verließ, dann brauchte man lange Zeit, um sich wieder zu erholen. Wenn überhaupt. Sie hatte ihren Vater geliebt, und ihn zu verlieren, war schlimm genug gewesen. Wie wäre es da, einen Seelenverwandten zu verlieren? Die Antwort darauf musste «unerträglich» sein. Ihre Mutter hatte den Tod ihres Mannes nie verwunden, und Fern war sich nicht sicher gewesen, ob sie diese Art von Schmerz noch einmal aushalten würde. Damals war es ihr nicht möglich gewesen, diese Gedanken zu formulieren, aber jetzt, hier in ihrem kleinen Flur an einem verregneten Abend, kapierte sie endlich, weshalb sie von Matt weggerannt war. Es war nicht so, dass sie ihn nicht geliebt hätte. Es lang daran, dass sie Angst hatte, verletzt zu werden.

Die Ironie des Schicksals war, dass sie damit lediglich erreicht hatte, dass beide verletzt wurden.

Matt, der an dieser plötzlichen Erleuchtung nicht teilhatte, war nach wie vor randvoll mit jahrelang gehegter Wut und fest entschlossen, sich Luft zu machen. «Die Menschen machen ernst, Fern, wenn sie sich richtig verlieben. Das passiert in Beziehungen zwischen Erwachsenen. Aber du», er zog die Stirn kraus, «du scheinst deine ganze Zeit damit zu verbringen, vor allem wegzurennen, was irgendwie nach Bindung aussieht.»

Darauf konnte Fern nicht viel entgegnen, denn Matt hatte im Grunde recht. Vielleicht hatte sie sich deshalb Seb ausgesucht, der nicht in seinen entferntesten Träumen auf die Idee kommen würde, sich fest zu binden.

«Ich hatte dir nicht weh tun wollen», sagte sie leise. «Und wenn es dich irgendwie tröstet, ich bereue heute sehr, wie ich dich behandelt habe. Darauf bin ich wahrlich nicht stolz.»

«Tja, du hast mich nun mal verletzt, und ich habe lange gebraucht, um darüber hinwegzukommen. Aber das ist Schnee von vorgestern, richtig?» Matt klang wütend. «Ich bin jetzt mit jemand anderem zusammen, und mein Leben hat sich weiterentwickelt. Wir bedeuten uns jetzt nichts mehr, Fern, genau wie du es gewollt hast.»

Fern sagte nichts. Wenn er auf ihr herumhacken wollte, dann war das wohl das mindeste, was sie verdiente, nachdem sie ihn so feige verlassen hatte. Sie nagte an ihrer Unterlippe und bereitete sich innerlich auf die Standpauke vor.

Aber die kam nicht. Stattdessen seufzte Matt schwer. «Wem versuche ich da, was vorzumachen? Vermutlich bin ich nie darüber weggekommen und immer noch wütend auf dich für das, was du getan hast. Aber ich glaube, tief in meinem Innern hab ich immer gewusst, dass du nicht grausam sein wolltest.» Er trat einen Schritt vor und nahm ihre zitternden Hände in seine. «Aber du musst aufhören davonzulaufen, Fern, und immer zu denken, dass eine feste Beziehung dich anbindet. Denn in Wirklichkeit macht es dich frei, geliebt zu werden, und gibt dir die Kraft, du selbst zu sein. Wir hatten mal etwas ganz Besonderes, weißt du. Wir hätten es richtig gut zusammen haben können.»

Fern sah hinauf in seine Augen – dunkelbraune Schokoiris, eingerahmt vom zarten Schwarz seiner Wimpern, als hätte sie ein Künstler fein säuberlich gepinselt –, und ihr Herz setzte einen Schlag aus. In diesen Augen lag immer noch Liebe, nicht wahr?

«Vielleicht könnten wir das immer noch?», flüsterte sie. «Es ist noch nicht zu spät, oder?»

Matt seufzte müde. «Ach, Fern. Ich weiß nicht. Die Dinge haben sich verändert, glaubst du nicht? Außerdem bin ich mit Amanda verlobt, und sie ist ein guter Mensch. Sie verdient es nicht, enttäuscht zu werden.»

«Entschuldige, natürlich.» Schuldbewusst versuchte Fern, ihm ihre Hände zu entziehen, doch Matts Griff wurde nur noch fester.

«Es kommt mir vor, als betröge ich Amanda tausendmal am Tag, wenn ich daran denke, was mit dir hätte sein können. Aber jetzt? Meinst du, wir sind uns aus einem bestimmten Grund wiederbegegnet?» Matt fuhr sich wieder mit der Hand durch sein dichtes Haar. «Ich weiß nicht, was ich tun soll. Wie kann ich eine Frau heiraten, wenn ich immer noch etwas für eine andere empfinde?»

Fern konnte sehen, wie sehr ihn das alles quälte, und es tat ihr weh. Sie holte tief Luft. «Du empfindest also immer noch was für mich?»

«Du meine Güte, Fern, du machst dir keine Vorstellung!» Matt trat noch einen Schritt auf sie zu, schlang die Arme um sie und drückte sie so fest an seine Brust, dass sie seinen schnellen Herzschlag spüren konnte. «Ich habe mir so lange ausgemalt, wie es wäre, dich wiederzusehen – ich wollte dir sagen, wie wütend ich auf dich war, aber jetzt, wo ich bei dir bin, will ich dich nur im Arm halten und dich küssen!»

Fern hatte es die Sprache verschlagen. Dieser wütende, leidenschaftliche Mann war so ganz anders als der ruhige, verlässliche Kerl von früher. Matt war immer ehrlich und stand zu seinem Wort. Kein Wunder, dass ihn das alles so mitnahm. Diese Gefühle gingen völlig gegen seinen Charakter. Es musste doch noch etwas zwischen ihnen sein? Sie wurde ganz nervös, wie aufregend das war! Der Mann, der in ihrer Erinnerung fast gesetzt und langweilig war, der nur sonntagmorgens Sex haben wollte und dessen Vorstellung von einem aufregenden Ausgehabend einen Besuch beim Pizza Express entsprach – dieser Mann war ja doch in der Lage, alle Vorsicht in den Wind zu schlagen.

Also war es vielleicht an der Zeit, dass sie ihn ließ.

Dann küsste Matt sie wieder, sein Lippen eisenhart auf den ihren. Seine Zunge erforschte wild ihren Mund. Na gut, sie dachte plötzlich an eine Waschmaschine im Schleudergang, und vielleicht waren die Hände, die ihren Po packten und über ihre Brüste strichen, ein bisschen unbeholfen. Aber diese Dinge waren nicht von Belang, wies Fern sich selbst streng zurecht. Nicht, wenn Matt ihr Seelenverwandter war. Immerhin hatte die Leidenschaft ihn überwältigt, oder? Also warf auch sie alle Bedenken über Bord und küsste ihn eifrig zurück. Sie schnappte nach Luft, als seine Hände unter ihr Oberteil wanderten und seine Finger Muster auf ihren Bauch malten, bevor sie schließlich ihre Brüste erreichten ...

«O Gott, Fern», stöhnte Matt, während er mit den Lippen sachte ihren Hals entlangfuhr. «Ich habe nie aufhören können, an dich zu denken.»

«Das merke ich», hauchte Fern. Seit wann war Matt so bestimmend? Damals hatte er kaum entscheiden können, was er zu Abend essen wollte – es hatte sie wahnsinnig gemacht –, und nun spielte er Spielchen mit ihren Kleidern, sodass sie ganz kribbelig wurde. Wenn es so weiterging, würden sie es nicht mal bis zum Schlafzimmer schaffen. Als sie sein T-Shirt aus dem Hosenbund zog und ihre Hände daruntergleiten ließ, gab Fern einen überraschten Laut von sich. Seit wann hatte Matt einen Körper, der Peter Andre vor Neid erblassen ließe? Wo kamen diese irren Bauchmuskeln her?

«Ich bin dem Fitness-Studio beigetreten, nachdem du mich verlassen hast.» Matt lachte über Ferns erstaunten Gesichtsausdruck. «Ich konnte sonst nicht viel mit mir anfangen, und nach ein paar Wochen Frustfraß wusste ich, was zu tun war. Ich hätte nie gedacht, dass ich das mal von mir sagen würde, aber inzwischen bin ich wohl fast süchtig nach Sport.»

Fern sah ihn so überrascht an, als hätte er erzählt, dass er in seiner Freizeit Atome spaltete. In ihrer Erinnerung war Matt der totale Stubenhocker gewesen. Er wollte immer nur auf dem Sofa zusammen kuscheln, eine DVD anschauen und Essen vom Chinesen futtern. Sport – das war für ihn, die Fernbedienung in die Hand zu nehmen.

Fern ließ die Hände über seinen neuen, muskulösen Körper gleiten. Seine Haut war honigfarben, warm und sehr, sehr glatt.

Halt mal. Hatte er etwa die Brust gewachst? So haarlos war er doch früher nicht gewesen? Das hier war zwar Matt, aber das war auch wieder nicht ihr Matt. Das hier war ein neuer Matt.

Amandas Matt.

Während Fern diesen unangenehmen Gedanken zu verdrängen versuchte, schrillte Matts Handy, als wäre es empört über das, was es hier mitansehen musste. Er runzelte die Stirn.

«Ich muss leider rangehen.»

Sie war voller Verlangen, doch irgendwie auch froh über diese Unterbrechung. Sie strich sich also die Haare von den heißen Wangen und ging ins Wohnzimmer, wo die Kerzen und Lampen brannten, damit Matt in Ruhe telefonieren konnte. Sie hatte nicht vor mitzuhören – schließlich konnte sie nicht endlos so tun, als interessierte es sie, was genau passierte, wenn eine Kuh kalbte. Aber dann hörte sie ihn sagen: «Nun mach keine Panik und hör mir zu, Amanda!»

«Manda, jetzt hör mir zu. Du wirst nicht warten können, bis David dir assistiert. Du musst das jetzt alleine machen», fuhr Matt fort. «Natürlich kannst du das! Ich werde dir genau sagen, was du tun musst. Ja, ganz viel Gel. Und jetzt greif rein. Kannst du die Hufe fühlen?»

Argh! Fern wurde ein bisschen schwummrig. Sie schaffte es noch nicht einmal, die Krankenhausserien im Fernsehen anzuschauen, ohne dass ihr schlecht wurde, aber Amanda konnte offensichtlich ihren Arm in Kühe hineinstecken und Kälber umdrehen? Das war ganz schön beeindruckend. Fern schob sich näher an die Tür und lauschte. Besser als jede Landarzt-Sendung.

Nicht dass Fern je zugegeben hätte, so was anzuschauen. Solche kleinen Fernsehsünden behielt sie lieber für sich.

«Okay, Schatz, das klingt gut», sagte Matt nun geduldig. «Jetzt zieh das Kalb vorsichtig heraus. Ganz langsam. Zerreiß die Membran und saug die Nüstern ab, um sie vom Schleim zu befreien. Nein, ich vermute, das Blut ist von der Mutter.»

Eindeutig genug Details! Fern fühlte sich etwas mulmig und zog sich aufs Sofa zurück, wo sie ihr Oberteil wieder in die Hose stopfte und die Haare bändigte. Das Gerede von Blut und Schleim hatte die Stimmung endgültig zerstört. Einige Minuten später hörte sie, wie Matt das Gespräch mit einem «Ich dich auch» beendete und sein Handy zuklappte. Das schlechte Gewissen saß ihr wie ein Knoten im Hals. Was tat sie denn hier? Matt war verlobt, um Himmels willen!

«Tut mir leid, Fern, aber da musste ich rangehen.» Matt blieb im Türrahmen zwischen Flur und Wohnzimmer stehen.

«Das war Amanda, stimmt's? Ist sie auch Tierärztin?»

Er nickte. «Sie arbeitet in Hampshire. Eine Landarztpraxis, und da geht's ein bisschen heftiger zu als mit meinen Pudeln und Hamstern in Putney.»

«Du wolltest immer schon auf dem Land arbeiten», erinnerte sich Fern. Matt liebte das Landleben, wohingegen sie zappelig wurde, wenn sie sich auch nur fünf Minuten von einem Prêt-à-manger entfernt befand.

«Das ist auch immer noch so», meinte Matt. «Ich werde noch ein paar Jahre in London bleiben, und dann haben wir geplant, irgendwo nach einer Gemeinschaftspraxis auf dem Land zu suchen. Somerset wäre schön.» Er stand unschlüssig da. «Verzeih mir, Fern, aber ich kann das nicht tun. Nicht, so lange ich mit jemand anderem zusammen bin. Es fühlt sich einfach falsch an.»

«Ich weiß, Matt. Für mich auch. Vielleicht solltest du jetzt gehen.»

«Vielleicht sollte ich das.» Doch er blieb weiterhin dort stehen, und Fern bewegte sich nicht vom Sofa weg. War sie gerade nicht genauso schlimm wie Vanessa? Sogar noch schlimmer. Auf keinen Fall wollte Fern einer anderen Frau diese Art von Herzschmerz antun, egal, wie sehr sie sich wünschte, Matt würde sie mit seinen Küssen zum Schmelzen bringen.

«Fern, ich brauche ein bisschen Zeit, um über all das nachzudenken, was heute Abend passiert ist. Ich schwöre dir, das war alles nicht geplant gewesen. Amanda ist wundervoll, und sie will im Leben dieselben Dinge wie ich. Und dann bist da du, so bunt und sexy. Amanda hat es nicht verdient, auf diese Weise verletzt zu werden, aber sollte ich die Verlobung nicht lösen, wenn ich noch so viel für dich empfinde?» Wenn er sich weiterhin so heftig mit den Händen durchs Haar fuhr, wäre bald nichts mehr davon übrig. «Ach, verdammt, ich weiß nicht, was das Richtige ist.»

Matts Ehrlichkeit hätte Fern wahrlich nicht überraschen sollen. Natürlich wollte er das Richtige tun. Im Gegensatz zu anderen Leuten, die ihr einfielen, würde Matt niemals seine Partnerin betrügen, und Fern wollte das auch gar nicht. Aber seine Verlobung so rasch zu lösen? Das war auch nicht ohne!

«Darf ich dich anrufen, wenn ich wieder klar denken kann?»

Fern nickte, doch sie wich seinem Blick aus. Matt war so ein anständiger Kerl. Als sie damals ein Paar waren, hatte er ihr oft das idyllische Leben beschrieben, das er sich vorstellte, wo Leute auf traditionellen AGA-Herden kochten, mit ihren Retrievern an der Leine durch den Matsch stapften und in zerbeulten Landrovern herumfuhren. Feinkostsupermärkte, schicke Boutiquen und Theater schienen in dieser Welt nicht vorzukommen.

Aber vielleicht war es an der Zeit, dass sie erwachsen

wurde. Ihre Schwestern schienen mit ihrem Landleben überglücklich zu sein, und sogar Zoe sprach davon, aus der City wegzuziehen, nun da sie verheiratet war. Vielleicht taten das erwachsene Frauen über dreißig. War es an der Zeit, dass sie begann, aus dem inneren Country-Style-Katalog zu bestellen? Sie würde hart daran arbeiten müssen, belebende Spaziergänge durch den Matsch toll zu finden. Vielleicht sollte sie *Country Living* abonnieren und sich ein paar lustige Gummistiefel mit Blumenmuster kaufen oder etwas in der Art. Plötzlich begannen Ferns alte Ängste und Sorgen, ob Matt und sie nun wirklich zusammenpassten oder nicht, wie rote Ameisen herumzuwuseln und sie zu beißen.

«He.» Matt trat auf sie zu, hob ihr Gesicht sachte seinem entgegen und lächelte sie an. «Alles in Ordnung?»

Sie schluckte. Das Gefühl seiner starken Hände auf ihrer Haut jagte ihr einen Schauer über den Rücken, und einen Augenblick lang erinnerte sie sich wieder an ihren allerersten Kuss. Die alten Gefühle waren immer noch da, streckten und räkelten sich, während sie wieder zum Leben erwachten. Bei Matt fühlte sie sich sicher und geliebt, und sie sehnte sich danach, ihre Skrupel zu vergessen, seine Hand zu nehmen und ihn in ihr Schlafzimmer zu führen. Aber etwas hielt sie zurück.

Das ging alles viel zu schnell.

«Auch ich will nichts überstürzen», erklärte sie mit Bestimmtheit. «Es gibt keinen Druck und ganz sicher keine Erwartungen meinerseits, Matt. Und bitte triff meinetwegen keine vorschnellen Entscheidungen. Wenn du nicht mit Amanda zusammen sein willst, dann sollte das nur aus dem Grund geschehen, dass es sich für dich nicht richtig anfühlt, dich an sie zu binden – und nicht deshalb, weil du dich fragst, was zwischen uns hätte sein können. Bist du sicher, dass du das hier nicht alles durcheinanderbringst?»

Matt lachte. «Ist die Predigt jetzt zu Ende? Und seit wann bist du überhaupt so weise?»

«Vor allem durch bittere Erfahrung. Aber mal im Ernst, Matty. Ich möchte, dass du über all das ganz gründlich nachdenkst. Tu nichts, was du vielleicht bereust, okay? Und», sie drehte rasch den Kopf weg, sodass sein Kuss ihren Mundwinkel traf, «du wirst es vielleicht auch bereuen, dass du mich geküsst hast.»

Matt sah aus, als wollte er widersprechen, doch da klingelte sein Handy erneut. Einige Minuten später klappte er das Telefon wieder zu und verzog genervt das Gesicht.

«Schlechte Nachrichten?», erkundigte sich Fern. Sie konnte nicht umhin festzustellen, dass sie Matt in seiner ernsthaften Tierarzt-Rolle ganz schön sexy fand.

«Ein Notfall bei der Arbeit. Ich muss direkt in die Praxis und operieren. Mein Vertreter ist total aufgelöst, also muss ich sofort los. Aber ich ruf dich an, okay?»

«Okay.» Fern stellte sich auf die Zehenspitzen, um ihm einen Abschiedskuss zu geben. Sie schmolz fast vor Zärtlichkeit, als seine weichen Lippen die ihren berührten und seine starken Arme sie an seine muskulöse Brust drückten. Dann war er weg, von der Dunkelheit im Vorgarten verschluckt. Sobald sein Landrover heulend zum Leben erwacht und die Straße hinuntergebrummt war, schloss Fern die Haustür und lehnte sich von innen dagegen. Die seltsame Mischung aus Erleichterung und Enttäuschung, dass er hatte gehen müssen, machte sie seltsam schwach.

War Matt etwa doch ihre große Liebe? Gab es noch Hoffnung für sie? Fern berührte mit dem Finger ihre Lippen, die noch von seinen Küssen kribbelten, und spürte freudige Aufregung in sich aufsteigen. Wenn das hier bedeutete, das Schicksal in die eigenen Hände zu nehmen, dann war sie absolut dafür!

Kapitel zwölf

Das ist eine tolle Party!», rief Ferns Praktikantin Kim begeistert. «Ich bin ja so froh, dass wir hergekommen sind. Du nicht?»

«Mhm», murmelte Fern in ihr Champagnerglas hinein. Ehrlich gesagt bezweifelte sie langsam, ob es wirklich eine so gute Idee gewesen war, zu dieser Filmlegenden-Kostümparty zu gehen, aber die neunzehnjährige Kim hatte ganz funkelnde Augen vor Aufregung, und da war es gemein, ihre Begeisterung zu dämpfen. Außerdem hatte Ferns Boss Jeremy die Karten gekauft und darauf bestanden, dass sein Team sich einen Abend lang vergnügte.

«Ach, jetzt komm schon!», hatte er gejammert, als Fern versuchte, sich zu drücken. «Wir waren alle schon seit Ewigkeiten nicht mehr zusammen unterwegs! Du bist doch noch gar nicht so alt. Und du kannst ja nicht für immer daheim hocken, in die Glotze gucken und Marks & Spencers-Fertiggerichte für eine Person futtern!»

«Das tue ich überhaupt nicht!», verteidigte Fern sich. Es tat ihr weh, dass man ihr unterstellte, sie habe seit Sebs Abgang ein langweiligeres Leben als ein Eremit geführt.

Jeremy zog fragend eine Augenbraue hoch. «Ach ja? Wie kommt es dann, dass niemand von uns dich in letzter Zeit gesehen hat?»

«Weil ich beschäftigt war!», gab Fern zurück, und ihr Boss zuckte nur mit den Schultern. Er arbeitete schon lange genug mit ihr zusammen, um zu wissen, wann er ein Thema ruhen lassen sollte. Außerdem hatte er sein Ziel bereits erreicht.

In seinen Worten lag genug Wahrheit, dass Fern schließlich doch zusagte. Plötzlich wurde ihr nämlich bewusst, wie viele Single-Tiefkühl-Fertigmahlzeiten sie in ihrem Eisfach hatte, und prompt schrillten die Alarmglocken. Vielleicht war es an der Zeit, dachte Fern, während sie am Bühnenbild für eine Neuinszenierung von *Cymbeline* arbeitete, mal wieder auszugehen.

Zwei Wochen waren seit Matts unerwartetem Besuch vergangen. Vierzehn Tage, in denen Fern jedes Mal auf die Erdumlaufbahn katapultiert wurde, wenn das Telefon klingelte, nur um dann wieder zurück auf die Erde zu krachen, wenn es sich beim Anrufer nicht um ihn handelte. Wie es schien, dachte Matt tatsächlich lange und gründlich nach.

Mehrmals war ihr Finger über dem Anrufknopf auf den Telefontasten geschwebt, aber etwas hatte sie zurückgehalten. War Matt sein untypisches Verhalten peinlich? Oder war ihm bereits am nächsten Tag klargeworden, dass eine Kälbergeburtshilfe leistende, tierliebende Verlobte genau das war, was er brauchte, und nicht etwa eine chaotische Stadtfrau mit Plateaustiefeln? Außerdem war er schließlich verlobt, rief Fern sich in Erinnerung. Matt hatte beschlossen, dass Amanda diejenige war, mit der er sein Leben verbringen wollte. Und ein Kerl wie Matt traf solche Entscheidungen nicht leichthin. Er musste Amanda lieben, also hatte er an dem Abend mit Fern möglicherweise bloß die sprichwörtlich kalten Füße bekommen – eine letzte Reise in die Vergangenheit, bevor er allen anderen Frauen für immer abschwor.

Ja, so war es. Sie hatte sich offensichtlich total zum Affen gemacht, und er war schnurstracks zurück zur ruhigen, vernünftigen Amanda gerannt, völlig geschockt von der Begegnung mit einer verrückten Ex.

Und hier stand sie nun in einer heißen, überfüllten Bar in den Docklands, umgeben von Filmgrößen und begeisterten Kollegen, und trank einen Fusel, von dem sie schon einen ganz pelzigen Mund hatte. Bereits jetzt vermisste sie ihr gemütliches Sofa und die Tiefkühllasagne.

Oje. Vielleicht hatte Jeremy gar nicht so unrecht, und sie war tatsächlich zu einer alten Stubenhockerin geworden?

«Und es hat auch noch jede Menge appetitliche Kerle!» Kim gingen fast die Augen über. «Ich glaube fast, wir haben einen seltenen Glücksgriff in der Londoner Dating-Szene getan, Fern!»

Fern zog eine Grimasse. Kim hatte offensichtlich schon die rosafarbene Alkoholbrille auf. Denn als sie sich selbst im Raum umsah, konnte sie mit Mühe gerade mal zwei ansehnliche Männer ausmachen. «Ja, klar», erwiderte sie.

Kim stieß Fern ihren knochigen Ellbogen in die Rippen. «Nun komm schon, Fern, amüsier dich ein bisschen. Oder kannst du das nicht mehr mit über dreißig?»

Fern ließ sich nicht zu einer Antwort herab, fühlte sich aber wie ungefähr hundert, als sie einen Blick auf die Uhr warf, um abzuschätzen, wie lange sie noch warten musste, bis sie sich unauffällig verkrümeln konnte.

«Ich werde mal mit diesem Charlie Chaplin dort drüben reden. Der hat einen richtig süßen Hintern!», beschloss Kim, kippte ihren Drink hinunter und fuhr sich mit den Fingern durch ihre lange, dunkle Mähne. «Bis später dann. Viel später, falls ich Glück hab!» Und schon pirschte sie sich durch die vielen Menschen an ihre Beute heran.

Seufzend wünschte sich Fern, auch nur einen Hauch von Kims Begeisterung zu empfinden. Es war ihr erster Abend außer Haus seit Zoes Hochzeit, wenn man Besuche beim Tierarzt nicht mitzählte, und sie sollte sich wirklich mehr Mühe geben.

Vielleicht war es an der Zeit, dass sie diese verdammte Weissagung endlich vergaß. Schließlich hatte das Ganze sie bisher eher unglücklich gemacht. Scheiß auf Matt. Hätte sie überhaupt an ihn gedacht, wenn Angela nicht gewesen wäre? Es gab auf der Welt noch viele Männer.

Da sie bei kostenlosen Dingen nicht wählerisch sein wollte, schnappte sie sich noch ein Glas Champagner und ließ den Blick erneut durch den Raum schweifen. Es war an der Zeit zu beweisen, dass es sich bei diesem ganzen Esoterikkram um absoluten Unfug handelte. Sie entdeckte einen gutaussehenden blonden Typen im Gorillakostüm, der gerade seine Maske abgenommen hatte, um etwas zu trinken. Also zupfte sie ihre Perücke zurecht, holte tief Luft und bereitete sich auf die Unterhaltung mit King Kong vor.

«Darf ich mich kurz setzen und mich ausruhen?» Sie zeigte auf den freien Stuhl neben ihm.

«Aber gerne doch. Ich verspreche auch, ich werd dich nicht entführen und mit dir einen Wolkenkratzer hochklettern!» King Kongs blaue Augen funkelten. «He, du bist als Millie aus *Modern Millie* verkleidet! Das ist einer meiner absoluten Lieblingsfilme!»

«Echt?» Es freute Fern, dass er es erkannt hatte, denn Kim hatte von dem Film noch nicht mal gehört. Sie nahm es als gutes Omen und setzte sich. «Ich mag King Kong auch total gern!»

Der Gorillamann verzog das Gesicht. «War aber keine gute Wahl – ich zerfließe hier drinnen! Es war aber das Einzige, was ich so kurzfristig auftreiben konnte.» Er streckte ihr die

Hand hin. «Ich heiße übrigens Pete, wenn ich nicht gerade Kong bin!»

Fern lachte und schüttelte seine Hand. «Ich bin Fern!»

Während sie an ihren Drinks nippten und sich unterhielten, merkte Fern, dass sie sich entspannte. Pete war lustig, und man konnte problemlos mit ihm quatschen. Sie arbeiteten zwar für dasselbe Unternehmen, aber Pete kam aus der Buchhaltung, sodass sie sich bisher noch nie über den Weg gelaufen waren. Einige Drinks später kabbelten sie sich wie alte Freunde, und Pete erzählte Fern, wie sehr er seinen Job hasste.

«Du Glückliche darfst im kreativen Fach arbeiten», meinte er seufzend. «Ich langweile mich in der Buchhaltung zu Tode. Die Abteilung wird auch völlig falsch gemanagt. Wenn sie mir ein bisschen mehr Verantwortung übertragen würden, dann könnte ich da richtig was verbessern, da bin ich mir sicher.»

«Du Armer», sagte Fern. Sie hatte von Buchhaltung nicht die leiseste Ahnung – der unorganisierte Zustand ihres Kontos zeugte davon –, aber nach einigen Drinks war es nett, die ungeteilte Aufmerksamkeit eines gutaussehenden Mannes zu haben. Außerdem war Pete ein echter Gentleman, dachte sie, während sie ihren Champagner schlürfte. Bisher hatte er sie nicht angebaggert, sondern schien ernsthaft an ihrem Leben und ihrer Karriere interessiert. Da war es nur fair, dass sie ihm im Gegenzug ebenfalls zuhörte.

Doch je mehr er redete, umso mürrischer wurde er und starrte mit weinerlicher Miene in sein Glas. Fern versuchte, ihn aufzumuntern, indem sie ein wenig über ihren eigenen Job und das Leben im Allgemeinen jammerte. Er lächelte sogar ein bisschen, als sie ihm erzählte, wie Petra beim Tierarzt für Verwüstung gesorgt hatte. Weshalb sie dort war, verschwieg sie ihm allerdings. Ein bisschen Würde wollte sie schließlich noch bewahren.

Sie berichtete ihm gerade von Aleks Jobangebot in Prag und wie sehr sie in Versuchung war, als einige seiner Kollegen auftauchten und ihn trotz Protest auf die Tanzfläche zerrten. Nachdem sie eine Weile lachend dem Schauspiel zugesehen hatte, wie ein Gorilla versuchte, den Macarena zu tanzen, gesellte sich Fern wieder zu Jeremy und Kim. Sie würde später wieder mit Pete reden, beschloss sie und akzeptierte ein weiteres Glas Champagner von ihrem Chef. Pete schien ein netter Kerl zu sein, also mal schauen, was daraus wurde.

«He, Fern», quietschte Kim, als Fern neben ihr auftauchte. «Da bist du ja. Das hier ist Sam. Er meinte gerade, wie gut ihm das Set gefallen hat, das wir für Jane entworfen haben. Ich hab ihm gesagt, das war ganz allein deine Arbeit!»

Fern sah nach oben und dann noch ein bisschen weiter hinauf. Der Mann, den Kim angeschleppt hatte, war mindestens zwei Meter groß, und sein schwarzes Darth-Vader-Kostüm ließ ihn noch größer erscheinen. Kräftige, kastanienbraune Locken fielen ihm ins Gesicht und verdeckten fast, aber nicht ganz, fröhliche, haselnussfarbene Augen und einen breiten Mund, der lächelte. Auf einmal verspürte Fern das dringende Bedürfnis, auf die dunkle Seite gezogen zu werden.

«Freut mich, dass dir Jane gefallen hat.» Sie lächelte zu ihm hinauf und dachte dabei, was für ein hübsches Gesicht er doch hatte. Dann wanderte ihr Blick zum Ringfinger seiner linken Hand. Ringfrei. Wow. Zwei attraktive Männer auf derselben Party – das war entgegen aller physikalischen Gesetze.

«Ich fand's große Klasse», meinte Sam bewundernd. «Ich

arbeite in derselben Branche, für Carlton. Vielleicht sollten wir dich abwerben?»

«Wagen Sie es ja nicht», warnte Jeremy. «Sie ist unsere Geheimwaffe.»

Fern lachte. «Und was für eine Geheimwaffe! Obwohl, wenn ich mich recht erinnere, hat mich neulich jemand als menschliche Massenvernichtungswaffe bezeichnet. Keine Sorge, Jerry, ich gehe nirgendwo hin.»

«Nicht mal auf die Tanzfläche?», fragte Sam und hielt ihr seine Hand hin. «Ich bin sicher, ich könnte dich überreden, zum Feind überzulaufen, wenn du erst ein paar meiner Tricks gesehen hast.»

Fern fächelte sich Luft zu. «Mir ist viel zu warm zum Tanzen. Ich glaube, ich brauche frische Luft.»

«Wie wär's mit dem Balkon? Wir können uns da draußen unterhalten. Da ist es viel kühler und ruhiger.»

Fern nickte zustimmend und folgte ihm durch die tanzenden Partygäste zu den Terrassentüren auf der anderen Seite des Raumes.

«Schon besser.» Sam führte sie hinaus auf die Terrasse. «Hier draußen ist es angenehmer.»

«Was für ein Blick», staunte Fern. Sie lehnte sich an die schmiedeeiserne Brüstung, um zur tintenschwarzen Themse hinunterschauen zu können. Dahinter glitzerte die City, Diamantlichter vor der samtenen Schwärze, zusammen mit dem funkelnden Ring des London Eye, der ihnen übers Wasser hinweg zuzwinkerte. Die Hauptstadt würde ihr nie langweilig werden. Sie liebte das pulsierende Leben und die knisternde Spannung, die in der Luft lag. Das alles bestätigte ihr – als hätte sie noch mehr Beweise gebraucht –, wie schlecht sie und Matt zusammengepasst hatten.

Fern und Sam lehnten nebeneinander am Balkon und betrachteten den nächtlichen Fluss. Ein Partyschiff fuhr vorüber, dessen bunte Lichter Rubin- und Smaragdflecken aufs Wasser warfen, und der Wind trug leise Gesprächsfetzen herüber. Sie unterhielten sich eine Weile über die Arbeit, stellten lachend fest, dass sie gemeinsame Exkollegen hatten, und schlürften ihre Drinks, während sich die Themse unter ihnen vorbeischlängelte. Fern stellte fest, wie locker sie war. Sam war lustig, aufmerksam und flirtete ganz eindeutig mit ihr.

Ihr wurde ein bisschen schwummrig, und sie merkte, dass sie schon eine ganze Menge getrunken hatte. Nicht so viel, dass es sie völlig umhauen würde, aber doch genug, um ihr die Nervosität zu nehmen und sie selbstbewusster wirken zu lassen. Plötzlich fiel ihr auch auf, wie dicht sie neben Sam stand. So dicht, dass sie sein Aftershave im Nachtwind riechen konnte und spürte, wie sein Unterarm auf der Balustrade ab und zu den ihren berührte. Sie sehnte sich danach, von ihm gestreichelt zu werden. Ganz mutig legte sie ihre Hand auf Sams Brust, denn sie war sicher, sie würde auch seinen Herzschlag spüren.

«Dein Herz klopft ja so schnell», flüsterte sie.

Sams Lippen strichen an ihrer Schläfe entlang. «Das liegt daran, dass ich mit dem schönsten Mädchen Londons alleine bin. Fern, darf ich dich küssen?»

Es war ein unglaublich romantischer Moment. Die Sterne glichen einer Stickerei aus Silberfäden auf dem schwarzen Samthimmel, und die Mondsichel war so hübsch und schüchtern wie Sams Lächeln. Warum nicht? Sie hob ihr Gesicht dem seinen entgegen. Angelas Worte über Seelenverwandte waren nichts als Blödsinn gewesen.

«Das würde mir sehr gefallen», murmelte sie.

Sams Kuss war weich und sanft, wie Schmetterlingsflügel auf ihren Lippen. Fern schloss die Augen und genoss das Gefühl seiner starken Arme um ihre schmalen Schultern, als er sie eng an seine Brust drückte. Verlangen prickelte durch ihre Adern, während sie ihn zurückküsste und ihre Zunge mit seiner tanzte. Sein Mund wurde immer fordernder.

Sam schmeckte einfach köstlich. Nach Pfefferminzzahnpasta, einem Hauch Stella-Artois-Bier und Salz ...

Moment mal, Salz?

Fern riss die Augen auf, und zu ihrem großen Entsetzen musste sie feststellen, dass Sam weinte. Und nicht etwa aus Freude, denn er riss sich abrupt aus ihrer Umarmung los und murmelte: «Tut mir leid, ich kann das nicht. Ich kann einfach nicht!»

Fern war sprachlos. Vielleicht sollte sie einfach gleich aufgeben, wenn das ihre Wirkung auf Männer war. Zuerst Matt – und jetzt auch noch Sam! Sogar Pete war verschwunden, als sie gerade dachte, es könnte eine vielversprechende Begegnung werden.

«Sam? Was ist denn los? Hab ich was falsch gemacht?»

Sam hatte sich von ihr weggedreht. Sein breiter Rücken zuckte unter stillen Schluchzern, seine Schultern hoben und senkten sich mit jedem wütenden, erstickten Luftholen. Vorsichtig legte Fern eine Hand auf sein Schulterblatt. So viel Leid konnte sie kaum mit ansehen.

«Sam? Bitte! Kannst du mir nicht sagen, wo das Problem liegt?»

«O Gott, Fern, es tut mir so leid. Das alles ist nicht deine Schuld», brachte er mühsam hervor. Er fuhr sich mit dem Handrücken über die Augen, um ungeduldig die Tränen wegzuwischen. «Ich bin echt eine Vollkatastrophe. Selbst jetzt noch. Nach all dieser Zeit!»

Verwundert tätschelte Fern seinen Rücken und murmelte beruhigende Worte, als tröstete sie eine ihrer Nichten. Nach und nach wurde Sams Atem wieder gleichmäßiger.

«Mein Kuss hat noch nie einen Mann zu Tränen gerührt», versuchte sie zu scherzen.

Er schüttelte den Kopf. «Du küsst toll. Mehr als toll sogar, absolut fantastisch. Du bist fantastisch.»

«Es liegt nicht an mir, sondern an dir?» Fern seufzte.

Sam drehte sich zu ihr um und nahm ihre Hände in seine. «Dieses Mal stimmt das alte Klischee wirklich», krächzte er. «Es liegt an mir. Oder vielmehr an meiner Freundin ... Also, meiner letzten Freundin. Sie ist gestorben. Heute vor einem Jahr.» Er schloss in stiller Verzweiflung die Augen, eine Träne rollte über seine Wange.

«O mein Gott!» Fern schlug sich die Hand vor den Mund. «Das tut mir so leid, Sam. Das ist ja furchtbar!»

«Du bist die erste Frau, die ich seit Lucys Tod küssen wollte», fuhr Sam mit tränenerstickter Stimme fort. «Du bist hinreißend, Fern, und ich dachte wirklich, ich sei so weit, aber ich habe mich wohl getäuscht. Ich werde es wahrscheinlich nie sein. Was soll ich nur ohne sie machen?»

Seine Stimme kippte, denn nun weinte er richtig. Tiefe, ächzende Schluchzer, die seinen ganzen Körper schüttelten und von einer Trauer zeugten, die noch so frisch schien, dass auch Fern den Tränen nah war. Es gab nichts, was sie sagen konnte, keine tröstenden Worte. Sie konnte ihn nur festhalten, während er weinte, ihm die feuchten Locken aus dem Gesicht streichen und ihn an ihrer Schulter weinen lassen. Alle Hoffnungen auf Romantik waren vergessen, während er ihr von dem Autounfall erzählte, der ihm seine Verlobte genommen hatte. Fern beruhigte ihn, als er sagte, dass er ein schlechtes Gewissen habe, weil er nicht bei ihr im Auto gesessen hatte. Sie versicherte ihm auch, dass er ihr nicht den Abend verdorben hatte und sich für nichts zu entschuldigen brauchte. Als er sich schließlich einigermaßen gefasst hatte und in einem Taxi nach Hause saß, fühlte Fern sich ebenfalls ziemlich erledigt. Sie brauchte einen Drink. Ihr heimisches Abendessen vor dem Fernseher war ihr nie verlockender erschienen.

Mit einem frischen Glas Wein bewaffnet, das sie am liebsten auf einmal hinuntergestürzt hätte, entdeckte Fern Pete, der auf einem Ledersofa saß und sich an den Ohren kratzte. Sie lächelte. Vielleicht rückte er nur seine Maske zurecht. Schließlich waren die Gorillaohren nicht seine eigenen. Er hob eine Tatze und winkte ihr zu.

«Da bist du ja!», meinte Fern und ließ sich neben ihn plumpsen. «Großer Gott, du glaubst ja gar nicht, was ich für einen Abend hatte! Nächstes Mal, wenn der Chef auf die tolle Idee kommt, das Team geschlossen mit auf die Piste zu schleppen, werde ich irgendwas Lustigeres unternehmen. Mir zum Beispiel die Gedärme durch die Nase ziehen oder etwas in der Art!»

Der Gorilla nickte nur. War der schon halb am Einschlafen? Fern stupste ihn in die Seite. «Vielleicht sollten wir einfach beide nach Prag abhauen und für Alek arbeiten?»

«Mhm», machte der Gorilla.

Faszinierende Unterhaltung. Nicht wirklich.

Sie sah sich nach Kim oder Jeremy um und sah Pete beim Tanzen zu, inzwischen allerdings ohne Kostüm. Moment mal! Blitzartig drehte sie sich nach King Kong neben ihr um.

Wenn das dort drüben Pete war, wer saß dann hier neben ihr? Sie hatte getrunken, aber doch nicht so viel! Nach ein paar Gläsern Wein und Champagner spielten ihr ihre Augen normalerweise nicht solche Streiche. Sie sah wieder hinüber zur Tanzfläche. Doch, das war zweifellos der blonde, gutaussehende Pete, nur dass er jetzt voll damit beschäftigt war, mit Clive aus der IT-Abteilung herumzuknutschen.

Fern schlug sich mit der Hand an die Stirn und stöhnte auf. Klasse! Süß und single, ja, aber niemand hatte ihr gesagt, dass er schwul war. Konnte dieser Abend noch peinlicher werden?

Leider lautete die Antwort auf diese Frage laut und deutlich: Ja. Als Fern nämlich dem Gorilla die Maske herunterriss, kam ein sehr betrunkener Jeremy zum Vorschein, der bis über beide Ohren grinste. Fern zog ihm schnell die Maske wieder über und konnte nur hoffen, dass er sich am nächsten Morgen an nichts würde erinnern können. Sie beschloss, dass das Gleiche auch für sie gelten würde! Sie würde sich jetzt ein Taxi nach Hause nehmen und dann den gesamten Inhalt ihres Weinregals trinken.

Sie holte sich also ihren Mantel, nahm die Perücke ab und verließ die Party. Sie konnte sich nicht erinnern, je einen schrecklicheren Abend verbracht zu haben. So war es also, wenn man sein Schicksal in die Hand nahm. Von all den Typen heute Abend hatte sie sich einen herausgesucht, der sich als emotionales Wrack entpuppte, und einen Schwulen! Vielleicht sollte sie einfach Nonne werden? Es doch alles dem Schicksal überlassen.

Draußen auf der dunklen Straße wollte Fern gerade ein Taxi herbeiwinken, als sie jemand ihren Namen rufen hörte. Aus der Kneipe gegenüber war ein Mann getreten, der nun im

Licht der orangenen Straßenlaterne stand und überglücklich schien, sie zu sehen.

Fern erstarrte. Wenn es so etwas wie Schicksal wirklich gab, dann musste das hier das deutlichste Zeichen aller Zeichen sein, ein Zeichen, das sie unmöglich ignorieren konnte. Diese Stadt war so gigantisch groß, und doch stand er ihr jetzt gegenüber. Wenn das mal nicht Schicksal war.

Die Härchen in Ferns Nacken kribbelten, denn der Mann, der jetzt die Straße überquerte und auf sie zukam, war niemand anderer als Seb.

Kapitel dreizehn

Es war das Licht, das Fern weckte. Helle, grelle Sonnenstreifen, die die Jalousie durchschnitten und über ihre Wangen tanzten, bevor sie unter ihre Lider krochen. Sie gähnte, vergrub sich tiefer unter der Daunendecke und genoss das kühle, feste Gefühl ägyptischer Baumwolle auf ihrer Haut. Mit immer noch geschlossenen Augen streckte sie genüsslich alle viere von sich, als sie plötzlich auf einen schweren, schlafenden Körper neben sich stieß.

Was?!

Sie war nicht allein.

Vorsichtig streckte Fern den Arm wieder aus, bis ihre Finger tatsächlich warme Haut berührten. Ein warmer, atmender Männerkörper.

Oh. Mein. Gott.

Was hatte sie getan?

Bilder der Party: Da war der grinsende Jerry, dem sie die Maske heruntergerissen hatte, Pete, wie er Clive aus der IT-Abteilung küsste, und der arme trauernde Sam, der an ihrer Schulter weinte. Dann sah Fern, wie sie die Straße entlangging, mit einem vertrauten, hübschen Mann an ihrer Seite …

O Gott, bitte nicht Seb? Sie hatte doch nicht etwa? So viel konnte sie sicher nicht getrunken haben.

Ihr Mund war trockener als die Serengeti. Schließlich öffnete sie vorsichtig die Augen. Wie Nadeln stach das Sonnenlicht in ihre Pupillen, und sofort setzte in ihren

Schläfen das dumpfe Hämmern des Kopfschmerzes ein. Doch ausnahmsweise scherte Fern sich keinen Deut um ihren Kater. Wie gerne würde sie den ganzen Tag Aspirin in sich hineinstopfen oder stundenlang über der Kloschüssel hängen, wenn sie im Tausch dagegen alleine in ihrer eigenen Wohnung aufgewacht wäre. Das hier war alles nur Einbildung, wegen zu viel Alkohol und Dehydrierung, oder? Wenn sie die Augen schloss und wieder öffnete, dann würde sie in ihrem eigenen kleinen Schlafzimmer im Bett liegen, Freda singen hören oder Mrs. Latif von gegenüber, die nach ihren Kindern rief.

Leider nein. Als Fern die Augen erneut aufmachte, hätte sie am liebsten laut losgeheult. Da gab es nichts zu leugnen. Sie lag in einem riesigen Doppelbett und neben ihr der tief schlafende Seb. Außerdem war sie splitterfasernackt.

Stöhnend schloss Fern wieder die Augen. Letzte Nacht: Sie sah das Taxi, das neben ihnen hielt. Seb öffnete die Tür und half ihr hinein. Die ganze Fahrt nach Richmond küssten sie sich. Hungrige, fiebrige Küsse, die ihnen beiden Lust auf mehr gemacht hatten. Sie konnte sich nicht mehr genau daran erinnern, wie das Taxi vor Sebs Haustür gehalten hatte, doch sie wusste noch, dass er sie hochgehoben und ins Schlafzimmer getragen hatte, wo sie aufs Bett gefallen waren, um sich gegenseitig die Kleider vom Leib zu reißen. Fern wurde rot, als ihr wieder einfiel, wie Seb ihr die BH-Träger über die Schultern gestreift, seine Hände unter den Stoff hatte gleiten lassen und ganz leicht über ihre Nippel gefahren war, bis sie vor Verlangen stöhnte.

Shit! Fern haute sich mit der Faust gegen die Stirn. Das war das Problem mit Exfreunden: Sie wussten genau, wie sie einen heißmachen konnten. Und Fern auf Touren zu bringen, war noch nie ein Problem für Seb gewesen. Sein Problem war, dass er es nicht lassen konnte, auch noch andere Frauen zu beglücken.

Fern setzte sich auf, woraufhin die Welt um sie herum prompt ins Schwanken geriet. Sie schluckte mühsam, zog ihre Beine von Seb weg und schob sich langsam aus dem Bett. Seb murmelte kurz etwas im Schlaf, bevor er sich auf die Seite rollte und leise zu schnarchen anfing. Fern fuhr sich durch die verknoteten Locken und betrachtete ihn mit einer Mischung aus Zuneigung und Verärgerung. Auf den weißen Laken wirkte seine Haut richtig dunkel, und mit den dichten schwarzen Wimpern erschien er Fern im Schlaf so unschuldig und perfekt, dass es nur zu einfach wäre, ihm alles zu verzeihen.

Ein Blick durchs Zimmer auf die wildverstreuten Kleidungsstücke zeigte Fern, dass Sebs Küsse ihr Gehirn wohl völlig ausgeschaltet haben mussten. Was hatte sie sich nur dabei gedacht? Das Problem war, dass sie eigentlich gar nichts mehr dachte, wenn sie Sex mit Seb hatte. Er brachte jede Vernunft zum Schmelzen, unter seinen Küssen fühlte ihre Haut sich wie glühende Lava an, doch bei Tageslicht betrachtet war er immer noch der gleiche Typ, der sie mit Vanessa betrogen hatte. Egal, wie sehr sie es vielleicht wollte, wie könnte sie ihm je wieder vertrauen?

Während sie so am Rand von Sebs Bett saß, fühlte sich Fern hin und her gerissen. Es war wunderbar, wieder in der Wohnung zu sein, die sich immer noch wie ein Zuhause anfühlte, himmlisch, in ihrem alten Bett zu schlafen. Es wäre so einfach, dort weiterzumachen, wo sie aufgehört hatten. Wenn sie Seb jetzt weckte, könnten sie sich noch einmal lieben, dann gemütlich zusammen baden, anschließend zum

Brunch nach Richmond hineinspazieren. Dann würden sie Hand in Hand durch die Antiquitätenläden bummeln und sich darüber kabbeln, welche Vase oder welchen altersfleckigen Spiegel sie mit nach Hause nehmen sollten. Sie berührte mit den Fingerspitzen ihre vom Küssen geschwollenen Lippen. Es war ein solch verlockender Gedanke. Was, wenn Seb tatsächlich derjenige war, den sie hatte entwischen lassen?

Andererseits, erklang eine leise Stimme in ihrem Ohr: was, wenn er es nicht war? Was, wenn Vanessa kein Einzelfall war?

Zweifel brummten wie Hornissen in Ferns Kopf herum. Wenn sie mit Seb zusammenblieb, würden genau diese Zweifel sie jeden Tag aufs Neue plagen, bis sie es nicht länger aushielt. Jedes Mal, wenn Seb ausging, würde sie sich fragen, mit wem er wohl unterwegs war. Jedes Mal, wenn er sie anrief, um zu sagen, dass es später wurde, würden Zweifel sie quälen. Jedes Mal, wenn er schwor, dass er sie liebte, würde sie sich fragen, wie viele andere kurz zuvor die gleichen Worte gehört hatten.

Seb hatte ihr Vertrauen zerstört und ihr den Seelenfrieden geraubt. Und ohne diese beiden wertvollen Dinge wäre eine Beziehung nicht möglich.

«Verzeih mir, Seb», flüsterte Fern, beugte sich zu ihm hinüber und küsste ihn auf die Wange. «Es tut mir leid.»

Dann sammelte sie ohne weiter zu zögern ihre verstreuten Kleidungsstücke ein und schlüpfte aus dem Zimmer. Die Tür hinter ihr schloss sich mit einem leisen Klicken, während Seb weiterschlief.

Als Fern zu Hause ankam, war ihr schlechtes Gewissen, Seb nicht einmal auf Wiedersehen gesagt zu haben, der Erleichterung gewichen, wieder in ihren eigenen vier Wänden zu sein. Ihre Wohnung mochte zwar klein sein und auch nicht die tolle Aussicht und das Licht von Sebs Apartment haben, aber wenigstens gehörte sie ihr allein. Es war ihre Zuflucht, wo sie langsam, aber sicher ihr Leben ohne Seb wieder aufgebaut hatte, Stück für Stück, bis eines Tages das Loch, das er hinterlassen hatte, gefüllt war. Fern war über Seb weg. Und die Ironie des Ganzen war, dass ihr das erst heute Morgen klargeworden war.

«Ich werde nie wieder Alkohol trinken», erklärte sie Petra, während sie ihr Hundefutter in den Napf schaufelte. «Ich kann gar nicht glauben, dass ich mit Seb nach Hause gegangen bin. Was hab ich mir nur dabei gedacht?»

Doch Petra war viel zu sehr mit Fressen beschäftigt, um auf Fern zu achten. «Tut mir leid, dass ich dich allein gelassen hab.» Fern kraulte die Dogge hinter den Ohren. «Es wird nicht wieder vorkommen, versprochen. Und nicht nur, weil Mum dich ohnehin bald holen kommt.»

Während Petra ihr Frühstück verschlang, duschte Fern rasch und schrubbte sich von Kopf bis Fuß mit frisch duftendem Limonenduschgel ab. Sie wünschte sich, sie könnte die Ereignisse der vergangenen Nacht ebenso leicht abwaschen. Sie bereute es nicht wirklich, mit Seb geschlafen zu haben, sie fürchtete vielmehr, dass er sich nun Hoffnungen machte, sie könnten wieder zusammenkommen.

Das wird niemals passieren. Sie zog eine Jeans und ein lilafarbenes Top an, schlüpfte in ihre Ugg Boots und besprühte sich mit ein bisschen Parfüm. Dann steckte sie die feuchten Locken lose auf dem Kopf fest, trug etwas Lipgloss auf und fühlte sich gleich viel besser. Als Cybil etwas später auftauchte, um Petra abzuholen, wäre sie nie auf die Idee gekommen, dass ihre Tochter, wie aus dem Ei gepellt, die ganze Nacht aus gewesen war.

«Hallo, meine Süße, wie geht's dir?», flötete Cybil und schlang ihre dünnen, sonnengebräunten Arme um Petra, um den Hund mit Küssen zu bedecken. «Dein Frauchen hat dich ja so vermisst! O ja, das hat sie! Hat Fern dich gut versorgt, mein süßes Baby?»

Fern verdrehte die Augen. «Hallo, Fern, wie geht's dir? Danke, dass du dich um Petra gekümmert hast.»

«Achte gar nicht auf die böse Fern», gurrte Cybil, während Petra sie begeistert abschlabberte. «Sie versteht einfach nicht, wie sehr ich mein Baby vermisst habe! O nein, das tut sie nicht!»

«Mum! Du bist gerade mal eine Woche weg gewesen! Es geht ihr gut. Ich bin allerdings kurz mit ihr zu einem Check beim Tierarzt gewesen.»

«Mein armes Baby!» Cybil drückte Petra fest an sich. «Was war denn los? Warum hast du mich nicht angerufen? Ist alles in Ordnung mit ihr?»

«Es geht ihr bestens, Mum, ehrlich. Sie ist vollkommen gesund.»

Aber Cybil hörte gar nicht hin, sie war viel zu sehr damit beschäftigt, Petra das Maul zu öffnen und ihren Hals anzusehen. «Was war los? Was hat der Tierarzt gesagt?»

«Mum, hör jetzt bitte auf, so ein Theater zu machen! Für einen Hund ihres Alters ist sie kerngesund! Matt hat gesagt, ihr fehlt nichts.»

Cybil setzte sich auf die Fersen und musterte Fern über den Rand ihrer Gucci-Sonnenbrille hinweg. «Matt? Der nette Tierarzt Matt, den du hast sitzenlassen, um die Welt zu bereisen?»

«Ja.» Fern, die Cybil den Rücken zudrehte, um den Wasserkocher zu füllen, zog eine Grimasse. Sie hatte ganz vergessen, wie sehr Matt es ihrer Mutter angetan hatte. Im Grunde hatte die gesamte Moss-Familie ihn für die perfekte Mischung aus Brad Pitt und dem Jesuskind gehalten. Nach einer Weile war das etwas ermüdend gewesen.

«Warum um alles in der Welt bist du mit Petra den ganzen Weg nach Putney zu Matt gefahren?», wollte Cybil wissen. «Sie hat einen sehr guten Tierarzt in Kingston. Außer natürlich ...» Sie hielt inne, und Fern hörte förmlich die Rädchen in ihrem Gehirn rattern, «außer du wolltest Matt sehen?»

Fern knallte die Tassen auf die Arbeitsplatte. «Es ist nichts dabei, alte Freunde zu treffen, Mum. Und wir haben nicht das getan, was du und Wie-hieß-er-noch-gleich die ganze Woche getan habt, okay?»

Cybil ignorierte den Seitenhieb. «Ich kann gut verstehen, wenn es dir um Matt leidtut, Darling. Tamsin meinte erst neulich, was für eine tolle Chance du dir da vergeben hast. Du hättest Matt heiraten können, als du die Gelegenheit hattest. Er hatte sein Leben so gut im Griff. Bei ihm wärst du gut und sicher aufgehoben gewesen.»

«Und das ist Grund genug, um jemanden zu heiraten?» Fern sah ihre Mutter scharf an. «Ist Sicherheit alles, was zählt?»

«Sicherheit darf man nicht unterschätzen, Darling. Und der liebe Matt war immer so nett zu Tieren.»

«Entschuldige bitte, wenn ich ein bisschen mehr erwarte von einem Mann als Tierliebe!»

Cybil schien gekränkt. «Das habe ich nicht gemeint. Ich dachte nur, dass nach Daddy ...» Sie verstummte. «Also, es muss doch schön gewesen sein, dass sich jemand um dich gekümmert hat.»

Fern wurde rot. Sie hatte nicht vorgehabt, ihre Mutter zu kritisieren. Cybil hatte stets ihr Bestes gegeben. Es war nicht wirklich ihre Schuld, dass sie sich eben besser mit Hunden als mit Kindern auskannte.

«Mum, ich weiß, dass du es gut meinst, aber ich will wirklich nicht über Matt reden.»

«Nun, vielleicht täusche ich mich. Aber bitte betrachte nicht mich als ein Vorbild in Beziehungsdingen, Darling. Außerdem hatte Tamsin schon recht. Matt hat wirklich das Zeug zu einem guten Ehemann.»

«Dann hätte Tamsin ihn heiraten sollen, wenn sie ihn so toll findet!» Vor lauter Ärger verfehlte Fern die Tassen und verschüttete heißes Wasser über die ganze Arbeitsplatte. «Jetzt ist es sowieso zu spät. Matt ist mit einer anderen Tierärztin namens Amanda verlobt, die Tiere und Matsch genauso gerne mag wie er. Er interessiert sich wirklich nicht mehr für mich.» Sonst hätte er ja angerufen, fügte sie im Stillen hinzu.

Cybil spürte wohl, dass ihrer Tochter das Gespräch naheging – nervös beäugte sie den Wasserkocher –, denn sie wechselte das Thema.

«Wie geht es dir denn sonst so, Darling? Läuft die Arbeit?»

«Prima.» Fern trug die schweren Keramikbecher hinüber zum Tisch und setzte sich ihrer Mutter gegenüber. «Momentan arbeite ich an *Cymbeline*.»

Cybil seufzte. «Ein wunderbares Stück. Habe ich dir schon mal erzählt, dass ich einst die Imogen im Swan Theatre gespielt habe? So ein trauriges Stück, so viel Trauer und Verzweiflung.»

Fern kaute auf ihrem Daumennagel herum. Trauer und Verzweiflung, die beiden Begriffe fassten ihre derzeitige Befindlichkeit ganz gut zusammen. Offensichtlich war Cybil derselbe Gedanke gekommen, denn sie sagte sanft: «Tut mir leid, Fern. Das war taktlos von mir. Ich weiß, dass du die Trennung von Seb immer noch nicht verwunden hast.»

«Zum Teil ist es das.» Fern kaute ein weiteres Stückchen Nagel ab. Gott, wenn sie jetzt anfing, über Seb nachzudenken, dann wäre sie bis Mittag nagellos. Er musste inzwischen aufgewacht sein und gemerkt haben, dass sie abgehauen war. War er wütend? Oder traurig? Sie war sich nicht sicher, welches Szenario sie schlimmer fand. Sie hoffte nur, er hatte nicht vor, bei ihr aufzutauchen, um sie mit einem Strauß Allium zu ersticken.

«Nur teilweise? Was bedrückt dich denn sonst noch?» Cybil fasste über den Tisch hinweg nach Ferns Hand. Ihre eigene war so sonnengebräunt, dass sie aussah, als hätte Cybil sie in Melasse getaucht. «Du kannst es mir erzählen, das weißt du doch.»

Von Cybils Fürsorge gerührt, sprudelte sie plötzlich die ganze Geschichte von Zoes Junggesellinnenabschied und Angelas erschreckend zutreffender Weissagung hervor. Cybil hörte zu, ohne sie zu unterbrechen, und wurde lediglich ein bisschen blass unter ihrer Bräune, als Fern ihr berichtete, was die Hellseherin alles über Rogers Tod gewusst hatte.

«Also», schloss Fern, «ich schätze mal, dass mir das alles etwas zusetzt. Ich kann einfach nicht aufhören, über die Männer nachzudenken, mit denen ich mal zusammen war, und mich zu fragen, ob ich mit einem von ihnen hätte zusammenbleiben sollen. Deshalb bin ich mit Petra zu Matt gefahren. Ich musste herausfinden, ob er derjenige ist, den ich habe ziehen lassen.»

Und das ist auch der Grund, weshalb ich die Nacht mit Seb verbracht habe, fügte sie in Gedanken hinzu. Ich mag vielleicht betrunken gewesen sein, aber tief in meinem Innern wollte ich einfach sehen, ob ich Vanessa vergessen und mir eine Zukunft mit ihm vorstellen könnte.

Cybil runzelte die Stirn. «Wenn du mich fragst, dann solltest du das alles ignorieren, Süße. Prophezeiungen sollten sich auf die Zukunft beziehen, nicht auf die Vergangenheit. Es ist an der Zeit, dass du nach vorne schaust und dein Leben lebst, statt darüber nachzugrübeln, was hätte sein können.» Sie erschauderte theatralisch. «Es hat etwas Düsteres, Geistern nachzujagen.»

Fern war erstaunt. Sie hatte erwartet, dass Cybil sich für die Dramatik eines verlorenen Seelenverwandten begeistern würde. «Glaubst du wirklich, das ist alles Blödsinn?»

«Natürlich!», erklärte Cybil im Brustton der Überzeugung. «Sie hat nur ein paarmal richtig geraten und das dann schön zusammengebastelt, mehr nicht. Du bist ein hübsches Mädchen, das noch sein ganzes Leben vor sich hat. Du musst dir wegen absolut nichts Sorgen machen. Wenn der richtige Mann kommt, brauchst du keine Hellseherin, um ihn zu erkennen.»

«Du hast recht», meinte Fern erleichtert. Danach drehte sich ihre Unterhaltung wieder um Petra und Tamsins neuen Retriever-Welpen, was wesentlich unverfänglicher war. Als ihre Mutter schließlich in einer Wolke exotischen Parfüms davonrauschte, war Fern schon viel besser gelaunt. Die Dinge mit Matt würden sich klären, sie wusste tief in ihrem Herzen, dass sie über Seb hinweg war, und sie war bereit, nach vorne zu blicken.

Während sie die Küche aufräumte, drückte sie die Play-Taste ihres Anrufbeantworters und lächelte, als sich Jeremy dafür entschuldigte, so betrunken gewesen zu sein, dass er sie und Kim nicht nach Hause gebracht hatte. Bei Kims atemloser Berichterstattung über ihren Abend mit Charlie Chaplin wurde Ferns Lächeln noch breiter. Bei der dritten Nachricht wurde aus ihrem Lächeln ein Grinsen. Es war Alek. Seinen sexy Akzent und das tiefe, samtige Timbre hätte sie überall erkannt.

«Warum sind die Guten immer schon vergeben?» Fern seufzte. Es gehörte zu den ewigen Rätseln des Lebens, wie zum Beispiel, wo Fliegen überwintern oder warum Schlussverkaufsschnäppchen zu Hause nicht mehr gut aussehen.

«He, Fern», tönte Alek. «Wenn du diese Nachricht bekommst, ruf mich an, ja? Es ist schon eine Weile her, seit wir das letzte Mal richtig gequatscht haben. Francesca und ich haben gerade gesagt, dass du bald mal für ein langes Wochenende herkommen musst. Ich habe zwar mit dem neuen Luke-Scottman-Film ziemlich viel zu tun, aber ich würde mir nur zu gerne freinehmen, um dir die Prager Sehenswürdigkeiten zu zeigen. Ich hoffe, dir geht's gut. Bis bald!»

Ferns Brustkorb fühlte sich an, als hätte sich soeben ein Nilpferd daraufgesetzt. Sie schnappte nach Luft.

Alek arbeitete mit Luke? Das musste ein Zeichen sein! Dabei konnte es sich doch nicht um puren Zufall handeln. Das Schicksal wollte ihr sagen, dass sie nach Prag fliegen und Luke wiedersehen sollte.

Bevor sie Gelegenheit hatte, es sich anders zu überlegen oder sich an ihren neuen Vorsatz zu erinnern, die dämlichen

Weissagungen endlich zu vergessen, flogen Ferns Finger schon über die Telefontasten, um Aleks Nummer zu tippen. Nach dem Drama mit Matt hatte sie gewiss einen Kurzurlaub verdient, und etwas Distanz von Seb wäre auch nicht schlecht.

Und was Luke Scottman betraf … nun, das war ein Geist aus der Vergangenheit, dessen durchtrainierter Gestalt sie durchaus begegnen wollte!

Kapitel vierzehn

Der Mond hing wie ein Lächeln hoch über dem Prager Nachthimmel, ließ die Moldau in silbernem Licht schimmern und warf Spitzenborten aus Licht über die alten Türmchen und Hausdächer.

Fern stützte sich mit den Händen auf der Mauer des Dachgartens ab und seufzte vor Freude. Die Stadt war so schön, wie Alek sie beschrieben hatte, und sie konnte ihr Glück kaum fassen, hier zu sein. Sie war froh, dass Jeremy ihr so kurzfristig eine Woche freigegeben hatte, denn sie würde weit mehr als ein langes Wochenende brauchen, um sich all die Sehenswürdigkeiten anzuschauen.

«Gefällt es dir?», fragte Alek, während auch er auf die glitzernden Lichter der schlafenden Stadt hinabblickte. Sein Haus lag nur ein Stückchen vom Wenzelsplatz entfernt, und von der Dachterrasse aus schienen die alten Brücken und Kopfsteinpflasterstraßen so nah, als brauche Fern bloß die Hand auszustrecken, um sie zu berühren.

«Ob es mir gefällt?», hauchte sie. «Es ist absolut zauberhaft! Ich verstehe jetzt, weshalb du so gerne hierherziehen wolltest.»

Alek lachte. «Ich erinnere dich ja nur ungern daran, aber genau das sag ich dir schon die ganze Zeit! Mal im Ernst, bist du nicht in Versuchung, auch herzuziehen und mit mir zusammen zu arbeiten? Ganz abgesehen davon, dass du mich offensichtlich wie verrückt vermisst – die Stadt ist echt der Hammer!»

Fern seufzte. Und was für eine Versuchung das war! Prag

war wunderschön, Alek und Francesca waren herzlich, und sie sorgten dafür, dass Fern sich sehr willkommen fühlte. Das Beste war jedoch, dass sie meilenweit von Matt und Seb und dem ganzen Schlamassel entfernt war. Die Vorstellung, in dieser umwerfenden Stadt zu leben, war ihr noch nie verlockender erschienen.

«Die Versuchung ist groß», gab sie zu, «vor allem wenn ich so schöne Häuser wie dieses hier sehe. Da muss meine Wohnung vor Neid erblassen.»

Alek und Francesca wohnten in einem eleganten Stadthaus aus dem achtzehnten Jahrhundert, das unglaublich viel Flair hatte. Die Fassade war wie eine Hochzeitstorte mit Stuckornamenten überzogen, während innen die Wohnung weitläufige Flure hatte und mit edlen Steinfliesen und polierten Dielenböden ausgestattet war. Obwohl das Haus hoch und schmal war, hatte Alek mit seinem angeborenen Stilgefühl dafür gesorgt, dass es durch die richtige Mischung aus modernen und klassischen Elementen hell und geräumig wirkte. Fern war total begeistert – vor allem von dem Dachgarten, wo es nach Rosmarin und Lavendel duftete.

Tooting konnte da einfach nicht mithalten.

«Komm und arbeite für mich. Dann könntest du dir auch genau so eins kaufen», versprach Alek ihr. «Das willst du doch! Denk nur mal, wie viel Spaß wir zusammen haben könnten. Und habe ich schon erwähnt, dass man mir angeboten hat, die Ausstattung für den neuen Bond-Film zu übernehmen?»

«Erst ungefähr eine Million Mal, seit ich angekommen bin!» Fern grinste. «Aber ich fürchte, selbst Daniel Craig kann mich nicht locken, Al. Ich arbeite immer noch sehr gern für Jeremy. Außerdem, wie schon gesagt, alle meine Freunde und meine Familie sind in England. Die würde ich im Ausland sehr vermissen.»

«Aber du kannst doch innerhalb von zwei Stunden nach Hause fliegen», wandte Alek ein. «Und du wirst hier viele neue Freunde finden. Denk nur dran, wie nett dich heute alle fanden! Sie haben mich ausdrücklich geschickt, um dich wieder nach unten zu holen.» Er betrachtete sie spöttisch. «Ich glaube sogar, einige der Männer haben ein Auge auf dich geworfen, Miss Moss!»

Sie gab ihm einen Klaps auf den Arm. «Die wollen doch nur nett sein. Alle sind so freundlich.»

«Aber natürlich! Ich habe seit meinem Umzug hierher von dir geschwärmt. Sie konnten es kaum erwarten, dich endlich kennenzulernen. Ich hätte sie gar nicht von dir fernhalten können, selbst wenn ich es versucht hätte!»

Um Ferns ersten Abend in Prag zu feiern, hatten Alek und Francesca eine kleine Gruppe von Freunden zum Abendessen eingeladen. Alek liebte es zu kochen und war so kreativ wie auch in seinem Job, sodass das Fünf-Gänge-Menü des Abends einfach nur köstlich gewesen war. Wein und nette Gespräche und eine lockere Stimmung, sodass selbst Fern sich ganz entspannt mit Fremden unterhalten hatte.

«Eure Freunde sind toll», meinte sie. «Sie haben mir das Gefühl gegeben, total willkommen zu sein.»

Alek drückte ihre Schulter und folgte ihr über die Wendeltreppe zurück nach unten in die Küche. «Das liegt daran, dass du eben tatsächlich hier willkommen bist. Und ich glaube, Tomas ist ganz besonders angetan! Ich werde mal ein ernstes Wörtchen mit ihm reden müssen, um deine Ehre zu verteidigen.»

«Die ist ganz bestimmt nicht in Gefahr, Al. Er will nur nett sein.» Fern lachte. Tomas, der Fremdenführer mit seinem wilden, strohblonden Haarschopf und den lustigen, hellbraunen Augen war sicher attraktiv, spielte aber in einer ganz anderen Liga als Fern. Er sah aus wie eine Skulptur von Michelangelo, für die Brad Pitt Modell gestanden hatte. «Außerdem wirbt er bloß fürs Geschäft. Er hat mir schon eine Privattour durch die Stadt angeboten.»

«Das möchte ich wetten», meinte Alek düster. «Wenn er anbietet, dir seine Radierungen zu zeigen, dann nimm die Beine in die Hand, okay? Tomas hat einen ziemlichen Ruf.»

«Danke für die Warnung, aber es besteht keine Gefahr, ich könnte mit Tomas was anfangen. Nach Seb hab ich Männern wohl für immer und ewig abgeschworen.»

Alek blickte finster drein. Er hatte Seb praktisch von dem Moment an nicht leiden können, als Fern die beiden einander vorgestellt hatte. Das hatte sie überrascht, denn normalerweise war Aleks Grundeinstellung sonniger als die Karibik, sodass seine schlechte Laune gar nicht zu ihm passte. Seb seinerseits hatte einige sarkastische Kommentare abgelassen, Alek sei bloß eifersüchtig, aber Fern wusste genau, dass das Schwachsinn war. Sie und Alek waren immer nur gute Freunde gewesen. Meistens hing er an irgendeinem glamourösen, langbeinigen, modelgleichen Wesen, mit dem Fern so viel gemein hatte wie Käse mit Kreide. Sie war viel zu klein und chaotisch, um Aleks Typ zu sein, darum hatte sie irgendwann einfach akzeptiert, dass er Seb aus unerfindlichen Gründen einfach nicht ausstehen konnte. Zum Glück war Alek einige Wochen später mit Francesca zusammengekommen, und die Situation hatte sich beruhigt. Gemütliche Abendessen zu viert standen allerdings nie auf dem Programm, und wenn sich die beiden

Paare begegneten, war die Stimmung zwischen den beiden Männern arktisch.

«Einmal untreu, immer untreu, Fern. Du hast was viel Besseres verdient», war alles, was Alek nun sagte, bevor er sich der Kaffeemaschine zuwandte und mit entschlossenem Gesichtsausdruck Bohnen mahlte. Wenn das Voodoo-Bohnen wären, dachte Fern, würde Seb sich jetzt jaulend an die Eier fassen. Gedankenverloren wickelte sie eine Haarsträhne um den Finger. «Ich weiß, es ist blöd, aber ich frage mich manchmal, ob es meine Schuld war, dass er sich mit Vanessa eingelassen hat. Ich habe damals so viel gearbeitet, und vermutlich hat er sich vernachlässigt gefühlt.»

Alek fuhr herum und funkelte sie wütend an.

«Du hast recht, das ist blöd! Es ist sogar das Blödeste, was ich je gehört habe! Seb ist erwachsen, Fern, kein armer einsamer Teenager. Natürlich arbeitest du viel. Das tun wir alle. Man nennt es Karriere. Warum wollen das manche Leute einfach nicht verstehen? Wenn Seb damit nicht klarkam, dann war das sein Problem, nicht deines. Und dass er dich verloren hat, macht ihn in meinen Augen zu einem noch größeren Idioten, als er es ohnehin schon war.»

Einen Moment lang verdüsterte sich Aleks Miene. Fern war bestürzt. War es bei diesem Ausbruch gerade nur um sie gegangen, oder steckte etwa mehr dahinter? Sie hob beschwichtigend die Hände. «Ich wollte Seb nicht in Schutz nehmen. Ich versuche nur, die Dinge aus seiner Perspektive zu sehen. Der Bühnenbildnerjob kann eine Beziehung ganz schön belasten.»

Alek zuckte mit den Schultern. «Vielleicht, aber wenn man jemanden liebt, dann unterstützt man denjenigen doch auch beruflich, oder? Der Job des anderen sollte wohl nicht als Ausrede herhalten müssen.» Sein Gesichtsausdruck wurde noch finsterer. Fern hätte sich treten mögen, dass sie das Thema angeschnitten hatte. Alek hatte Temperament und neigte zu starken Empfindungen. Wie zum Beispiel als er damals von der Abschiedsparty verschwand, die sie zu seinen Ehren gegeben hatte. Bei ihrer Verabschiedung brachte er kaum ein Wort heraus. Im Gegensatz zum verdammten Seb waren Aleks Gefühle intensiv. Er war ehrlich und loyal und echt, was ihn vermutlich zu Sebs komplettem Gegenteil machte, der diese Eigenschaften vielleicht höchstens dann als solche erkennen würde, wenn sie vor ihm nackt einen Lapdance vollführten.

«Du hast recht. Vergessen wir Seb. Ich habe schon mehr als genug Energie an ihn verschwendet.» Fern setzte ein fröhliches Lächeln auf. «Nun, Mr. Novak, wie wäre es mit einem Schuss Alkohol in diesen Kaffee?»

«Du magst deinen immer noch mit Tia Maria, ja?»

«Ertappt. Du hast ein gutes Gedächtnis, Alek.»

«Natürlich erinnere ich mich daran. Ich werde nie etwas von unseren gemeinsamen Erlebnissen vergessen. Und die Zeit, die wir zusammen verbracht haben, war mit die beste meines Lebens. Erinnerst du dich noch an die Nacht, als wir nach Brighton gefahren sind und den Sonnenaufgang angeschaut haben? Oder als wir alle dieses Kanalboot gemietet haben?»

«Oder als du beschlossen hast, mich und Jeremy zum Kanufahren mitzunehmen und dann ein Paddel hast fallen lassen?», fiel Fern wieder ein. «Das werde ich nie vergessen!»

«Ja, okay!» Alek wedelte mit der Hand, als wollte er die Erinnerung verscheuchen. Er tat so, als wäre er ganz auf seine komplizierte Kaffeemaschine konzentriert, bevor er plötzlich seufzte: «Das ist mir jetzt total peinlich! Warum musstest du von dieser speziellen Episode anfangen?»

«Weil es so lustig war! Vor allem, als du reingesprungen und dem Paddel hinterhergeschwommen bist. Du hast dir hinterher noch stundenlang Algen aus den Haaren gezogen!»

«Deshalb hab ich sie auch abgeschnitten», erwiderte Alek trocken. «Falls mich je das Bedürfnis überkommen sollte, mit dir auf der Moldau zu paddeln.» Seit ihrer letzten Begegnung war er beim Frisör gewesen und trug seine Haare nun kurz rasiert. Fern fand, dass ihm der neue Schnitt gut stand, denn er betonte seine markanten Wangenknochen und die schwarzen Augen.

«Der Teich-Schleim-Look war hinreißend», meinte sie kichernd.

«Jetzt reicht's. Mehr Erniedrigung ertrage ich nicht!» Er packte Fern um die Taille und schob sie von sich weg. «Lass mich in Ruhe den Kaffee machen und meinen verletzten Stolz wiederherstellen!»

Lachend wanderte Fern zurück ins Wohnzimmer und war bald angeregt in eine Unterhaltung mit Eliska vertieft, die als Redakteurin bei einer Frauenzeitschrift arbeitete, sowie mit Tomas, der sich zu ihnen gesetzt hatte. Eliska beschrieb einige ihrer Lieblingsorte in der Stadt und bestand darauf, dass Fern sie unbedingt besichtigen musste, während Tomas, mit den grünen Augen, so eifrig nickte wie ein Wackeldackel.

«Prag kann für Besucher ganz schön unzugänglich sein.» Ernst erklärte er ihr das System der verschiedenen Bezirke, in welche die Stadt aufgeteilt war. «Ich zeig dir das Loreto und das Tanzhaus und natürlich Josefov – die spanische Synagoge ist sehr schön. Die sollte man unbedingt gesehen haben.»

«Das ist wirklich sehr nett, aber ich bin ja nicht lange hier, und Alek wird mich sicher herumführen», sagte Fern rasch. Sie brauchte auf jeden Fall genug Zeit, Luke zu treffen. Und sie wollte bei Tomas auch keinen falschen Eindruck erwecken.

«Wenn ich du wäre, würde ich Tomas' Angebot annehmen», mischte sich in diesem Moment Francesca ein. «Alek arbeitet in letzter Zeit nämlich nur noch und hat für niemanden von uns mehr Zeit.»

Fern sah überrascht auf und nahm zum ersten Mal die dunklen Ringe unter Francescas Augen und den harten Zug um ihren Mund wahr. Francesca arbeitete in einer Handelsbank und hatte sich während des Abendessens darüber beschwert, dass ihr die Wirtschaftskrise das Leben ziemlich schwermachte. Doch diese scharfe Bemerkung kam gänzlich unerwartet und passte auch so gar nicht zu ihr.

«Alek hat seine Arbeit schon immer sehr ernst genommen», erwiderte Fern sanft, denn sie mochte es gar nicht, wenn jemand etwas Negatives über ihren Freund sagte. «Und bei uns Bühnenbildnern gibt es eben keine festen Arbeitszeiten.»

«Als ob ich das nicht wüsste», erwiderte Francesca verbittert. «Wenn ich ihn mal zu Gesicht bekomme, erzählt Alek mir nichts anderes.»

Tomas und Eliska wandten peinlich berührt den Blick ab. Fern runzelte die Stirn. «Aber, Chess, Alek liebt seine Arbeit. Das hat er schon immer, aber dich liebt er auch.»

Francesca sah aus, als wolle sie etwas erwidern, doch dann riss sie sich zusammen und lächelte Fern angestrengt an.

«Hör nicht auf mich – ich bin bloß schlecht gelaunt. Tut mir leid, Leute. Ich wollte nicht meckern, aber ich bin einfach total müde. Ich muss morgen wieder früh raus und bin schon seit halb fünf auf den Beinen. Den Finanzmärkten ist es egal, ob ich die halbe Nacht wach war.»

«Ihr armen Banker müsst echt viel früher aufstehen als wir in unseren kreativen Jobs», sagte Eliska mitleidig.

«So ist es.» Francesca stand auf und unterdrückte ein Gähnen. «Ich werde mich deshalb mal verabschieden und ins Bett gehen. Gute Nacht allerseits.»

Als sie den Raum verließ, riefen ihr alle fröhlich eine gute Nacht hinterher, doch Fern machte sich Sorgen. Sie sah Francescas verkrampften Schultern nach und fragte sich, ob wohl etwas nicht stimmte. Gab es zwischen Alek und seiner Freundin Spannungen, die sie bisher noch nie bemerkt hatte? Beide gaben sich größte Mühe, es Fern als Gast schön zu machen, und sie konnte nur hoffen, dass ihre Anwesenheit im Haus die beiden nicht zusätzlich belastete.

«Siehst du, sogar Chess meint, dass Alek keine Zeit hat!» Tomas nutzte die Gelegenheit, Fern seine Karte in die Hand zu drücken. «Du darfst die Chance nicht verpassen, die schönste Stadt der Welt zu erkunden. Ich führe dich nur zu gerne herum, während er arbeitet.»

Fern gab nach. «Danke. Das ist wirklich nett von dir.»

«Es wird mir ein Vergnügen sein. Warum speicherst du nicht einfach gleich meine Nummer in deinem Handy?»

Sie lachte. «Du gibst nicht so schnell auf, was?»

«Bestimmt nicht, wenn es um eine schöne Frau geht.» Tomas schenkte ihr ein sexy Lächeln. Fern lachte wieder. Wow. Vielleicht sollte sie doch nach Prag ziehen, wenn sie auf die Männer hier so viel Eindruck machte. Sie konnte nicht anders, als seine schmalzigen Anmachversuche schmeichelhaft zu finden.

«Na gut!» Sie nahm ihr Handy vom Sofatisch und tippte seine Nummer ein. «Ich ruf dich morgen an.»

«Ich freu mich drauf», erwiderte Tomas.

«Das hat aber nicht lange gedauert», stellte Alek mit Blick auf Fern und ihr Handy fest, als er das Zimmer mit dem Kaffeetablett und einer Auswahl an Grappas betrat. Er wirkte nicht sonderlich beeindruckt, doch sie beschloss, ihn zu ignorieren. Alek meinte es gut, aber schließlich war sie erwachsen. Prag mit Tomas zusammen zu erkunden, könnte durchaus unterhaltsam werden – außerdem war sie im Urlaub.

Tomas grinste. «Manche von uns haben es einfach drauf, Alek, und manche nicht. Sogar Chess hat dich heute Abend abgeschrieben.»

Alek stellte das Tablett ab. «Wo ist sie denn hin? Ist alles in Ordnung?»

«Sie ist ins Bett gegangen», antwortete Fern. «Sie schien ein bisschen gestresst.»

Alek sagte nichts, sondern kippte nur einen ordentlichen Schuss Tia Maria in Ferns Tasse und dann in seine eigene. Es würde also einer jener Abende werden, wo sie sich so betranken, dass es ihnen am Ende nicht einmal mehr auffallen würde, wenn die Tassen plötzlich Cancan tanzten.

«Chess sieht sehr müde aus. Deine nette Freundin arbeitet zu viel, Alek.» Eliska beugte sich vor, um eine Espressotasse entgegenzunehmen. Fern konnte nicht umhin, ihre Erscheinung zu bewundern. Von der makellosen Maniküre über den zeitlosen Hosenanzug von Chanel bis hin zu den Christian Louboutins strahlte alles an ihr Eleganz aus. Vielleicht sollte Fern noch eine Runde Shoppen einplanen, während sie hier war. Oder kamen manche Frauen einfach schon so makellos gestylt auf die Welt?

Alek zog besorgt die Brauen zusammen. «Du kennst doch Chess, Eliska. Sie liebt die reglementierte Welt der Banken, selbst wenn die sie fast umbringt. Wenn ihr mich kurz entschuldigt, dann sehe ich mal schnell nach ihr.»

Nachdem Alek das Zimmer verlassen hatte, plätscherte die Unterhaltung so vor sich hin. Fern ließ sich in das Ledersofa sinken und lauschte Tomas, der von der Karlsbrücke und der Pracht des Veitsdoms schwärmte. Sie nickte und nippte an ihrem Kaffee, dessen Wärme und Alkohol sich angenehm in ihrem Bauch ausbreiteten. Gerade als sie feststellte, wie entspannt sie war, hörte sie plötzlich die lauten Stimmen. Eliska warf ihr einen Blick zu und hob fragend die Schultern. Einige Augenblicke später waren Aleks schwere Schritte auf der Treppe zu hören. Als er das Wohnzimmer betrat, waren seine Wangen gerötet, und seine Augen glänzten.

Eine eiskalte Hand packte Ferns Herz. Noch nie zuvor hatte sie auch nur die Andeutung einer Missstimmung zwischen Alek und Francesca erlebt. Was war da nur los?

«Chess muss morgen früh raus», erklärte er kurz angebunden, bevor er sich seinen Kaffee nahm und sich setzte. «Wie's aussieht, werden wohl wieder nur wir Künstlertypen bis zum Morgengrauen durchhalten.»

«Jetzt hab ich dich endlich mal für mich», meinte Eliska an Fern gewandt, denn Alek verwickelte Tomas in eine Unterhaltung über Politik. «Ich wollte dich nämlich fragen, ob ich dich vielleicht für meine Zeitschrift interviewen darf?»

Fern verschluckte sich fast an ihrem Kaffee. «Wirklich? Meinst du das ernst? Warum solltest du das tun wollen?» Der Unterschied zwischen der eleganten Tschechin und Fern in ihrem orange-pinkfarbenen Maxikleid Marke Miss Selfridge hätte nicht offensichtlicher sein können, und Fern war ziemlich sicher, dass Eliskas Leserinnen sich nicht für abgeknabberte Fingernägel und glitzernde Haarspangen vom Drogeriemarkt interessierten.

Doch Eliska meinte es durchaus ernst. «Unsere Leser würden nur zu gerne etwas über dein Leben in London erfahren. Vielleicht könnten wir es mit einem Ausflug in eines der Prager Theater verbinden. Ich weiß, dass Alek vor kurzem erst mit einem Projekt in der Laterna Magika fertig geworden ist. Es wäre doch toll für dich, seine Arbeit dort zu sehen.»

Fern wurde ganz aufgeregt. «Das würde ich sehr gerne! Vielen Dank!»

Eliska schüttelte ihren blonden Schopf. «Nein, Fern, ich hab zu danken. Ich glaube, das könnte lustig werden.»

«He!», unterbrach Alek Eliska streng. «Tomas hat mir gerade erzählt, dass er Fern auch schon für einen Sightseeing-Tag in Anspruch nimmt. Sie soll hier doch Ferien machen!»

«Ich finde es sehr schön, so begehrt zu sein.» Fern grinste. «Ich hätte schon viel früher nach Prag kommen sollen.»

«Ja», sagte Alek leise und blickte Fern an. «Das stimmt.»

Als sich der letzte Gast von ihr verabschiedet hatte und in die samtige Dunkelheit verschwunden war, war Fern nach dem guten Essen ganz schläfrig. Ihre Augenlider waren bleischwer. Sie freute sich bereits, die Treppe zum hübschen Gästezimmer hinaufzusteigen und sich unter die dicke Bettdecke zu kuscheln. Doch wie es schien, hatte Alek anderes im Sinn, denn er schenkte ihnen beiden einen Brandy ein.

«O Gott, Alek!» Fern schwenkte erschrocken die bernsteinfarbene Flüssigkeit in ihrem Glas. «Wenn ich das austrinke, schaffe ich es nicht mal mehr die Treppe hinauf!»

«Gut, denn dann hab ich dich wenigstens eine Weile für mich. Tomas hat dich ja den ganzen Abend zugequatscht», zog er sie auf.

Fern versuchte, vor Alek ihre sich rötenden Wangen zu verbergen, indem sie den Kopf senkte und fasziniert den Cognac studierte. «Er ist sehr nett.»

«Nur nett? Er wäre am Boden zerstört, wenn er dich das hätte sagen hören!» Alek hob ihr Kinn mit dem Zeigefinger an. «Du wirst ja rot! Kann ich daraus schließen, dass dir unser freundlicher Tourguide gefällt?»

«Hör doch auf!» Fern kicherte. «Er ist ein netter Kerl, aber auch nur nett.»

«Du kannst nicht zulassen, dass Seb dich für immer von den Männern fernhält. Wir sind nämlich nicht alle untreue Mistkerle. Ich weiß, Tomas ist gewissermaßen ein Frauenheld, aber vielleicht war ich vorhin zu hart. Er ist kein schlechter Kerl. Wenn du mit ihm was trinken gehst, könnten Chess und ich vielleicht mitkommen?»

«Ich habe nicht vor, mit Tomas auszugehen», erklärte Fern bestimmt. «Oder mit sonst irgendjemandem.»

«Fern, du bist hinreißend und sexy und lustig.»

Du meine Güte, dachte Fern, er muss schon ganz viel getrunken haben! Sie lachte. «Vielen Dank! Es ist gut zu wissen, dass meine Freunde mich noch gernhaben!»

«Alle haben dich gern. Es gibt jede Menge Männer, die gerne mit dir zusammen wären. Wenn ich solo wäre, stünde ich ganz vorne in der Schlange», meinte Alek galant.

«Ich sehe keine Schlange, aber trotzdem danke.» Sie nahm einen Schluck von ihrem Drink. Wohlige Hitze breitete sich in ihrem Körper aus. Was soll's, dachte sie übermütig, ich sag's ihm einfach. Alek war einer ihrer engsten Freunde – er würde verstehen, weshalb sie Luke finden musste. Er würde Verständnis zeigen und sie unterstützen, im Gegensatz zu ihrer Mutter.

«Ich bin gewissermaßen wegen jemandem hier», sagte sie langsam. «Ich hab es ihm noch nicht gesagt, aber ich hoffe, dass es ihm genauso geht.»

Aleks Augen schienen mit einem Mal rabenschwarz. Als er schließlich sprach, war seine Stimme rau. «Und wer?»

Fern holte tief Luft. «Luke Scottman. Ich war an der Uni mal mit ihm zusammen, erinnerst du dich?» Sie erwähnte Angelas Prophezeiung nicht – denn Alek war zwar total lieb, aber eben doch ein Kerl und deshalb darauf programmiert, Dinge wie Hellseherei zu verspotten. Dann gestand sie ihm, dass sie das Gefühl hatte, zwischen ihr und Luke gäbe es noch was zu klären. So ungeheuerlich es auch klang, sie müsse ihn dringend sehen, um sich Klarheit zu verschaffen. Während sie sprach, hörte ihr Alek mit schräggelegtem Kopf schweigend zu und kaute auf seiner Unterlippe herum. Er unterbrach sie nicht ein einziges Mal. Im Grunde sah er aus wie aus Stein gemeißelt, wenn da nicht ein Muskel in seiner Wange gezuckt hätte.

«Ich habe einfach schreckliche Angst, dass ich jemand Wichtiges aus meinem Leben habe gehen lassen.» Fern seufzte. «Und ich weiß ganz sicher, dass es nicht Seb ist. Vielleicht hätten Luke und ich uns nicht trennen sollen. Ich weiß, dass er es damals nicht wollte, aber mich hat einfach die Unsicherheit total verängstigt, mit einem Schauspieler zusammen zu sein.» Sie blickte unglücklich in ihr Glas. «Ach, Al. Was, wenn ich alles falsch gemacht habe und er die Liebe meines Lebens war?»

Nun seufzte auch Alek schwer und schenkte sich nach.

«Beziehungen sind immer unsicher, Fern. Es gibt keine Garantien.»

Fern wusste, dass er an seinen Streit mit Francesca dachte. «Ist bei dir und Chess alles in Ordnung, Alek?»

«Ich weiß es nicht», antwortete er leise. «Du kennst doch Chess. Sie will, dass alles klar und geordnet ist, aber so funktioniert mein Job nun einmal nicht, wie du selber weißt. Vor allem an einem Filmset. Ich kann nicht immer garantieren, wann ich zu Hause sein werde, und wenn ich anrufe, um Pläne zu ändern, dreht sie durch.»

Das konnte Fern gut verstehen. Die Arbeitszeiten eines Set-Designers waren nie klar begrenzt. Das falsche Licht, ein Schauspieler, der einen Anfall hatte, eine falsche Farbschattierung – und schon musste man mal ein paar Stunden länger bleiben.

«Für einen Partner kann das wirklich schwierig sein», stimmte sie ihm zu. «Seb hat es gehasst, dass ich dauernd unsere Pläne ändern oder lange arbeiten musste.»

«Vielleicht muss man selber in der Branche sein, um es zu verstehen. Zwischen uns ist immer alles prima, wenn ich gerade einen Film abgeschlossen habe oder noch am Anfang eines neuen Projekts stehe, weil ich dann nach einem genauen Zeitplan arbeite. Aber sobald ich am Set bin, kann ich nicht mehr genau vorhersehen, wann ich Zeit habe und wann nicht. Ich habe ihr schon gesagt, dass ich den Großteil der nächsten Woche vor Ort sein muss, und das passt ihr gar nicht. Aber was soll ich denn machen?»

Fern hatte keine Ahnung. Sonst wäre sie vielleicht nicht mehr solo.

«Sie hat Andeutungen gemacht, dass sie gerne aufs Land ziehen würde», fuhr Alek fort. «Ich weiß, sie möchte allmählich heiraten und Kinder kriegen ... das volle Programm eben ...» Er verstummte und nahm einen weiteren Schluck Brandy.

Fern seufzte. «Ich schätze mal, das ist normal, wenn man über dreißig ist.»

Alek zuckte mit den Schultern. «Vielleicht. Aber ich bin noch nicht so weit. Ich genieße das Leben in der Stadt wirklich sehr, und ich liebe meine Arbeit. Es ist turbulent, aber ich mag es, nicht zu wissen, was als Nächstes kommt. Ich kann mir nicht vorstellen, dauernd am selben Ort zu arbeiten und die gleichen Dinge zu tun. Du?»

Sie schüttelte den Kopf. «Ich weiß genau, was du meinst. Aber besteht denn wirklich die Hoffnung, jemanden zu finden, der das Gleiche will wie man selbst?»

«Es belastet eine Beziehung definitiv, wenn es nicht so ist», murmelte er traurig. «Großer Gott, was jammere ich denn hier rum! Tut mir leid, Fern – das ist kein sonderlich fröhlicher Start für deinen Urlaub. Beachte mich einfach nicht. Ich bin sicher, Chess und ich werden das auf die Reihe kriegen.»

Fern drückte seine Hand. «Das hoffe ich, Alek, das hoffe ich wirklich. Ihr seid ein so tolles Paar. Meine Anwesenheit hier macht die Dinge hoffentlich nicht noch schwieriger, oder?»

«Nein! Natürlich nicht! Du meine Güte! Chess würde mich umbringen, wenn sie wüsste, dass du so was denkst!» Alek schenkte Fern ein bemühtes Lächeln. «Aber genug von mir. Wir müssen uns etwas ausdenken, wie du Luke treffen kannst.»

«Meinst du, das wird schwierig?» Damit hatte Fern nicht gerechnet. Vielleicht war sie naiv, aber sie hatte gedacht, sie könnte einfach bei Lukes Filmset vorbeischauen und hallo sagen. Dann würden sie gemeinsam zum Mittagessen gehen und über alte Zeiten reden.

«Nette Idee», meinte Alek, als Fern ihm ihren Masterplan offenbarte, «aber es gibt da leider ein klitzekleines Problem: Luke ist inzwischen ein echter Star, und dazu gehört, dass er Security hat. Fans versuchen dauernd, an ihn ranzukommen. Außerdem liegen wir zwei Wochen hinter dem Drehplan und sind furchtbar beschäftigt. Ich habe Luke für heute Abend hierher eingeladen, weil du da bist, aber es hat mich nicht überrascht, dass er sich entschuldigen ließ.»

Fern sank das Herz bis in die pinkfarbenen Sandalen. Sie war sich so sicher gewesen, dass Luke sie genauso gerne wieder treffen würde und dass er sich als ihr Mr. Right erweisen würde. Einen Plan B hatte sie sich deshalb gar nicht überlegt.

«Keine Sorge.» Alek hatte ihre Miene richtig gelesen. «Ich werde nicht aufgeben. Die Filmarbeiten werden intensiv sein, aber ich bin sicher, ich kann irgendwann mit Luke reden. Komm doch morgen mit mir zur Arbeit. Vielleicht läufst du ihm dann einfach über den Weg.»

Fern gähnte. «Mmm. In Ordnung.»

Alek nahm ihr das leere Glas aus der Hand. «Dann geh besser mal ins Bett, damit du deinen Schönheitsschlaf kriegst. Nur für den Fall, dass du morgen Mr. Scottman in die Arme läufst. Du trittst jetzt gegen Supermodels an, musst du wissen!»

Das musste Fern sich nicht zweimal sagen lassen. Sie war so müde, dass sie es kaum schaffte, sich vom Sofa aufzurappeln und nach oben in ihr Zimmer zu gehen. Als sie die Treppe hinaufstieg, fühlte sich ihr Herz so schwer wie ihre

Augenlider an. Würde sie Luke morgen sehen? Und würde er sie überhaupt sehen wollen? Schließlich hatte er sich ganz schön gemacht, seit sie damals gemeinsam arme Studenten waren. Sie hatte genug Klatschblätter gelesen, um zu wissen, dass Luke mit einigen der schönsten Frauen der Welt zusammen gewesen war. Warum sollte er sich da für sie interessieren?

Ihre Mutter hatte recht. Es war wirklich an der Zeit, dass sie nicht immer auf halber Strecke aufgab. Aleks Nachricht auf dem Anrufbeantworter neulich schien ihr die perfekte Gelegenheit zu sein, um herauszufinden, ob oder ob nicht Luke derjenige war, den sie hatte ziehen lassen. Jetzt war Fern sich nicht mehr so sicher, ob sie das wirklich wollte.

Im Grunde war sie sich über nichts mehr sicher.

Kapitel fünfzehn

Dunkelheit senkte sich langsam herab, als der Abend über Prag dämmerte und die Gold- und Rosatöne des Sonnenuntergangs dem Lila und Indigo wichen, während sich lange Schatten auf den abgetretenen Pflastersteinen dehnten. Die Sonne war nur noch eine leuchtend rote Fingerspitze über den Dächern. Ihre sterbenden Strahlen ließen die alten Steinmauern erröten, während die Moldau sich träge durch die Stadt wand und die Schwäne mühelos mit sich trug.

Dies musste die romantischste Stadt der Welt sein, dachte Fern sehnsüchtig, als sie diese Aussicht genoss. Kein Wunder, dass die Location-Scouts Prag als Schauplatz für *Dynamite* ausgesucht hatten. Die Karlsbrücke war so schön, wie Tomas sie beschrieben hatte: Die Türme wirkten märchenhaft, und Fern war wirklich froh, dass sie beschlossen hatte, ein wenig die Gegend zu erkunden, bevor sie Alek und Francesca zum Abendessen traf. Es war ihr auch egal, dass das gegenüberliegende Ende der Brücke für die Filmcrew abgeriegelt war. Von ihrem Aussichtspunkt aus konnte Fern mehr als genug erkennen. Die Allee aus Statuen, die sich über die Länge der Brücke erstreckte, raubte ihr den Atem. Im schwindenden Licht schienen sich die verwitterten Gesichter zu bewegen und Fern mit leeren Augen hinterherzublicken.

Ein leichter Nebel hing über den Flussufern. Fern fröstelte. Der Tag war für die Jahreszeit ungewöhnlich warm gewesen, und als sie aus wunderbar tiefem Schlaf erwacht war, hatte die Sonne bereits wie eine Goldmedaille am wolkenlosen

Himmel geglänzt. Sie hatte es sich anders überlegt und war nicht mit Alek zur Arbeit gegangen, sondern stattdessen eine Stunde lang glücklich beim Lunch in einem Straßencafé gesessen, wo sie ihren *Rough Guide* studierte, und war von dort aus zur Stadterkundung aufgebrochen. Doch nun, wo die Sonne zwischen den Dächern verschwunden war, wurde ihr in ihrem Flatterkleid und den Sandalen ein bisschen kühl. Vielleicht sollte sie vor dem Abendessen besser zum Haus ihrer Gastgeber zurückkehren und sich umziehen? Die Brücke konnte sie sich ja auch noch an einem anderen Tag genauer ansehen, schließlich brauchte sie Tomas nur anzurufen.

Gerade als sie sich zum Gehen wenden wollte, fiel Ferns Blick auf einen Mann am anderen Ende der Brücke. Er hatte breite Schultern und trug einen Smoking mit gelockerter Krawatte. Es handelte sich um die Art von Mann, bei der man zweimal hinschaut. Und dann noch ein drittes Mal. Sein dichter honigblonder Haarschopf wurde vom Abendwind zerzaust, und selbst aus der Entfernung konnte Fern das breite Grinsen auf seinem Gesicht und die Lachfältchen um seine Augen sehen, als er ihr über die Filmkameras hinweg zuwinkte. Fern stockte plötzlich ein wenig der Atem, und ihr Herz fing in ihrem Brustkorb an zu hüpfen wie ein Squashball. Das war doch nicht etwa ...

Oder doch?

Jener Mann, der nun mit großen Schritten über die Brücke hinweg auf sie zukam, war kein anderer als Luke Scottman.

«Fern! Du bist es tatsächlich!» Bevor sie noch richtig ihre Gedanken sortieren konnte, hatte er sie schon gepackt und herumgewirbelt. «Diese blonden Locken würde ich überall erkennen! Ich kann nicht fassen, dass du es bist!»

«Natürlich bin ich es!» Fern umarmte ihn ebenfalls und stellte dabei fest, wie gut es sich anfühlte, von ihm im Arm gehalten zu werden. «Ich freu mich ja so, dich zu sehen, Luke! Was für eine schöne Überraschung!»

Luke nickte zustimmend, während er sie weiterhin an seinen muskulösen Körper drückte, bis Fern Angst bekam, ohnmächtig zu werden, so viele irre Gefühle überliefen sie. Seine Lippen berührten ihre Schläfe, und plötzlich war Fern wieder achtzehn und so leidenschaftlich verliebt, dass es weh tat. Er roch sogar noch wie der alte Luke: irgendwie würzig und so köstlich männlich, dass sie ein Schauer überlief.

«Ich freu mich auch, dich zu sehen», flüsterte Luke in ihr Haar. «Als ich hörte, dass du in der Stadt bist, habe ich wirklich gehofft, dass wir uns treffen. Ich konnte es erst gar nicht fassen, als ich dich da auf der Brücke stehen sah.» Er grinste schelmisch. «Ich glaube, ich habe gerade eine Szene versaut, weil ich einfach weggerannt bin.»

Er setzte sie wieder ab, doch seine Hände blieben auf ihren Schulterblättern liegen, und mit den Daumen fuhr er sanft ihre Schlüsselbeine nach. Plötzlich brachte Fern kein Wort mehr heraus. Er sah immer noch aus wie ihr Luke, doch er hatte den Glanz und die Selbstsicherheit der sehr Erfolgreichen und sehr Reichen. Es war außerdem ziemlich seltsam, dass sie jemanden vor sich hatte, dessen Anblick ihr inzwischen eher aus den Klatschblättern vertraut war.

«Du siehst gut aus» war alles, was sie herausbrachte. Danach hätte sie sich am liebsten die Zunge abgebissen. Hier hing sie in den Armen eines der hinreißendsten Schauspieler überhaupt, der womöglich dazu noch die Liebe ihres Lebens war, und ihr fiel nichts Besseres als ein solch lahmes Kompliment ein?

Doch das schien Luke nicht zu stören. «Und du siehst sensationell aus! Dieses Kleid ist bezaubernd, vor allem im Gegenlicht. Du hattest schon immer absolut sexy Beine!»

Fern spürte, wie ihre Wangen so rot wurden, dass sie bestimmt als Flamingo hätte durchgehen können, wenn sie sich auf ein Bein stellte. Lukes Grinsen wurde noch breiter und Fern beinahe geblendet von seinen weißen Zähnen. Das reichte, um sie wieder zu Verstand zu bringen. Dies hier war nicht mehr ihr gemütlicher Wohlfühl-Freund aus Studienzeiten. Dieser gepflegte und durchgestylte Kerl war Luke Scottman, Filmstar erster Klasse und Sexsymbol für die meisten Frauen. Sie durfte nicht den gleichen Fehler begehen wie bei Matt und annehmen, dass sich in den vergangenen Jahren nichts verändert hatte. Sie waren nun beide ganz andere Menschen.

Fern spähte über seine Schulter. «Ähm, Luke, da kommen eine ganze Menge Leute angerannt.»

Er verzog das Gesicht. «Verdammt! Das ist vermutlich mein PR-Team. Die überwachen jede meiner Bewegungen, und ich darf nichts tun, was sie nicht vorher abgesegnet haben.» Er trat einen Schritt zurück und löste sich aus ihrer Umarmung. «Die wollen mich jetzt zur Arbeit zurückschleppen.»

«Wirklich?» Fern konnte die Verärgerung der hübschen jungen Damen mit ihren Clipboards förmlich riechen, die wie ein wildgewordener Wespenschwarm auf ihn zubrausten. «Das klingt nicht gerade spaßig. Wozu ist man denn ein großer Filmstar, wenn man sich nicht mal entspannen kann, wenn einem gerade danach ist? Was ist aus dem angenehmen Leben mit all seinen Vorzügen geworden?»

Luke fuhr sich mit der Hand durch seine verwuschelten blonden Haare. «Dafür bleibt keine Zeit! Außerdem gibt's inzwischen eh nur noch Weizengrassaft, Eisenpräparate und Biogemüse. Ich kann mich gar nicht mehr daran erinnern, wann ich das letzte Mal Spaß hatte.» Sein großer, geschwungener Mund verzog sich zu einem Lächeln. «Wir hingegen hatten 'ne Menge Spaß, nicht wahr?»

Sein bezauberndes Lächeln transportierte Fern schneller zurück in ihre Jugend, als sie das Wort «Zeitmaschine» aussprechen konnte. Für eine Sekunde lag sie wieder mit Luke in ihrem schmalen Bett im Studentenwohnheim, und der Bauch tat ihr weh vom Lachen, während sie mit einer Packung Body Paint aus Schokolade herumexperimentierten, bevor sie zusammen auf den Boden kullerten ...

«Das sind schöne Erinnerungen, oder?», murmelte er. «Ich habe es schon immer geliebt, dass du so schnell rot wirst. Fern, wir müssen wirklich –»

Was sie mussten, fand Fern leider nicht mehr heraus, denn der PR-Schwarm hatte sie inzwischen erreicht und umringte Luke sofort, um ihn lautstark an Zeitpläne und das schwindende Licht zu erinnern. Luke verdrehte die Augen.

«Sieht so aus, als müsste ich zurück. Da bleibt einem nie Zeit, auf dumme Gedanken zu kommen.»

«Dann ist es vielleicht gar nicht so schlecht, dass du dermaßen beschäftigt bist!», zog Fern ihn auf. «Ich geh dann mal.»

«Fern, warte», rief Luke, während sich jemand mit Puderquaste und jemand anderes mit einer gigantischen Haarspraydose auf ihn stürzte. «Jetzt können wir nicht reden, aber ich möchte dich gerne wiedersehen, wenn's okay ist?»

Seine blauen Augen wirkten plötzlich unsicher, und Fern schmolz auf der Stelle das Herz. Sie hatte Luke noch nie widerstehen können. «Natürlich ist das okay.»

Luke winkte eine junge Frau mit Pferdegebiss und missbilligendem Zug um den Mund heran, die Fern böse anfunkelte. «Emily, notieren Sie sich bitte für mich die Handynummer der Dame.»

«Ja, Mr. Scottman», versprach Emily rasch mit einem gekünstelten Lächeln und zückte Stift und Papier. Der Blick, mit dem sie Fern bedachte, wollte so etwas sagen wie: *Wozu zum Teufel will er deine Nummer?* Da hatte sie nicht ganz unrecht. Fern war sich selber nicht wirklich sicher, warum er ihre Nummer wollte.

«Mr. Scottman, der Regisseur ist kurz davor durchzudrehen», ließ sich ein weiteres Mitglied des Assistenten-Schwarms vernehmen. «Er sagt, Sie müssen sofort zum Set zurückkommen.»

Luke verzog das Gesicht. «Siehst du, mit was ich's zu tun habe? Aber ich ruf dich an, ja?» Dann wurde er zurück zum Filmset geschoben, und sie blieb alleine auf der Brücke zurück. Doch als er sich ein letztes Mal umdrehte und ihr einen übertriebenen Luftkuss zuwarf, fühlte sich ihr Herz ganz leicht an. Luke hier so zufällig zu begegnen – das musste einfach Schicksal sein. Welche andere Erklärung sollte es sonst geben? Er musste derjenige sein, den sie sich durch die Lappen hatte gehen lassen!

Dessen war sie sich allerdings zwei Tage später schon nicht mehr ganz sicher. Luke hatte eine SMS geschickt, um ihr mitzuteilen, dass er sie nach wie vor gerne treffen würde, aber in seinem hektischen Drehplan bis auf weiteres leider kein Zeitfenster fand. Seither schwieg ihr Handy hartnäckig.

«Hör auf, dauernd auf das blöde Telefon zu schauen!»,

schimpfte Alek mit ihr, als sie zum x-ten Mal einen Blick aufs Display warf. «Dadurch ruft er auch nicht an.»

«Tut mir leid, Alek.» Fern wusste, dass ihr Verhalten lächerlich war. «Ich schalte es jetzt aus.»

«Gott sei Dank», seufzte Alek. «Jetzt muss nur noch der Regen aufhören, dann wird der Tag vielleicht langsam besser.»

Fern befand sich mit Alek am Filmset, einem hübschen mittelalterlichen Platz, der für die Dreharbeiten abgesperrt worden war (von Luke war nichts zu sehen, denn in diesen Szenen kam nur sein Co-Star vor), und es schüttete wie aus Kübeln.

Obwohl sie sich unter Aleks großen Schirm kauerte, waren Ferns Cargohosen bis auf ihren Slip durchnässt, und die Regentropfen rannen ihr den Nacken hinunter. Sie verbrachten die Zeit damit, starken Kaffee zu trinken, den die Catering-Mannschaft gebraut hatte, und sich über die aufregenden Pläne zu unterhalten, die Alek für seine Firma hatte. Seine Begeisterung zog Fern dermaßen in den Bann, dass sie den Regen irgendwann gar nicht mehr wahrnahm. Sie war richtig überrascht, als Alek feststellte, dass der Himmel sich lichtete.

Sie könnte mit Alek den ganzen Tag über reden, und es würden ihnen nie die Gesprächsthemen ausgehen, dachte Fern, während sie ihm dabei half, die Planen vom aufgebauten Café-Set abzunehmen. Sie empfand seine Gesellschaft als so angenehm, und es tat gut, zur Abwechslung mal Zeit mit jemandem zu verbringen, der komplett auf ihrer Wellenlänge lag, statt sie dauernd für ihre Hirngespinste auszulachen. Alek war so sprunghaft wie sie, und trotzdem schafften sie es irgendwie, in perfektem Einklang zu arbeiten. Als sie ein

Tischtuch glattstrich, wurde Fern auf einmal traurig. Sie waren so ein gutes Team, und ihm hier am Set zu helfen, erinnerte sie daran, wie sehr ihr die Zusammenarbeit mit ihm fehlte.

«Ich fass es nicht!», schimpfte Alek und zeigte zur anderen Seite des Platzes hinüber. «Warum genau kapieren diese Idioten nicht, was eine Absperrung bedeutet?»

Eine Gruppe junger Engländer – dass sie aus England kamen, konnte man an ihren unförmigen Manchester-United-Shirts und den bleichen, ungesunden Gesichtern erkennen, denn kein Tscheche, der etwas auf sich hielt, würde sich in so einem Aufzug sehen lassen – war über die Absperrseile geklettert und schlappte nun auf die aufgebaute Café-Szene zu. Die Engländer ließen sich auf die Stühle an einem der Tische plumpsen und begannen eine lautstarke, betrunkene Diskussion darüber, wie sie es schafften, dass ihr Junggesellenabschied im Fernsehen übertragen werden würde.

Mit grimmiger Miene warf Alek seine Plane zu Boden und marschierte auf die Eindringlinge zu.

«Könntet ihr euch bitte verziehen? Das hier ist ein Filmset, und ihr haltet die Dreharbeiten auf.»

Wie immer, wenn Alek sich aufregte, war sein Akzent wesentlich deutlicher zu hören. Die Jungs wirkten verwirrt. Einer von ihnen äugte misstrauisch unter seiner Baseballkappe hervor.

«Was is' los, Kumpel? Ich sprech kein Pragerisch.»

«Ich habe gesagt, ihr sollt euch verziehen!», bellte Alek. «Wir drehen hier einen Film.»

Der Typ mit der Baseballkappe, der offensichtlich der Anführer der Truppe war, streckte streitlustig sein Kinn vor. «Nicht, bevor wir nicht ein Bier bekommen haben!»

Alek warf entnervt die Hände in die Luft. «Ich habe keine Zeit für solche Spielchen. Ich rufe den Sicherheitsdienst und lasse euch rauswerfen, wenn's sein muss.»

Baseballkappe sprang auf. Er hatte einen schwabbeligen Körper, war aber immerhin knapp eins neunzig groß und, wenn man seiner zerbeulten Nase Glauben schenken durfte, auch durchaus vertraut damit, Meinungsverschiedenheiten mit den Fäusten zu klären. Alek war schlank, drahtig, einen Kopf kleiner und hundert Kilo betrunkener Dummheit sicher nicht gewachsen. Fern wollte keinesfalls mit ansehen, wie er zusammengeschlagen wurde.

«He, Jungs, wenn ich euch ein Freibier organisiere, macht ihr euch dann vom Acker?», fragte Fern betont locker. «Wir wollen hier wirklich keinen Ärger. Wir müssen bloß diese Szene drehen.»

Dieser Vorschlag wurde begeistert aufgenommen, und die Atmosphäre entspannte sich sofort. Nun musste sie bloß noch das Freibier auftreiben. Sie schaltete also ihr Handy wieder ein, suchte Tomas' Nummer heraus und drückte auf Anrufen. Er freute sich, von ihr zu hören. Einige Minuten später hatte sie die Wegbeschreibung zu einer nahegelegenen Bar und Tomas' Versprechen, dass er bei den Besitzern ein kostenloses Stella-Bier für die englischen Jungs organisieren würde. Fern verabschiedete sich ihrerseits mit dem Versprechen, ihn tags darauf zu treffen, und war froh, seine Nummer doch eingespeichert zu haben. Allerdings fragte sie sich gleichzeitig, welche Art von Gegenleistung er von ihr wohl erwarten würde.

Doch darüber würde sie sich morgen den Kopf zerbrechen. Momentan hatte sie alle Hände voll damit zu tun, die betrunkenen Kerle vom Platz zu bugsieren.

«Okay.» Sie klappte ihr Telefon zu. «Für euch alle gibt es in Zlata's Bar ein Bier umsonst. Das ist gleich dort drüben in der Nicolasstraße, die hier vom Platz abzweigt.»

Die Bande zog grölend ab. Sie versuchten, Fern zum Mitkommen zu überreden, doch die winkte lachend ab. «Manche von uns müssen noch was arbeiten!»

Alek betrachtete die ganze Szene mit verschränkten Armen und beeindruckter Miene.

«Komm doch mit und vergiss den schlechtgelaunten Deppen», brüllte der mit der Baseballkappe. «Wir zeigen dir mal, wie man sich richtig amüsiert!»

Fern jedoch ging gar nicht darauf ein, sondern rief ihnen nur noch einmal hinterher: «Da vorne links und dann die dritte Straße nach rechts. Zlata's Bar. Viel Spaß!» Johlend und singend zogen die Jungs von dannen.

«Du bist echt der Hammer, weißt du das?» Alek strahlte sie an, ganz so, als sei nach einem Gewitter die Sonne wieder hervorgekommen. Ein wunderbares Lächeln, dachte Fern. Es mochte zwar nicht so kosmetisch perfekt sein wie das von Luke, doch so liebevoll und warmherzig und so vertraut.

«Ich geb mir Mühe!»

«Ich bin dir so dankbar für das, was du gerade getan hast. Ich dachte, mir platzt gleich der Kragen.» Alek schüttelte den Kopf. «Bist du sicher, dass du nicht mit mir zusammenarbeiten möchtest? Wir wären so ein tolles Team.»

Fern biss sich auf die Lippe. Sie konnte ihm ja schlecht erzählen, dass sie auf die Erfüllung einer Prophezeiung wartete, bevor sie mit ihrem Leben weitermachen konnte. Er würde sie für völlig übergeschnappt halten.

Alek spürte wohl ihr Zögern, denn er fügte hinzu: «Ich würde dich zur Partnerin machen, Fern. Du würdest es nicht bereuen, versprochen. Niemand könnte es mit uns aufnehmen. Es wäre der Wahnsinn!»

Sie seufzte. «Ich wünschte, ich könnte es, aber momentan ist einfach nicht der richtige Zeitpunkt für mich, Alek. Ich kann jetzt nicht weg. »

«Ich hab's versucht.» Er seufzte und wirkte enttäuscht. «Aber das Angebot steht nach wie vor, falls du es dir anders überlegen solltest.»

«Danke. Das weiß ich sehr zu schätzen. Die Dinge sind nur einfach zurzeit ein bisschen kompliziert.»

Er wandte den Blick ab. «Wem sagst du das.»

Fern wollte Alek gerade fragen, was genau er damit meinte, als sie von der Blondine mit dem Pferdegebiss unterbrochen wurden, die sich für Luke Ferns Nummer notiert hatte. Heute trug die junge Frau ein dermaßen scharfgeschnittenes Kostüm, dass ihr sicher niemand freiwillig zu nahe kam, und hatte ihre Haare zu einem strengen Knoten geschlungen. Die schmalen Lippen und der abfällige Zug um den Mund waren jedoch unverändert.

«Fern Moss? Luke Scottman hat jetzt ein Zeitfenster in seinem Drehplan. Er lässt fragen, ob Sie zu seinem Wohnwagen herüberkommen wollen?»

«Oh!» Fern schlug sich überrascht die Hand vor den Mund. Warum kam sie sich plötzlich so vor, als säße sie auf einem Karussell?

«Jetzt sofort?», zischte die Assistentin. «Mr. Scottman ist ein sehr beschäftigter Mann.»

«Nun geh schon», drängte Alek. «Wir sind hier sowieso fertig. Die wollen jetzt drehen. Ich hol mir was zum Mittagessen und gehe dann rüber zur Szene am Veitsdom. Du hast dir eine Pause verdient.»

«Okay.» Sie küsste ihn auf die Wange, wobei ihre Lippen über seine Bartstoppeln kratzten. «Ich treff mich nachher mit Francesca und dir.»

Alek hielt sie fest. «Sei vorsichtig», flüsterte er in ihre Haare. «Du tust nichts, was du nicht wirklich willst, versprochen? Du hast meine Nummer, also kannst du mich jederzeit anrufen, wenn du mich brauchst.»

«Danke, Al.» Fern umarmte ihn ebenfalls. «Ich hab solches Glück, einen Freund wie dich zu haben.»

Dann atmete sie tief durch und folgte dem schmalen Rücken der Assistentin zurück in Richtung Parkplatz, wo die luxuriösen Wohnwagen der Stars parkten. Ferns gesamte Behausung würde in einen solchen reinpassen, und es bliebe immer noch Platz für die von Freda. Es schien ihr irgendwie unmöglich, dass ihr Luke, der seine Socken stets neben den Wäschekorb hatte fallen lassen und Star Trek guckte, jetzt ein echter Filmstar mit eigenem Super-Wohnwagen sein sollte.

Das Leben war ganz schön verrückt.

Und es sollte noch verrückter werden. Fern hörte nämlich plötzlich jemanden laut ihren Namen rufen. Als sie sich umdrehte, wurden ihr die Knie watteweich. Das konnte doch nicht wahr sein!

O lieber Gott, bitte, lass das eine schreckliche Halluzination sein, denn sonst stecke ich echt in der Klemme.

Hinter der Absperrung, die übereifrige Fans abhalten sollte, stand Seb.

Kapitel sechzehn

Seb hob das Absperrseil und kam auf Fern so schnell zugeeilt, wie die dunklen Sturmwolken über den grauen Himmel zogen. Seine dunklen Locken bauschten sich im Wind, und er hatte die Lippen zu einem schmalen Strich zusammengepresst. Ferns Eingeweide verknoteten sich zu einem Makramee. Er war doch sicher nicht den weiten Weg nach Prag geflogen, um sie nach ihrer gemeinsamen betrunkenen Nacht anzubrüllen.

Okay, sich aus Sebs Wohnung davonzuschleichen, war vielleicht nicht gerade die eleganteste Lösung gewesen, das gab Fern ja zu. Doch Seb hatte noch nie ein Nein akzeptiert, also wie hätte sie es ihm anders beibringen sollen? Und wenn ihre Flucht nach Osteuropa kein deutliches Signal gewesen war, dann musste sie sich so langsam wirklich fragen, ob er sie je verstehen würde.

«Es ist so schön, dich zu sehen, Fern. Du siehst hinreißend aus», erklärte er, als er sie erreichte. «Aber das tust du ja immer.»

Fern war sprachlos. Der Schock, ihn hier zu sehen, hatte ihre Stimmbänder einfrieren lassen. Außerdem trug sie eine katzekotzegelbe Windjacke, Cargohosen und eine Baseballmütze und fühlte sich nicht gerade hinreißend. Hatte Seb eine Art Midlife-Crisis, oder was?

«Ich hab dir was mitgebracht», fügte er hinzu und präsentierte ihr stolz einen großen Rosenstrauß, den er hinter seinem Rücken versteckt gehalten hatte. Fern trat hastig einen Schritt zurück, sonst hätte ihr eine der tödlichen

Dornen fast das Auge ausgestochen. Irgendwie gelang es Seb, ihr die Blumen in die Arme zu drücken und ihr einen Kuss auf die Wange zu geben. Wenn Fern nicht blitzschnell den Kopf herumgerissen hätte, wäre selbiger voll auf ihrem Mund gelandet.

«Was zum Teufel machst du hier?» Ihrer Verärgerung musste sie trotzdem Ausdruck verleihen, erfrorene Stimmbänder hin oder her. «Wieso bist du in Prag?»

«Wegen dir natürlich, weshalb sonst?» Seb fuhr sich mit der Hand durch die dunkle Mähne. «Ich liebe dich, Fern, das sage ich dir schon die ganze Zeit. Warum bist du weggelaufen? Ich dachte, wir sind wieder zusammen.»

Schuldgefühle trieben Fern die Röte in die Wangen. «Das tut mir wirklich leid, Seb. Es war ganz schön feige von mir, einfach so abzuhauen. Du hast was Besseres verdient.»

Er schüttelte den Kopf. «Nach dem, was ich getan habe, verdiene ich kein Mitleid. Außerdem gibt es niemand Besseren als dich, mein Engel. Wenn ich nicht so viel Mist gebaut hätte, wäre nichts von alledem passiert. Glaub mir, wenn ich die Zeit zurückdrehen könnte, dann würde ich es tun. Wie oft muss ich dir noch schwören, dass es nie wieder vorkommen wird?»

Fern seufzte. Sie zweifelte nicht daran, dass Seb seinen Fehler bereute, aber gleichzeitig war ihr unbegreiflich, weshalb er nicht verstehen konnte, dass sie seinen Seitensprung nicht einfach vergessen konnte. Ihr Herz zog sich zusammen, so sehr bedauerte sie, dass es so war. Sie waren glücklich gewesen zusammen, aber seit der Vanessa-Geschichte war etwas in ihrem Innern zu Bruch gegangen. Erst jetzt, drei Monate später auf einem Platz in Prag im fahlen Sonnenlicht, begriff Fern, dass das, was kaputtgegangen war, ihre Liebe für ihn gewesen war. Und dass sie sich nicht reparieren ließ.

«Ich möchte genauso sehr wie du, dass wir Freunde sind», erklärte sie ihm.

«Freunde? Ich will nicht nur mit dir befreundet sein, Fern. Deshalb bin ich nicht hergekommen. Ich bin hier, weil ich die Dinge nicht so belassen konnte. Nicht nach unserer gemeinsamen Nacht.» Er sah ihr tief in die Augen, und Fern wusste, dass er an den Sex dachte. «Diese Nacht war gut, oder? Du und ich, wir passen gut zusammen. Komm schon, Fern. Du weißt es doch auch.»

Fern seufzte wieder. Im Bett war es mit Seb immer toll gewesen, aber leider versagte er in allen anderen Bereichen. «Das reicht nicht, Seb. Es muss in einer Beziehung mehr geben als Sex.»

«In unserer Beziehung gibt es aber doch viel mehr als nur Sex!», protestierte er, und zwar in einer Lautstärke, dass einige der Komparsen, die am Verpflegungswagen Kaffee tranken, zu ihnen herübersahen.

«Nicht so laut!», zischte Fern. «Wir werden diese Unterhaltung nicht jetzt und nicht hier führen!»

Ehrlich gesagt wollte Fern diese Unterhaltung überhaupt nicht führen, aber wenn Seb darauf bestand, eine Beziehungs-Autopsie vorzunehmen, dann wenigstens in einem privateren Umfeld.

«Komm mit.» Sie fasste Seb am Ellbogen und führte ihn von der Filmcrew weg und eine schmale gepflasterte Seitenstraße hinunter, die zur Moldau führte.

«Wo gehen wir hin?»

«Dahin, wo wir ungestört reden können. Ich will nicht, dass jemand mithört.»

«Gute Idee.» Seb schenkte ihr ein strahlendes Lächeln. «An was hattest du denn gedacht? Ein nettes kleines Hotel irgendwo? Mach dir um Geld keine Sorgen, mein Engel. Ich hab meine American-Express-Karte dabei.»

Fern verdrehte bloß die Augen. «Ich spreche nicht von einem Nachmittag im Bett, Seb!»

«Wie schade!» Er seufzte wehmütig. «Was willst du also machen?»

Am liebsten hätte Fern ihm eins mit den Rosen übergezogen und wäre dann zurückgerannt, um sich in Lukes Wohnwagen zu verstecken, doch stattdessen holte sie tief Luft. Es war an der Zeit, Seb klipp und klar zu verkünden, dass sie ihn nicht mehr liebte.

«Lass uns doch mit dem Schiff von der Burg bis zur Altstadt fahren? Das soll wunderschön sein.» Und dort würde er ihr hoffentlich keine Szene machen.

«Wir machen eine Sightseeing-Schifffahrt?» Seb klang nicht sonderlich begeistert. «Sollen wir uns nicht lieber eine Flasche Wein schnappen und vom Ufer aus die Aussicht genießen?»

Auf gar keinen Fall würde Fern zulassen, dass sie in Sebs Gegenwart betrunken wurde. Sie wusste, wie das enden würde. Also ignorierte sie seinen Vorschlag und sagte stattdessen: «Ein Freund von Alek ist Fremdenführer und hat mir versichert, dass diese Bootsfahrt super ist. Ich wollte das schon die ganze Woche machen.»

Tomas hatte tatsächlich davon gesprochen, allerdings hatte er wohl damit gerechnet, dass er sie auf dieser Tour begleiten dürfte. Nun erschien Fern so eine Bootsfahrt ideal, auch deshalb, weil sie immer noch ein bisschen Angst davor hatte, mit Seb allein zu sein. Zu leidenschaftlich war ihr letztes Treffen gewesen, und sie fand ihn immer noch unglaublich attraktiv. Doch auf einem Schiff konnte nichts schiefgehen, oder?

«Ich würde zwar lieber mit dir in ein schnuckeliges Hotel, aber eine Flussschifffahrt ist sicher auch nett.» Seb schlang einen Arm um ihre Taille. «Das könnte sehr romantisch werden.»

Fern löste sich aus seiner Umarmung. «Romantik steht nicht auf dem Programm, okay?»

«Okay.» Doch an seinem Lächeln konnte Fern ablesen, dass er ihr nicht eine Sekunde lang glaubte. «Dann also eine unromantische Schifffahrt in einer unromantischen Stadt!»

Sie kauften ihre Fahrkarten an einer kleinen Bude unter einer gestreiften Markise, in der sich das Wasser gesammelt hatte. Dann überquerten sie die Landungsbrücke zum stattlichen Flussdampfer. Auf den gepolsterten Bänken schmiegten sich Pärchen eng aneinander, weiter hinten lachte und lärmte eine Horde Junggesellenausflügler, und eine Gruppe Schüler wurde von ihren genervten Lehrern in Reih und Glied aufgestellt. Perfekt, dachte Fern. Es waren genug Leute da, dass Seb sich benehmen würde. Konnte also nichts passieren.

Als das Boot ablegte, sank Fern in ihren Sitz vorne am Bug, und ihre angespannten Nerven beruhigten sich endlich ein wenig. Mit einem erleichterten Seufzer zog sie ihren Reiseführer aus der Tasche und blätterte darin, bis sie den Eintrag zur Prager Altstadt gefunden hatte

«‹Die Stadt der hundert Türme›», las Seb, der sich über ihre Schulter beugte, «‹Prag gilt als eine der beeindruckendsten Städte Europas.› Dem kann ich nur zustimmen. Es ist schön. Ich wünschte, wir wären nicht erst jetzt hergekommen.»

«Wir sind hier nicht hergekommen, Seb.» Genervt klappte Fern den Reiseführer zu. «Ich bin hergekommen, um Alek und Chess zu besuchen. Warum du hier bist, weiß ich nicht so recht.»

Seb sah sie wachsam an. «Das ist Blödsinn. Du weißt genau, weshalb ich hier bin. Du hast es von dem Moment an gewusst, als du mich vorhin gesehen hast. Ich bin hier, weil ich dich liebe und weil ich will, dass du nach Hause kommst.»

Ferns Herz machte einen Satz. «Seb, ich –»

«Schhh.» Er fuhr ihr sanft mit den Fingerspitzen über die Lippen. «Sag jetzt nichts. Lass mich reden. Es gibt so viel, was ich dir sagen will, liebste, wunderbare Fern, und wenn du mich unterbrichst, dann finde ich vielleicht nicht die richtigen Worte.» Seb nahm ihr Gesicht in seine Hände, während er sprach. «Ich weiß, ich habe Mist gebaut», erklärte er mit belegter Stimme, «und ich weiß, dass niemand außer mir selbst die Schuld daran trägt. Aber du musst mir glauben, wenn ich dir sage, wie leid es mir tut. Es vergeht kein Moment, in dem ich es nicht bereue. Du fehlst mir so sehr. Die Wohnung ist so still ohne dich, dass ich mir vorkomme wie in einer Gruft. Bei der Arbeit bin ich schlecht gelaunt, zu Hause geht es mir elend, ich kann nichts mehr essen, und schlafen kann ich erst recht nicht.» Er stieß ein raues Lachen aus. «Verdammt! Das klingt wie in einem kitschigen Popsong, aber es ist wahr. Ohne dich bin ich nichts. Du machst aus mir einen besseren Menschen, Fern. Ich weiß, ich hab's vermasselt, aber ich brauch dich. Ich glaube, ich kann nicht mehr ohne dich sein.»

Sie schluckte. Noch nie hatte jemand so etwas zu ihr gesagt.

«Ich habe einen Fehler gemacht, Schatz. Sollen wir dafür beide für immer bezahlen?»

Fern biss sich auf die Lippe. Tief in ihrem Innern wusste sie, dass Seb kein Monster war, er war bloß ein ganz normaler Kerl, der einen Fehler begangen hatte. Aber dieser Fehler – wenn man es einen Fehler nennen konnte, mit einer anderen Frau zu schlafen – war genau diese eine Sache, über die sie nicht hinwegkam. Es würde immer in ihrem Hinterkopf bleiben. Ihre Gefühle für ihn waren vergiftet.

«Du bedeutest mir alles», fuhr Seb fort. «Dir gilt mein erster Gedanke, wenn ich morgens aufwache, und der letzte, wenn ich abends einschlafe. Du fehlst mir ganz entsetzlich. Ich liebe dich, Fern. Ich liebe dich wirklich.»

Er sah sie erwartungsvoll an. Das war der Moment, wo sie eigentlich ihre Arme um ihn schlingen und ihm erklären sollte, dass sie ihn auch liebte. Hatte sie sich nicht genau danach gesehnt während all jener endlosen Nächte, in denen sie in ihr Kissen geschluchzt hatte? Wenn sie damals gewusst hätte, dass Seb ihr ein paar Monate später nach Prag hinterherfliegen würde, um ihr zu sagen, dass er sie liebte!

Sie waren glücklich zusammen gewesen. Sie hatte ihn angebetet. Was also hielt sie jetzt ab? Vermutlich war es so, dass sie ihm nicht mehr vertraute.

«Ich liebe dich, Fern Moss, und es gibt nur einen Weg, dir zu zeigen, wie ernst ich es meine.» Seb rutschte von seinem Sitz hinunter auf die Knie und wühlte in seiner Jackentasche herum. «Ich werde dich nie wieder gehen lassen.»

«Was machst du denn da? Seb? Steh auf!» Noch während sie diese Worte aussprach, überkam Fern eine schreckliche Ahnung, sodass ihr das Blut in den Adern gefror. Er würde doch nicht ...

«Ich liebe dich so sehr», fuhr Seb verzweifelt fort und ließ den Deckel einer kleinen Schachtel aufklappen, in der sich ein riesiger Solitär befand, der Fern wie ein Augapfel anfunkelte. «Ich kann ohne dich nicht leben und hätte dich nie gehen lassen sollen. Ich war ein Idiot. Fern, willst du mich heiraten?»

Augenblicklich dachte Fern an Angelas Prophezeiung. Der, den sie hatte ziehen lassen. War es Seb? Woher zum Henker sollte sie wissen, was die richtige Entscheidung war?

«Fern, sag was! Ich bitte dich, mich zu heiraten! Du wolltest doch immer heiraten. Erinnerst du dich noch an die ganzen Bemerkungen, die du hast fallen lassen, als sich Zoe und Steve verlobt haben?»

«Ja, ich erinnere mich.» Ferns Stimme zitterte. Die Augen aller anderen Passagiere schienen auf sie beide gerichtet zu sein, und das Adrenalin raste ihr durch die Adern. Seb hatte recht. Es hatte eine Zeit gegeben, da hatte sie ihn unbedingt heiraten wollen. Vor einem Jahr, als Zoe ihr ihren wunderschönen Verlobungsring mit Smaragd und Diamanten gezeigt hatte, war Fern vor Neid fast geplatzt. Doch damals waren die Dinge so anders, dass es ihr vorkam, als erinnerte sie sich an ein anderes Leben. Sie war bis über beide Ohren in Seb verliebt gewesen, und alles war so perfekt zwischen ihnen, dass sie überzeugt gewesen war, er sei der Richtige.

Doch das war, bevor Vanessa ihrer wunderschönen, strahlenden Liebesbeziehung den Glanz geraubt hatte.

Als Seb sie nun erwartungsvoll anlächelte und ihr das bot, was ihr einst so sehr am Herzen gelegen hatte, füllten sich Ferns Augen mit Tränen, denn es war zu spät. Ihre Beziehung war angeschlagen und so kaputt, dass sie nicht mehr zu reparieren war.

Und auf gar keinen Fall konnte sie ihn heiraten.

«Was sagst du?», drängte Seb. «Ich weiß, mein Antrag kommt ein bisschen unerwartet, aber ich bitte dich, meine Frau zu werden. Wir fangen noch einmal von vorne an.»

«Es tut mir leid, Seb. Ich kann nicht», flüsterte Fern.

«Du sagst nein?» Seb riss vor Ungläubigkeit die Augen auf. «Du weist mich zurück?»

Nun sahen wirklich alle auf dem Boot zu ihnen hin, vor allem, als Seb Fern mit lauter Stimme erklärte, dass sie das wohl nicht so meinen konnte und sie sich lächerlich mache.

«Ich meine es durchaus so!», wiederholte Fern. «Und wer ist hier lächerlich? Wir haben noch nie über Heirat geredet, Seb. Wir sind nicht einmal mehr zusammen, wie können wir da heiraten? Das wäre verrückt!»

«Du sagst wirklich nein?», wiederholte Seb fassungslos. Er stand auf und trat auf sie zu. «Komm schon, das meinst du nicht so. Ich weiß, dass du es nicht wirklich ernst meinst!»

«Doch!» Langsam wurde sie wütend. Sebs Unfähigkeit, ihr zuzuhören, hatte sie schon immer genervt. Er hatte ihr nicht zugehört, als sie ihm erklärte, dass sie über Vanessa nicht hinwegkam, und nun hörte er ihr ganz offensichtlich auch nicht zu.

«Du weist mich vor allen diesen Leuten zurück?», fragte er. «Kannst du dir vorstellen, wie demütigend das für mich ist?»

«Hier geht es nicht nur um dich, Seb!», rief Fern, die nun richtig sauer war, dass er sie in eine solch unangenehme Situation gebracht hatte. «Wir haben über gar nichts gesprochen! Wie immer glaubst du einfach zu wissen, was ich will, und machst dir gar nicht die Mühe, mich zu fragen!»

«Tut mir leid.» Seb versuchte, ihre Hand zu nehmen. «Mein Timing war scheiße, aber ich liebe dich wirklich, und ich weiß, dass du mich auch liebst. Möchtest du nicht wenigstens den Ring anprobieren?»

Wütend, verwirrt und schrecklich in die Enge getrieben wich Fern vor ihm zurück, was auf einem fahrenden Schiff gar nicht so einfach war. Seb fuchtelte mit dem riesigen Ring vor ihrer Nase herum und versuchte, sie dabei in seine Arme zu ziehen. Schnell duckte Fern sich unter seinem Arm hindurch. Leider verfing sich dabei ihr Fuß in einer dicken Seilrolle. Sie kam ins Stolpern, verlor das Gleichgewicht und versuchte, mit rudernden Armen Halt zu finden. Da sie aber direkt am Bug des Bootes stand und sich dort nichts befand, woran sie sich hätte festhalten können, schwankte sie einige Sekunden hin und her, bis die Schwerkraft von ihr Besitz ergriff und Fern mit einem Schrei rückwärts in die dunklen Strudel der Moldau fiel.

Kapitel siebzehn

Das Wasser war so eiskalt, dass Fern die Luft wegblieb und ihre Gliedmaßen auf einen Schlag taub wurden. Als sie japsend an die Oberfläche kam, hörte sie Rufe. Seb wurde von den anderen Passagieren zurückgehalten, ihr hinterherzuspringen, und man warf Rettungsringe ins Wasser. Doch der Ausflugsdampfer war bereits fast zweihundert Meter den Fluss hinuntergefahren. Niemals würde sie schnell genug schwimmen können, um ihn einzuholen.

Ich bin mir noch nicht mal sicher, ob ich zurück aufs Schiff will, dachte Fern, während sie zum linken Ufer schwamm. Was hat sich Seb nur dabei gedacht, mir so plötzlich einen Antrag zu machen?

Die Tatsache, dass sie sich lieber hier durch den kalten Fluss kämpfte, als mit Seb und seinem gigantischen Verlobungsring auf dem Schiff zu sitzen, sagte wohl alles. Wie gut, dass sie den Ring nicht angenommen hatte. Mit dem Brocken am Finger wäre sie sofort auf den Grund gesunken.

Mit schmerzenden Armen und Stiefeln voll Flusswasser kam Fern nur langsam voran. Schließlich erreichte sie das Ufer und zog sich einige Steinstufen hinauf zur Promenade, wo sie sich auf eine Bank fallen ließ und ihre Stiefel auszog, um das Wasser auszuleeren. Was für eine Katastrophe! Sie konnte immer noch nicht fassen, was gerade passiert war. Warum geriet sie nur immer in solche Situationen? Fern seufzte. Vielleicht hatte ihre Mutter recht, was ihren Hang zur Dramatik betraf. Denn wie viele Frauen lehnten schon einen Heiratsantrag ab, indem sie sich von einem Boot stürzten?

Wollte man etwas Positives in der Sache sehen – was nicht so einfach war, wenn man schockgefroren war und außerdem nach Kläranlage roch –, dann war es ihr wenigstens gelungen, auf die Flussseite zu schwimmen, wo sich das Set für *Dynamite* befand. Nachdem sie ihre Socken ausgewrungen und sich das Wasser aus den Haaren geschüttelt hatte, sah Fern, dass sie sich in der Nähe eines Hotels befand, wo sie mit Alek vor kurzem eine Szene vorbereitet hatte. Vielleicht konnte sie ja dort an der Rezeption bitten, dass man ihn auf dem Handy anrief und entweder er oder Chess sie abholen kam. Gerne würde sie sich bis an ihr Lebensende damit aufziehen lassen und sich Flusswitze anhören, wenn ihr dafür nur wieder warm würde.

Und wenigstens hatte sie nun einen Plan. Alles war besser, als hier erschöpft und zitternd herumzusitzen.

Fern pflückte sich also einen schleimigen Algenstrang aus den Haaren und tapste barfuß in die Hotellobby, wobei sie eine Flusswasserspur auf den schwarz-weißen Fliesen hinterließ. Gäste starrten sie an, einer der Portiers konnte sich ein Grinsen nicht verkneifen, und die makellose Dame an der Rezeption verließ sofort ihre Stellung und kam auf Fern zugeschossen. Da Fern in einem der wunderbaren antiken Spiegel einen kurzen Blick auf ihr klatschnasses Spiegelbild hatte werfen können, war sie über diese Reaktionen nicht wirklich überrascht. Sie sah entsetzlich aus. Wilde Haare, die Hosen klebten ihr an den Beinen, und ihre Nase war so rot, dass sie locker als Rentier Rudolph hätte durchgehen können – alles in allem kaum das Klientel dieses luxuriösen Hotels. Sie hoffte nur, dass sie genug Zeit haben würde, ihre

Lage zu erklären, bevor der Sicherheitsdienst sie hinauswarf oder sie sich zu Tode fror.

«Verzeihung, Madam, aber wir haben hier im Hotel Svetlana eine Kleiderordnung», verkündete die Empfangsdame kühl, wobei sie angewidert die Nase kräuselte, als sie einen Hauch Eau de Moldau erschnupperte.

«Es tut mir so leid, ich falle normalerweise nicht in den Fluss», entschuldigte sich Fern, deren Zähne so laut klapperten wie Kastagnetten. «Ich gehöre zur Filmcrew von *Dynamite*. Könnte ich bitte Ihr Telefon benutzen, um meinen Kollegen anzurufen?»

Die Empfangsdame zog die Nase noch ein Stück höher. «Es tut mir leid, Madam, aber das wird leider nicht möglich sein. Soweit ich weiß, gibt es eine Telefonzelle vor dem Hotel.»

«Aber ich habe meine Tasche nicht! Die ist immer noch auf dem Schiff. Wie soll ich denn ohne Geld telefonieren?»

Die Dame zuckte nur mit ihren schmalen Schultern, und Fern begriff, dass ihr wohl keine andere Wahl blieb, als barfuß und bis auf die Haut durchnässt zu Alek nach Hause zu tappen. Superspitzenmegaklasse. Bis zum Nachmittag würde sie komplett unterkühlt sein.

«Hier entlang, bitte.» Die Dame zeigte auf die Tür. «Sonst rufe ich den Wachdienst.»

«Schon gut, ich bin ja schon weg!», versicherte Fern ihr hastig. Was für eine dumme Ziege! Würde es das Image des Hotels denn wirklich irreparabel schädigen, wenn sie ihr einfach erlauben würde, kurz das Telefon zu benutzen? Mit so viel Würde, wie sie nur aufbringen konnte, trat Fern den Rückzug durch die Lobby an. Inzwischen zitterte sie wie ein Welpe, den man während eines Gewitters draußen vergessen hatte, und ihre Füße wurden blau. Schlimmer konnte es wohl nicht kommen.

Anscheinend doch, denn gerade als Fern das Hotel verlassen wollte, beschloss das Schicksal, ihr noch einen weiteren Schlag zu versetzen.

«Fern? Bist du das?», rief eine tiefe männliche Stimme. «Was zum Teufel ist passiert? Ist alles in Ordnung?»

Die Härchen in Ferns Nacken stellten sich auf. Sie kannte diese Stimme – so gut wie Millionen anderer Menschen heutzutage. Fern betete, dass sie sich täuschte, und drehte sich langsam um. Doch, tatsächlich, Luke Scottman, internationaler Filmstar und möglicherweise der schönste Mann auf der Welt, kam quer durch die Lobby auf sie zu, sein übliches Gefolge im Schlepptau.

Nein! Sie wollte Luke nicht treffen, wenn sie aussah wie eine ertrunkene Ratte. Wenn sie ganz schnell machte, konnte sie vielleicht so tun, als hätte sie ihn nicht gehört, und davonkommen. Auf keinen Fall würde sie zulassen, dass er sie klitschnass und mit Algen im Haar zu Gesicht bekam.

«Fern!» Luke verdoppelte seine Geschwindigkeit. «Ich bin's! Warte!» Schon hatte er sie eingeholt, am Arm gepackt und zu sich umgedreht. Doch statt sie an sich zu ziehen und leidenschaftlich zu küssen, wie sie sich das seit Tagen ausgemalt hatte, hielt er sie auf Armeslänge von sich weg. Fassungslosigkeit stand ihm ins Gesicht geschrieben. «Du meine Güte! Was ist passiert? Ich hab dich in meinem Wohnwagen erwartet, aber du bist nicht aufgetaucht.»

Fern hätte am liebsten laut geheult. Sie hatte sich das Wiedersehen mit Luke so schön vorgestellt, und in ihren Tagträumen war sie sicherlich nicht wie das Ungeheuer in Loch Ness gekleidet gewesen. Nein, sie hatte ihr smaragdgrünes

Samtkleid und ihre supersexy Stiefel getragen, während ihr das Haar in weichen Wellen auf die Schultern fiel, ihre Lieblings-Herzkette um den Hals, voller Selbstbewusstsein und seinem Filmstar-Charisma mehr als ebenbürtig. Verlottert und klitschnass war definitiv kein guter Look, der ihr stand. Warum, oh, warum nur, passierten solche Dinge immer ihr? Hatten ihre Eltern vergessen, die gute Fee zu ihrer Taufe einzuladen oder was?

«Deine Lippen sind ja ganz blau», stellte Luke entsetzt fest. «Süße, du bist völlig durchgefroren! He! Sie da!» Er schnipste mit den Fingern in Richtung der hochnäsigen Empfangsdame, die Fern soeben des Hauses verwiesen hatte. «Stehen Sie nicht dumm rum und glotzen! Holen Sie dieser jungen Frau ein Handtuch!»

«Ja, Mr. Scottman!», blökte die Dame, und ihre Absätze klapperten über die Fliesen, um seinem Wunsch eilig nachzukommen. Kurz darauf wurde Fern in ein großes, flauschiges Handtuch gewickelt, während Luke ihre kalten Hände warm rubbelte und einen Brandy bestellte. Er war ausgesprochen gut darin, sie wieder aufzuwärmen: Allein schon seine Berührung brachte Ferns Blut zum Kochen. Er hatte schon immer eine beeindruckende körperliche Präsenz besessen.

«Das ist hoffnungslos. Du bist ja komplett durchnässt!» Luke warf der mürrisch dreinblickenden Empfangsdame das feuchte Handtuch zu, schlüpfte aus seinem Jackett und wickelte es Fern um die Schultern. Der Stoff war immer noch warm von seinem Körper, und diese Wärme fühlte sich auf ihrer kalten Haut seltsam intim an. «Nun spuck's schon aus, Miss Moss. Was hast du dieses Mal angestellt?»

Sie seufzte. «Wie viel Zeit hast du?»

Er grinste. «Für dich, Fern, alle Zeit der Welt. Und ich lausche dir nur zu gern, aber erst einmal müssen wir dich wieder warm kriegen, bevor du an Unterkühlung stirbst. Du siehst aus, als wärst du schwimmen gewesen.»

«War ich auch», gab sie zu. «Ist eine lange Geschichte: Ich war auf einem Schiff und bin in den Fluss gefallen. Dann musste ich ans Ufer schwimmen.»

Lukes Augenbrauen schossen bis unter seinen weichen, blonden Pony hinauf. «Heiliger Strohsack, du warst ja schon immer für eine Aufregung gut, aber die Moldau zu durchschwimmen, das ist schon ein bisschen extrem, sogar für dich! Kein Wunder, dass du durchgefroren bist. Okay, keine Widerrede. Du kommst jetzt mit in meine Suite und nimmst ein heißes Bad. Bloß ein Bad, Fern», fügte er hinzu, als er ihr Zögern bemerkte. «Ich versprech dir, ich werde nicht gucken – außer natürlich du willst es!»

Lukes funkelnde blaue Augen hielten Ferns Blick stand, und plötzlich war ihr sehr heiß. Luke Scottman hatte sie eben in seine Hotelsuite eingeladen. Wenn das kein Erfolg war!

Auf einmal sah alles gar nicht mehr so schlimm aus.

Als Bühnenbildnerin kannte Fern die Art von luxuriöser Umgebung, an die Luke gewöhnt war, nur aus Filmen oder von den entsprechenden Sets. Die riesige Penthousesuite hatte einen Teppich, in dessen Flor sie bis zu den Knöcheln einsank, einen Butler, der ihr jeden Wunsch erfüllte, und Champagner nonstop. Es war, als blickte sie in eine andere Welt. Selbst die Größe der Zimmer war unglaublich. Allein das Badezimmer war mindestens so groß wie ihre gesamte Wohnung. Während sie im Jo-Malone-Badeschaum in der Wanne lag und am Champagner nippte, den Luke ihr eingeschenkt hatte, begriff Fern erst richtig, wie weit ihr Exfreund es seit ihren gemeinsamen Tagen an der Uni gebracht hatte.

«Brauchst du jemanden, der dir den Rücken schrubbt?», rief Luke vom Schlafzimmer aus, wo er auf dem Bett lag und sich durch die unzähligen Fernsehkanäle zappte. «Gib's zu, das hättest du gerne!»

«Hätte ich nicht!» Fern lachte, auch wenn sie eine Sekunde lang in Versuchung war. Bis zum Hals in Schaum und mit hochgesteckten, gewaschenen Haaren fühlte sie sich schon viel besser.

«Wie schade», seufzte Luke draußen. «Lass es mich wissen, falls du es dir anders überlegst.»

Fern beschloss, ihn zu ignorieren, ließ sich zurück in die Wanne sinken und genoss das warme, seidige Gefühl des Wassers auf ihrer Haut. Sie fühlte sich wie Joan Collins in einer Folge Denver Clan, während sie Schaumblasen in die Luft pustete, bevor sie noch etwas mehr Badezusatz ins Wasser kippte. Alles, was ihr jetzt fehlte, waren ein Oberteil mit massiven Schulterpolstern und hochhackige Schuhe, die nach dem Bad auf sie warteten: Dann wäre die Achtziger-Jahre-Dekadenz perfekt! An diesen Luxus konnte man sich durchaus gewöhnen.

«Wenn du noch länger dadrin bleibst, wirst du verschrumpeln wie eine Pflaume», warnte Luke sie von draußen.

Er hatte recht. Ihre Finger waren schon ziemlich faltig. Außerdem konnte sie durchaus noch ein Gläschen Champagner vertragen, und sie würde Luke sicher nicht ins Bad einladen, um ihr nachzuschenken. Also wickelte sie sich in ein Handtuch, das dicker und flauschiger war als ein

Marshmallow, und tapste mit nackten Füßen über den beheizten Boden auf der Suche nach ihren Kleidern.

Das zumindest hatte sie vorgehabt. Das Problem war nur, dass ihre Kleider anscheinend verschwunden waren. Vermutlich fand Luke das witzig. Er hatte mal alle ihre Schuhe versteckt, sodass sie nicht zur Vorlesung gehen konnte und den Vormittag mit ihm im Bett verbringen musste. Nun, inzwischen kannte sie seine Tricks.

«Wo hast du meine Klamotten versteckt?», rief sie. «Komm schon, Luke, rück sie raus.»

«Ich hab sie nicht versteckt!», protestierte er. «Ich habe sie der Concierge mitgegeben, um sie waschen zu lassen. Sie waren dreckig, erinnerst du dich? Ich hab außerdem eine meiner Assistentinnen zu deinem Freund geschickt, um ihm auszurichten, dass es dir gutgeht, und deine Tasche abzuholen, wenn das Ausflugsschiff anlegt. Sie sollte demnächst zurück sein. Er heißt doch Seb, oder?»

«Gut gemerkt», rief Fern. Plötzlich hatte sie ein schlechtes Gewissen, Seb überhaupt nicht Bescheid gesagt zu haben, dass ihr nichts passiert war. Sie war sich nicht sicher, wie er reagieren würde, wenn er erfuhr, dass die Frau, der er gerade einen Heiratsantrag gemacht hatte, nun mit Luke Scottman abhing. Einem internationalen Filmstar, dessen Ruf Hugh Hefner wie einen Mönch aussehen ließ. Doch das war ihr fast egal. Außerdem befände sie sich jetzt wohl kaum in dieser Lage, wenn Seb nicht so arrogant gewesen wäre, oder?

Dann bereitete ihr plötzlich ein anderer Gedanke Sorgen: Wenn ihre Klamotten in der Wäscherei waren, was sollte sie dann jetzt anziehen? Die Vorstellung, kleiderlos in Lukes Suite zu sein, machte sie ziemlich nervös. Niemand würde ihr je glauben, dass da nichts gelaufen war.

Sogar sie selbst hatte Mühe, sich einzureden, dass alles ganz harmlos war.

«Keine Sorge. Ich habe die Concierge schon gebeten, ein paar Klamotten hochzuschicken. Du trägst Größe sechsunddreißig, richtig?»

«Äh, stimmt.» Wenn sie die Luft anhielt und Omaunterhosen trug. Egal, ein bisschen Optimismus hatte noch nie geschadet.

«Der Butler hat auch einen Bademantel für dich gebracht.» Luke machte eine kurze Pause, und die Atmosphäre knisterte wie in der Pfanne brutzelnder Speck. «Aber er hat ihn hier aufs Bett gelegt. Er muss angenommen haben, dass wir ein Paar sind.»

«Nimmst du öfters fremde Frauen mit zu dir aufs Zimmer und lädst sie zum Baden ein?», erkundigte sich Fern, während sie sich ein Handtuch um die feuchten Locken wickelte. Dann fiel ihr wieder ein, dass dies hier nicht der Luke war, den sie kannte, sondern die Filmstarversion Mitte dreißig. Und wenn man der Presse Glauben schenken durfte, dann gehörte das genau zu den Dingen, die Luke Scottman in seiner Freizeit anstellte.

«Glaub bloß nicht alles, was in der Zeitung steht», meinte Luke trocken. «Aber nur zu deiner Info, ich muss inzwischen keine Kleider mehr verstecken, um Mädels ins Bett zu kriegen. Wenn ich mich allerdings recht erinnere, hattest du damals nicht wirklich was dagegen.»

Fern errötete. Wie sexy, dass auch er sich an ihre gemeinsamen Erlebnisse erinnerte! Luke kannte jeden Zentimeter ihres Körpers. Er wusste, dass sie es liebte, wenn er ihr Schlüsselbein küsste oder die Kuhle ihres Halses liebkoste. Er kannte tausend Wege, um sie wahnsinnig zu machen.

Eine Frau erinnert sich genau an ihren ersten Lover, das blieb ein Leben lang etwas Besonderes. Fern erinnerte sich an die Hoffnungen und Träume, die sie einst geteilt hatten, und plötzlich wurde sie ganz wehmütig.

«Ich reich dir den Bademantel durch die Tür, wenn du möchtest», bot Luke an. «Ich würde ja auch reinkommen, aber ich glaube, das Hotel hat keine Keuschheitsgürtel im Angebot!»

«Ich komme auch ohne Keuschheitsgürtel aus, vielen Dank. So unwiderstehlich bist du auch wieder nicht!»

«Ich meinte für mich, nicht für dich! Ganz ruhig, Mossy. Ich hab dir bloß angeboten, dir den Bademantel zu bringen, nicht dich gebeten, mir das Hirn rauszuvögeln!»

«Lange würde das sicher nicht dauern», gab Fern zurück.

«Komm da raus und sag das nochmal, wenn du dich traust», forderte Luke sie lachend heraus. «Und wenn du den Bademantel willst!»

Fern zurrte ihr Handtuch fester, drückte die Schultern durch und marschierte ins Schlafzimmer, um sich den Bademantel zu schnappen. Das zumindest war der Plan, bis sich eine Ecke des Handtuchs in der Tür verfing und dort hängenblieb. Fern war jedoch so auf den Bademantel fixiert, dass sie es erst bemerkte, als sie splitterfasernackt mitten in Lukes Penthousesuite stand.

«Verflixt, Fern!» Luke verschluckte sich beinahe an seinem Champagner. «Was hast du mit mir vor?»

Kapitel achtzehn

Arrgh!», quietschte Fern, während sie verzweifelt versuchte, ihren Körper mit den Händen zu bedecken. Es war ihr dermaßen peinlich, dass es sie nicht gewundert hätte, wenn sie auf der Stelle in Flammen aufgegangen wäre und auf dem versengten Teppich nichts als ihre Silberringe und Haarspangen hinterlassen hätte. Entsetzt floh sie zurück ins Bad, wo sie sich das Handtuch vom Boden schnappte und die Tür zuknallte. Am liebsten hätte sie sich in Luft aufgelöst. In ihr Handtuch gewickelt setzte sie sich beschämt auf den Badewannenrand und vergrub den Kopf in den Händen. Was musste Luke jetzt von ihr denken? Er war mit einigen der schönsten Frauen auf diesem Planeten zusammen gewesen. Sie war einunddreißig und würde mit Supermodels nicht mal dann mithalten können, wenn sie einen Monat lang von Luft leben und täglich in einem Fass Crème de la Mer baden würde. Vermutlich brauchte er jetzt monatelang Therapie, um sich vom Anblick ihrer Schwabbelzonen zu erholen.

Es klopfte leise an der Tür. «Ich dachte, du brauchst den hier vielleicht.» Luke streckte ihr den Bademantel hin. Dann hockte er sich neben sie auf den Rand. «Auch wenn ich betonen möchte: Ohne siehst du noch besser aus.»

Fern schüttelte den Kopf. «Mach keine Witze, Luke. Mir ist das viel zu peinlich.»

«He, das muss dir doch nicht peinlich sein. Das ist mir schließlich alles nicht neu. Außerdem mache ich keine Witze. Du siehst hinreißend aus, ehrlich.» Seine blauen

Augen blitzten, doch sein berühmtes Herzensbrecherlächeln war vergeudet, denn Fern war immer noch viel zu verlegen, um ihn überhaupt anzusehen.

«Du bist bezaubernd, Fern. Ganz genau so bezaubernd wie in meiner Erinnerung», sagte Luke leise. «Ich kann nicht fassen, dass ich dich verloren habe. Ich muss verrückt gewesen sein.» Er strich ihr mit dem Zeigefinger über die Wange, und sie erschauderte. «Du bist so wunderschön.»

Sie biss sich auf die Lippe. «Ja, klar. Mit Schmeicheleien kannst du alles erreichen.»

«Wirklich?» Lukes Augen leuchteten wie die Oxford Street an Weihnachten. «Machst du den Handtuch-Trick nochmal?»

«Nicht so!» Sie gab ihm einen Klaps auf den Arm. «Hör auf, mich aufzuziehen.»

«He, ich ziehe dich doch gar nicht auf. Im Gegenteil, ich glaube, du willst mich doch nur ärgern – ziehen Sie sich jetzt sofort diesen Bademantel an, junge Frau, und bedecken Sie Ihren super Körper!» Luke drückte ihr das Frotteeteil in die Arme und sprang auf. «Komm ja nicht wieder raus, bevor du dich nicht anständig verhüllt hast, sonst kann ich für nix garantieren!»

Er grinste übertrieben anzüglich, und Fern lachte. Nun war sie schon ein bisschen entspannter. Schließlich war das hier nur Luke, und er hatte durchaus recht: Er hatte sie bereits nackt gesehen, auch wenn es schon lange her war. Also rieb sie sich großzügig mit der Jo-Malone-Bodylotion ein und kuschelte sich dann in den Bademantel. Luke ging mit Models aus, und wenn man den Zeitungen glauben durfte, war das zwischen ihm und Trinity was Ernstes, also würde er wohl kaum über sie herfallen. Er flirtete nur wie immer.

Sie musste sich keine Sorgen machen. Flirten war für Luke wie Atmen – überlebenswichtig. Selbst wenn Dot Cotton aus EastEnders durchs Zimmer spazierte, würde Luke seinen Charme spielen lassen.

Als sich Fern, fest in ihren Bademantel gewickelt, zu ihm ins Schlafzimmer gesellte, musste sie feststellen, dass Luke in eine alte Star-Trek-Folge vertieft war.

«Hey, setz dich her zu mir. Erinnerst du dich an die? Sie hocken auf diesem Planeten fest, wo Frauen regieren. Kirk findet's ganz klasse!» Luke klopfte neben sich auf das Doppelbett, doch seine Augen blieben auf den Bildschirm gerichtet.

«Erzähl mir bloß nicht, du bist immer noch ein Trekkie?» Fern lachte. Luke war schon immer ein totaler Star-Trek-Fan gewesen, und sie hatten damals jede einzelne Folge angeschaut. Sie musste ihn wirklich geliebt haben, um das auszuhalten.

«Es heißt Trekker, und daran gibt es gar nichts auszusetzen. Ich wette, du heulst immer noch bei Dirty Dancing?»

«Das ist aber auch wirklich erstklassige Unterhaltung!», protestierte Fern.

«Wenn du meinst. Aber pssst! Ich glaube, dieses unbekannte Crewmitglied wird gleich Klingonenfutter.»

Vom Bett aus sahen sie gemeinsam in entspanntem Schweigen die Folge zu Ende. Als Captain Kirk wieder einmal das Universum gerettet hatte, öffnete Luke eine weitere Flasche Krug Champagner, und sie unterhielten sich über die Uni und alte Freunde und lachten über gemeinsame Erinnerungen. Draußen wurde der Himmel langsam dunkel, und Schatten zogen durch das Zimmer. Vom Alkohol und einem Gefühl bittersüßer Nostalgie leicht benebelt, fragte sich Fern insgeheim, ob sie beide es wohl zusammen hätten schaffen können, damals. Sie hatten so viel gemeinsam, und die Anziehungskraft war immer noch da. Vielleicht gab es ja jetzt eine Chance, wo sie älter und sich ihrer selbst sicherer waren? Sie wollte ihm einen heimlichen Blick zuwerfen, und ihr Herz machte einen Satz, als sie merkte, dass Luke sie ebenfalls ansah. Seine blauen Augen leuchteten.

«Das waren gute Zeiten, nicht wahr?», meinte er sehnsüchtig. «Nichts ist damit vergleichbar. Manchmal denke ich, das waren die besten Tage unseres Lebens, und wir haben es nicht einmal bemerkt.»

Fern war überrascht. «Hast du nicht jetzt die beste Zeit deines Lebens? Das ist es doch, was du immer wolltest, es als Schauspieler zu etwas bringen. Das war dein Traum.»

Luke zuckte mit den Schultern. «Das war einmal, aber mitunter bin ich mir nicht mehr so sicher. Es ist eine oberflächliche Welt, Fern, und die Menschen interessieren sich nur dafür, wie du aussiehst, oder für Ruhm. Ich bin so viel auf Reisen, dass ich es kaum schaffe, den Kontakt zu meinen echten Freunden zu halten. Wie geht es Zoe? Sie hat ihn also geheiratet? Ich habe von der Hochzeit gehört, aber ich hab's zeitlich mal wieder nicht geschafft, zu kommen.» Luke zuckte erneut hilflos mit den Schultern, aber einen Moment lang war Fern von der Traurigkeit in seinen Augen sehr berührt. «Wenn du nicht vorhin in der Lobby aufgetaucht wärst, hätte ich vermutlich nur schwer Zeit gefunden, dich zu treffen.»

«Wie gut, dass ich in den Fluss gefallen bin», witzelte Fern, doch Luke blieb ernst. Er war eben doch viel nachdenklicher, als man zunächst annehmen konnte, wenn man ihn nicht kannte. Aber seine Intensität führte mitunter dazu, dass er sich auf bestimmte Dinge versteifte. Das machte ihn vermutlich zu einem erfolgreichen Schauspieler, aber für Fern war es manchmal zu viel gewesen.

«He», meinte sie und stupste ihn an, «nun sei doch nicht so griesgrämig. Mein Gott, Luke, du solltest überglücklich sein. Du hast es seit der Uni so weit gebracht. Ich wette, du musst keine Bühnenbilder mehr recyceln so wie wir damals mit der alten Theatergruppe. Immer sparen zu müssen, das hat dich wahnsinnig gemacht, weißt du noch?»

Luke schenkte ihr ein müdes Lächeln. «War ich arg nervig?»

«Hmmm, dein hysterischer Anfall, als wir das Set von Godot für einen Wald nahe Athen wiederverwerten mussten, das hatte schon ein bisschen was von Elton John!»

Wenn Fern sich recht erinnerte, dann war hysterischer Anfall noch milde ausgedrückt. Luke, der damals das Gefühl hatte, seine künstlerische Integrität wäre in Gefahr, hatte gedroht, sie alle hängenzulassen, bis es Zoe gelang, ihn zu beruhigen. Luke hatte Glück, dass Zoe so geduldig war. Fern hätte ihm nämlich am liebsten mit einem der Holzbäume eins über den Schädel gezogen. Während sie nun den Blick durch die elegante Suite schweifen ließ, wo jedes Detail perfekt war – angefangen bei der Bettwäsche aus ägyptischer Baumwolle bis hin zur Green-and-Black's-Bioschokolade –, beschlich Fern der Verdacht, dass er immer noch genauso anspruchsvoll war.

«Müssen deine Assistenten für dich die M&Ms nach Farben sortieren?», zog sie ihn auf.

«Na, das wäre mal eine Idee!» Luke hob eine Augenbraue. «Du suchst nicht zufällig einen Job, oder? Ich mag nämlich die –»

«Orangefarbenen nicht! Ich weiß!» Fern lachte. «Wie könnte ich das vergessen? Schließlich musste ich immer die orangefarbenen Jelly Babies für dich essen, und bei Opal Fruits war's genauso. Du lieber Himmel! Für alles Geld der Welt würde ich diesen Job nicht annehmen. Außerdem kenne ich alle deine schlimmsten Eigenschaften, schon vergessen?»

«Niemand kann einen so gut zurechtstutzen wie eine alte Freundin!», seufzte Luke.

«Das mit dem ‹alt› darfst du gerne weglassen, vielen Dank! Ich möchte darauf hinweisen, dass ich acht Monate jünger bin als du.»

«Und du hast dich verdammt gut gehalten. Es ist so schön, dich zu sehen, Fern. Mir kommt es plötzlich vor, als wäre das mit uns gar nicht lange her.»

Fern nickte. «Meine Mutter sagt immer, es geht nichts über alte Freunde.»

«Da hat sie recht.» Lukes Stimme war rau. «Und wir sind wirklich alte Freunde, stimmt's? Es gab sogar eine Zeit, da waren wir mehr als Freunde. Viel mehr», fügte er heiser hinzu. «Ich habe deinen Hang zu Dramatik immer geliebt. Dein Feuer und deine Leidenschaft sind so was von sexy. Verdammt, Fern, ich will dich.»

Fern hörte es förmlich knistern, so aufgeladen war die Stimmung, und das Zimmer schien plötzlich vor Ferns Augen zu verschwimmen. Er hob die Hand an ihre Wange. «O Fern, ich hab dich vermisst», flüsterte er.

Seine Stimme klang so leidenschaftlich, sie erinnerte sich plötzlich an alles ganz genau, seine Liebe zu ihr, und sie ließ es einfach geschehen, als Luke sich vorbeugte, um sie zu küssen – ein weicher, süßer, vertrauter Kuss. Sie schloss die

Augen. Sein Kuss wurde immer fordernder, während Lukes Hände unter ihren Bademantel schlüpften und der Kurve ihrer Brüste folgten. Luke war noch genauso hinreißend, wie sie ihn in Erinnerung hatte, und eine Nanosekunde lang war Fern versucht, alle Vorsicht über Bord zu werfen und sich einfach dem Verlangen hinzugeben, das wie Magma in ihren Adern brannte. Mit Luke war es so schmerzhaft vertraut. Das konnte doch sicher nicht falsch sein?

Als sie ihm das T-Shirt über den Kopf zog, blieb ihr kurz die Luft weg, so unglaublich war sein Körper. Starke, breite Schultern, muskulöse Arme und ein leichter blonder Flaum, der sich über seinen Sixpack-Bauch bis hinunter zum Gürtel zog. Eine beeindruckende Erektion zeichnete sich durch den Stoff seiner Jeans ab, und als Luke Fern auf sich zog, stöhnte sie vor Lust. Sie schlang ihre Beine um ihn und vergrub die Finger in seinem dicken honigfarbenen Haar. Jeder Quadratzentimeter ihrer Haut glühte, jede Zelle vibrierte vor Verlangen.

Lukes Lippen fuhren sanft über ihr Schlüsselbein. «Du hast dich überhaupt nicht verändert, Fern. Du bist noch genauso süß wie immer.»

Süß? Alarmglocken schrillten in Ferns Kopf los. Sie war nicht süß. Sie war eine einunddreißigjährige Frau, nicht die schüchterne Lockenschopf-Studentin, mit der er vor all den Jahren zusammen war. Natürlich hatte sie sich verändert.

Lukes rechte Hand schloss sich um ihre Brust, und sie fühlte seine Erektion gegen ihren Schenkel drängen. Er hatte die Augen geschlossen, als schwelge er in irgendwelchen alten Erinnerungen, und Fern fühlte sich plötzlich ein wenig unwohl. Nostalgiesex war vermutlich so wenig empfehlenswert wie Rachesex oder Mitleidssex.

«Ich fühl mich so wohl mit dir», murmelte er. «Ach, Fern, du kennst mich, mein wahres Ich, lange bevor dieser ganze Berühmtheitsscheiß angefangen hat. Mit dir ist es so sicher und vertraut.»

Vertraut? Sicher? Das waren wohl kaum die Worte, die eine Frau heißmachten oder ihr das Gefühl gaben, eine Göttin im Bett zu sein. Fern merkte, wie die Erregung, die durch ihr Nervensystem geknistert war, einem Gefühl leiser Enttäuschung wich.

Sicher und vertraut? War es das, was Luke in ihr sah? Ein bisschen Trost? Bodenhaftung, weil er im Job so ein Überflieger war? Sie war doch diejenige, die jemanden für die Bodenhaftung brauchte. Er kannte sie ja überhaupt nicht, wenn er so von ihr dachte.

«Ach, Fern», stöhnte Luke. «Du bist hinreißend. Ich will dich so sehr.»

Mit diesen Worten schob er ihr den Bademantel von der Schulter und küsste die weiche Haut ihres Halses. Unter seinen streichelnden Fingern wurde ihr Nippel hart. Während seine Lippen immer tiefer wanderten und ihre eigenen Hände fieberhaft an seinem Gürtel nestelten, fragte Fern sich, was das hier bedeuten würde.

War sie sicher, dass sie das alles wollte? Sie war verrückt nach ihm und sehnte sich nach seinen köstlichen Liebkosungen, unter denen ihr Körper bebte – aber liebte sie Luke? War er der Richtige? Was, wenn er sie fragen würde, ob sie bei ihm bliebe? Wäre sie wirklich bereit, ihr Leben aufzugeben, um ihm zu Drehorten in der ganzen Welt, auf den roten Teppich und in die Villa in Hollywood zu folgen? Sie hatte so ein Leben schon vor zehn Jahren nicht gewollt – was hatte sich geändert, dass sie es jetzt wollte?

Und was ist mit Aleks Angebot? Wenn du mit Luke zusammen bist, wirst du nie mehr mit Al arbeiten. Plötzlich hatte Fern das Gefühl, als hätte jemand einen Eimer Eiswasser über ihr ausgeleert, und ihre Hände ließen von Lukes Boxershorts ab.

«Wir können das nicht tun.» Sie löste sich von seinem Kuss, so atemlos, als wäre sie gerade wieder quer durch die Moldau geschwommen.

«Natürlich können wir», erwiderte Luke rasch. «Wir sind beide erwachsen. Du willst mich, und ich will ganz eindeutig dich, wie du vielleicht merkst. Was soll uns daran hindern? Können wir nicht einfach so tun, als wäre die Zeit stehengeblieben? Ich bitte dich ja nicht, für immer zu bleiben, Fern. Nur heute Nacht.» Er nahm ihre Hand. «Ich bitte dich nur, mir Gesellschaft zu leisten.»

«Luke, ich kann nicht.» Fern zog ihre Hand weg. «Es tut mir so leid, aber das fühlt sich falsch an.»

«Für mich nicht», beharrte er. «Nur eine Nacht, um der alten Zeiten willen? Vielleicht um uns daran zu erinnern, wie wir mal waren?» Er schenkte ihr sein gewinnendes Luke-Scottman-Lächeln. «Nun komm schon, bist du nicht ein kleines bisschen in Versuchung?»

Obwohl sie auf eine katholische Schule gegangen war, hatte Fern nie behauptet, eine Heilige zu sein. Natürlich war sie in Versuchung. Und zwar ernsthaft. Luke war hinreißend, attraktiv, witzig und reicher, als sie es sich nur vorstellen konnte, und sie musste sogar zugeben, dass es ihrem Ego, das Seb jüngst mit Füßen Schuhgröße dreiundvierzig getreten hatte, natürlich ungemein guttat, von einem Filmstar begehrt zu werden. Sie war nur einen Pulsschlag davon entfernt, mit Luke zu schlafen. Sich des Bademantels zu entledigen und ihn weitermachen zu lassen, wäre so einfach. Aber wäre es auch richtig?

Und in diesem Moment, als ihr der Mantel von den Schultern rutschte und sie spürte, dass ihre Lippen von Lukes Küssen gerötet und geschwollen waren, kam Fern plötzlich die Erleuchtung. Luke war nicht ihr Seelenverwandter, der, den sie hatte gehen lassen. Sie waren Lichtjahre voneinander entfernt. Luke war ein netter Kerl, aber hier mit ihm zu sein, war nicht echt, sondern bloß eine Fantasie, eine Möglichkeit, der Realität zu entfliehen, wo sie mit Seb und Matt alles vergeigt hatte, während sie hier so tat, als wäre sie wieder achtzehn.

«Luke, du bist ein toller Kerl, aber –»

«Nun lass es doch einfach geschehen!» Luke setzte sich auf, und seine Enttäuschung stand ihm deutlich ins Gesicht geschrieben. «Entspann dich einfach, Fern.»

Sie zog den Frotteestoff fest um sich und schlang dann die Arme um die angezogenen Knie. «Das hier ist keine gute Idee, Luke. Ich bin im Moment ziemlich durch den Wind. Ich weiß nicht, was ich will, und du hast was Besseres verdient. Es ist nicht, dass –»

Luke rollte sich weg von Fern, verschränkte die Arme hinter dem Kopf und starrte an die Decke. «Warum hab ich das Gefühl, dass du mich gleich abblitzen lässt?»

Fern presste ihre Handballen gegen die Augen. Einen hinreißenden Filmstar abzuweisen, während sie fast nackt auf seinem riesigen Doppelbett lag, das passierte ihr nicht jeden Tag, und um ehrlich zu sein, fand sie es auch ziemlich nervig. So als würde man im Lotto gewinnen und dann die Lust am Shoppen verlieren. Was war nur gerade mit all den Männern in ihrem Leben los? Plötzlich kamen sie alle auf einmal an, und Fern hatte Angst, dabei womöglich unter die Räder zu geraten. Das wäre alles sehr schmeichelhaft gewesen, wenn die entsprechenden Männer tatsächlich sie gewollt hätten. Aber Fern war realistisch und sich selbst gegenüber ehrlich genug, um zu wissen, dass sie nicht unwiderstehlich war. Schön wär's! Nein, Sebs Ego war so groß wie der Mond, und deswegen betrachtete er es als Herausforderung, sie zu erobern, nachdem sie ihn einmal zurückgewiesen hatte. Und Luke wollte lediglich einen Fahrschein zurück zu den guten alten Zeiten. Keiner von beiden wollte wirklich *sie*.

Und wenn sie ganz ehrlich war, dann wollte sie ebenfalls keinen von beiden.

Sie seufzte. «Luke, das ist wirklich keine gute Idee. Du willst doch nicht wirklich mich. Du willst nur die Uhr zurückdrehen und dich wieder wie achtzehn fühlen.»

«Ist das denn so schlimm? Damals waren die Dinge weniger kompliziert, oder? Du, ich und Zoe, wir waren so gute Freunde.»

Er sah dermaßen sexy aus, wie er da halbnackt mit entblößtem Bauch auf dem Bett lag, dass Fern doch fast schwach wurde. Warum, oh, warum nur, konnte sie diese Eingebung nicht haben, nachdem sie miteinander geschlafen hatten?

«Wir sind aber keine achtzehn mehr», erinnerte Fern ihn sanft. «Und wir sind auch nicht mehr dieselben wie damals. Bist du nicht eigentlich mit jemandem zusammen? Das macht alles ziemlich kompliziert, genau wie die Horde Reporter draußen vor dem Hotel. Das hier ist was ganz anderes als zu Studienzeiten, Luke. Das siehst du doch sicher selbst. Und, außerdem, warum willst du denn die Zeit zurückdrehen, wenn du doch alles hast, was du immer wolltest?»

Luke seufzte und schwang seinen langen, schlanken

Körper vom Bett. Er ging langsam zu den Terrassentüren hinüber, lehnte die Stirn ans Glas und starrte in die blinkenden Lichter von Prag hinaus.

«Wie kommst du darauf, dass ich alles habe, was ich will? Das ganze Geld? Der Ruhm?» Er schüttelte den blonden Schopf. «Es ist schwer zu erklären, Fern. Manches ist fantastisch, aber der Preis ist hoch, und meistens fühle ich mich wie im Gefängnis. Ich kann dir gar nicht sagen, wie gut es tut, mit jemandem zu reden, der diesen ganzen Filmstarscheiß durchschaut.» Er ließ die Schultern hängen. «Ich dachte einfach, dass es schön wäre, zur Abwechslung mal mit jemandem zu schlafen, der mein wahres Ich kennt, statt bloß den verdammten Filmstar Luke Scottman. Ich habe ihn so satt.»

Fern sagte nichts, denn es gab darauf nichts zu sagen. Luke hatte sich für einen einsamen Weg entschieden, und er tat ihr wirklich leid. Doch aus Mitleid darüber, dass er ein Filmstar war, mit ihm zu schlafen – das schien ihr doch ein bisschen absurd. Was auch immer – oder wen auch immer – Luke suchte, er würde es nicht bei Fern finden.

«Es tut mir leid, Luke», sagte sie hilflos. «Ich hätte nicht mit hinaufkommen sollen. Das war keine gute Idee.»

«Ich bin froh, dass du's getan hast», erwiderte er. «Und es tut mir leid, dass ich fälschlicherweise angenommen habe, dass du ... na, du weißt schon. Ich glaube, mir ist das Celebrity-Ding ein bisschen zu Kopf gestiegen. Ich vermute, wir haben uns beide seit der Uni weiterentwickelt. Vielleicht hast du recht, und wir sind nicht dieselben Menschen wie früher.»

Fern legte ihm die Hand auf den Arm. «Aber wir hatten eine tolle Zeit, oder?»

«Die beste überhaupt. Wie konnte es bloß so enden?»

Luke griff nach Ferns Hand. Mit ineinander verschränkten Fingern küssten sie sich sanft, bevor sie sich wieder voneinander lösten.

Da Fern sich im Bademantel plötzlich komisch vorkam, zog sie sich rasch die Kleider an, die der Butler gebracht hatte, und schnappte sich ihre Tasche, während Luke den Privatlift anforderte. Als sich die Türen mit einem Zischen schlossen, war das Letzte, was Fern sah, sein herzerweichendes Lächeln, doch das Bild verschwamm ihr vor den Augen, die sich mit Tränen füllten. Dann glitt der Aufzug nach unten und brachte sie weg von Luke Scottman und allen Hoffnungen, die Fern gehegt haben mochte.

So viel zum Thema mieses Timing. Das war wieder mal typisch für sie. Nicht dass sie sich eine Sekunde lang wirklich als Begleiterin eines Hollywoodstars gesehen hatte. Dazu war sie ungefähr zwei Köpfe zu klein und einige Kilo zu schwer, aber man durfte ja noch träumen. Seufzend wartete Fern darauf, dass sich die Lifttüren wieder öffneten. Ihr neues Outfit, bestehend aus einem fließenden pinkfarbenen Kleid, hellbraunen Mary Janes mit leuchtend roter Sohle und einem cremefarbenen Häkeljäckchen, passte viel besser in das elegante Hotelumfeld als ihr Wasserratten-Look von vorhin. Auch wenn sie selbst diese Kombination nie ausgesucht hätte, so beschloss Fern doch, dass die Frau, die einmal an Lukes Seite enden würde, sich glücklich fühlen durfte.

Halb blind vor Tränen stolperte sie aus Lukes Privataufzug. Entsetzt stellte sie fest, dass Seb im Foyer auf sie wartete.

Verdammt. Seb. Du lieber Himmel. Was sagte man zu einem Mann, dessen Heiratsantrag man gerade abgelehnt hatte?

Kapitel neunzehn

«Bitte schön, ein Glas Weißwein.» Seb setzte sich zu Fern auf das niedrige Sofa, doch er achtete darauf, möglichst viel Platz zwischen ihnen zu lassen. Dann nahm er einen großen Schluck von seinem Bier.

Da Fern Sebs Ego nicht öffentlich in einer Hotellobby zerstören wollte, hatte sie vorgeschlagen, irgendwo hinzugehen, wo sie die Dinge möglichst ungestört bereden konnten. Sie waren einer gepflasterten Seitenstraße gefolgt und hatten eine ruhige Bar gefunden.

«Also», meinte Seb schließlich. «Wenn du nicht wegen meines Heiratsantrages in die Moldau gesprungen bist, dann heißt das, wir haben doch noch eine Chance?»

Die Hoffnung in seiner Stimme ließ Fern zusammenzucken. Sie wollte ihm so ungern weh tun, aber da sie wusste, dass ihr nichts anderes übrigblieb, als ihre Gefühle klar zum Ausdruck zu bringen, schüttelte sie den Kopf. «Verzeih mir, Seb, aber ich kann dich nicht heiraten. Es würde nie funktionieren mit uns beiden. Es ist vorbei.»

Seb starrte sie so entgeistert an, als hätte sie ihm soeben eröffnet, die Erde sei eine Scheibe. «Das meinst du nicht wirklich so. Du liebst mich doch, das weiß ich genau.»

Nun war Fern an der Reihe, einen großen Schluck aus ihrem Glas zu nehmen. Nicht dass ihr der Alkohol wirklich helfen würde – außer es würde ihr gelingen, so viel zu trinken, bis sie bewusstlos zu Boden sank –, doch sie musste sich trotzdem Mut antrinken. Vermutlich sollte sie sich einfach ein Schild umhängen: *Seb, es ist vorbei!* Jedenfalls würde sie sich wohl nur durch brutale Ehrlichkeit verständlich machen können.

«Ich liebe dich nicht mehr, Seb», sagte sie leise.

«Red doch keinen Unsinn», bellte Seb. «Du willst mich für die Sache mit Vanessa bestrafen, gib's zu! Verdammt nochmal, Fern, es tut mir leid! Können wir nicht langsam mal 'ne andere Platte auflegen? Menschen machen Fehler.»

Ferns Blut fing an zu kochen, als hielte ihr jemand einen Bunsenbrenner unter den Hintern, doch sie bemühte sich, ruhig zu bleiben. «Vielleicht war die ganze Vanessa-Geschichte nur ein Symptom – dafür, dass es zwischen uns nicht funktioniert hat. Vielleicht wärst du mit jemandem wie ihr besser dran.»

«Ich will aber nicht mit der blöden Vanessa zusammen sein!» Er packte ihre Hände so fest, dass Fern aufschrie. «Fern, ich will Vanessa nicht. Du bist es, die ich liebe und die ich heiraten will. Bitte sei nicht stur und lass ein paar dumme Ausrutscher nicht unsere Beziehung zerstören. Es wird zwischen uns wieder alles super sein, das schwör ich dir. Sogar noch besser als vorher!»

Im Bruchteil einer Sekunde wurde Fern eiskalt. Der Lärm in der Bar schien zu verstummen, als hätte jemand auf einen Knopf gedrückt. Stattdessen hörte sie nichts als ein entsetzliches Rauschen in ihren Ohren. Moment mal. Was genau meinte er mit ein paar dummen Ausrutschern? Wie oft genau hatte er denn mit Vanessa geschlafen?

Ruckartig zog sie ihre Hände weg, als hätte sie Angst, sich anzustecken. «Wie oft hast du sie denn tatsächlich gevögelt? Und lüg mich nicht an. Du hast bereits zugegeben, dass es mehr als einmal war.»

Seb verzog das Gesicht. «Mensch, Fern, ist das wirklich so wichtig? Ich bitte ja nicht Vanessa, mich zu heiraten, also gibt es wirklich keinen Grund zur Eifersucht. Warum müssen wir das alles nochmal durchhecheln?»

«Ich hechele es durch, weil es mir wichtig ist, wie oft mein verlogener, untreuer Ex-Freund mit dieser Nutte gebumst hat! Wie oft? Ich muss es wissen, Seb! Wie kann ich dich heiraten, wenn du nicht mal ehrlich zu mir sein kannst?»

Mann, das fühlte sich gut an. Als hätte sie ein Ventil aufgedreht.

Seb kniff sich in die Nasenwurzel und schnaufte schwer. «Okay, Süße, du willst, dass ich ehrlich bin? Gut, dann bin ich ehrlich, aber glaub mir, ich bereue jede Minute, die ich mit ihr verbracht habe. Es ging dabei nie um dich. Ich war einsam.» Seine Miene deutete ein Schmollen an. «Du warst ja dauernd bei der Arbeit. Was hätte ich denn tun sollen?»

«Jedenfalls nicht eine andere vögeln!»

Nicht zum ersten Mal verwünschte Fern das Rauchverbot. Nicht dass sie gerne eine Zigarette gehabt hätte – das Kettenrauchen aufgegeben zu haben, war ähnlich erleichternd, wie Seb losgeworden zu sein –, sondern weil sie gerne die Wahrheit mit einem schweren tönernen Aschenbecher aus ihrem dämlichen Ex herausgeprügelt hätte.

«Wie oft?»

Seb zuckte mit den Schultern. «Fünfmal? Vielleicht sechsmal? Du warst so viel unterwegs, Süße. Am Drehort und bei deiner Familie. Ich schätze mal, ich war einfach einsam.» Er versuchte, sie gewinnend anzulächeln, doch was Fern sah, war eine Fratze. «Ich bin ein Mann, Fern, und ich habe Bedürfnisse. Aber das war wirklich blöd von mir, ja. Es tut mir leid.»

«Weil du ein Mann bist, kannst du durch die Gegend vögeln, wenn es dir passt?» Nun standen Fern wirklich die Nackenhaare zu Berge. «Wie genau erklärst du das denn?»

«Verdammt! Das kommt jetzt alles völlig falsch rüber!» Verärgert hieb Seb mit der Faust auf den Tisch, sodass die Gläser überschwappten. «Ich versuche nur zu erklären, warum es passiert ist. Ich weiß, ich habe Mist gebaut. Ich weiß, ich war ein Idiot, aber es tut mir wirklich leid. Warum glaubst du mir das nicht? Ich liebe dich wirklich, Süße.» Er redete immer weiter und weiter, doch Fern hörte ihm gar nicht mehr zu.

«Sechsmal?» Sie war völlig von den Socken.

«Nein! So ist es nicht. Vanessa ist überhaupt nicht wie du. Sie war einfach da», rief Seb.

«Sie ist ein Mensch mit Gefühlen, nicht der verdammte Mount Everest!»

Ich weiß! Ich weiß! Ich hab Scheiße gebaut, und es ist komplett meine Schuld. Aber ich habe alles versucht, es wiedergutzumachen und dich zurückzugewinnen. Ich bin dir sogar gefolgt, bloß damit ich dich wiedersehen kann.» Er sah sie von unten herauf an, weil er offenbar glaubte, dabei so charmant auszusehen wie Lady Diana. Ferns Wunsch, ihm mit einem schweren Gegenstand eins überzuziehen, wurde allerdings immer größer. «Deshalb haben wir uns an jenem Abend nach der Kostümparty getroffen. Ich wusste, dass du dort bist, und habe auf dich gewartet.»

«Du bist ein Stalker!»

Seine Augen wurden schmal. «Warum musst du mir jedes Wort, das ich sage, im Mund herumdrehen?»

«Ich muss mir das nicht weiter anhören.» Fern sprang auf. «Ich liebe dich nicht und werde es auch nie wieder tun, also bitte, bitte, verzieh dich zurück nach England!»

Sebs Mund öffnete und schloss sich, wobei er aussah wie ein Goldfisch im Paul-Smith-Anzug. Er rang um Worte. «Aber was willst du denn ohne mich tun?», meinte er schließlich. «Und was mache ich so ganz allein?»

«Die da drüben wirken willig.» Fern zeigte auf eine Gruppe junger Frauen, die ein wildes Trinkspiel spielten und den Mann an der Bar anschmachteten. Ihrer Aufmachung zufolge wurde dort ein Junggesellinnenabschied gefeiert, und Fern wünschte sich plötzlich, Zoe hätte, statt eine Wahrsagerin einzuladen, auch einfach ein Besäufnis in albernen Kostümen veranstaltet. Seit Angela ihr die Karten gelegt hatte, war Ferns Leben komplizierter als der Plot einer Seifenoper. «Ich bin sicher, du wirst nicht lange solo bleiben. Wie's scheint, konnte ich dich ja nicht mal für ein Wochenende alleine lassen, ohne dass du dir eine andere Frau zum Spielen gesucht hast. Also dann, ich wünsch dir ein schönes Leben!»

Und damit knallte Fern ihr leeres Glas auf den Tisch, stürmte aus der Bar und ließ Seb mit seinem Verlobungsring und seinen Gewissensbissen allein zurück. Beim Gedanken, wie viele Nerven sie an ihn und diesen ganzen Wahrsagerkram verschwendet hatte, spürte sie, wie sie wütend wurde.

Nun, das war jetzt vorbei. Es war an der Zeit, einiges zu verändern ...

«Fern! Ist alles okay?» Alek hielt in einem schicken Mercedes neben ihr und riss die Beifahrertür für sie auf. «Mein Gott, hast du geweint? Was um alles in der Welt ist mit Luke Scottman passiert?»

«Luke?» Einen Augenblick lang war Fern verwirrt. Ihr Nachmittag mit Luke schien Monate her zu sein. Stattdessen lief die Unterhaltung mit Seb in einer nervigen Endlosschleife in ihrem Kopf ab. Wie konnte er annehmen, es würde ihr nichts ausmachen, dass er sie *regelmäßig* betrogen hatte? Was war er bloß für ein Mensch? Und was war sie für eine Idiotin, dass sie sich von ihm so lange hatte einwickeln lassen?

Nachdem sie Seb angebrüllt hatte, war Fern hinaus auf die Straße gestürmt, wo sie erst einmal die kühle Nachtluft eingeatmet und versucht hatte, nicht zu weinen. Sie war zwar immer noch sauer, hatte sich aber wieder einigermaßen unter Kontrolle, als sie einer anderen ausgelassenen Junggesellinnentruppe in die nächste Weinbar gefolgt war, wo sie das größte Glas Chardonnay orderte, das zu haben war. Am liebsten hätte sie gleich die Flasche angesetzt und in einem Zug geleert.

Na toll. Jetzt wurde sie dank Seb auch noch zur Alkoholikerin.

Doch je mehr Fern trank, umso wütender wurde sie. Wie konnte Seb sein Verhalten einfach so verharmlosen und meinen, dass es ihr egal wäre, wie oft er mit Vanessa geschlafen hatte? Und er wollte sie heiraten? Was dachte er sich bloß? Natürlich, so ein Fehltritt kam in den besten Ehen vor, aber sie hatte bei Seb das Gefühl, dass er es im Grunde für sein Recht hielt, mit anderen Frauen zu vögeln, wenn ihm der Sinn danach stand. Doch bis Fern ihr zweites Glas geleert hatte, war ihr Ärger der Verzweiflung gewichen, sodass sie sich gerne im Wein ertränkt hätte.

Tod durch Chardonnay. Sicher gab es schlechtere Arten, aus dem Leben zu scheiden.

Dieser Plan fiel jedoch schnell ins Wasser, als Fern feststellte, dass sie kein Geld mehr hatte. Ihre Kreditkarten lagen sicher bei Alek zu Hause – ein Versuch, sich vom Shoppen abzuhalten, denn in Prag gab es die tollsten Läden, sodass Fern sich wie ein Kind im Süßigkeitenladen fühlte. Sie besaß noch nicht einmal genug für ein Taxi, also beschloss sie, Alek anzurufen, um ihn zu bitten, sie abzuholen. Loyaler Freund, der er war, hatte Alek lediglich nach dem Namen der Bar gefragt und versprochen, so schnell wie möglich da zu sein. Als sie nun ihren schmerzenden Körper ins Auto verfrachtete, dachte Fern, dass sie noch nie so froh war, Alek zu sehen. Ihre Arme taten weh vom Schwimmen, und ihr Herz war sowieso ein Schlamassel. Fern war fest entschlossen, sich bis zur Besinnungslosigkeit zu betrinken, sobald sie bei Alek zu Hause ankamen.

Alek sah ihr blasses Gesicht und war entsetzt. «Fern, ich mach mir Sorgen um dich. Was ist passiert? Was hat er gemacht? Wenn er dir weh getan hat, dann bring ich ihn um, das schwör ich. Actionheld hin oder her.»

«Was?» Fern tauchte aus ihren trübsinnigen Gedanken auf wie ein Taucher aus der Tiefsee.

«Luke Scottman. Du wolltest ihn doch treffen», sagte Alek, während er sich auf den Verkehr konzentrierte.

Fern war verwirrt. «Luke?»

«Filmstar? Ein bisschen wie Brad Pitts Bruder, aber hübscher?»

«Ach ja. Luke.» Sie rieb sich mit den Fingerknöcheln die Augen. «Ja, wir haben uns getroffen, aber da läuft nichts zwischen uns. Wir sind nur Freunde.»

«Das ist gut, oder?» Alek hatte den Blick fest auf die Straße vor ihm gerichtet. Fern sah heimlich zu ihm hinüber und musste feststellen, wie gut er im Profil aussah. Er erinnerte sie immer an einen der Helden aus ihren alten Lieblingsschwarzweißfilmen. Sie hatte wirklich Glück, diesen ehrlichen und verlässlichen Kerl zum Freund zu haben. Er würde sie nie im Stich lassen, da war sie sich sicher.

Alek begegnete kurz ihrem Blick und lächelte sanft. «Oder ist es vielleicht nicht gut? Du scheinst nicht sonderlich glücklich darüber zu sein. Hattest du gehofft, Luke wäre die Liebe deines Lebens?»

«Nein, das ist völlig okay.» Und es stimmte. Sie empfand wirklich so. «Luke ist ein netter Kerl, aber wir leben inzwischen völlig unterschiedliche Leben. Ganz ehrlich, Alek, du hättest mal seine Suite sehen sollen! Unglaublich. Wir haben absolut keine Gemeinsamkeiten.»

Alek lachte. «Dann sollten wir vielleicht froh sein, dass du das jetzt geklärt hast. Oder bedauerst du schon, dass du dich gegen Versace und Schmuck von Tiffany's entschieden hast?»

«Ach, nein, die Sache mit Luke ist in Ordnung so. Seb ist es, der mich fertigmacht.»

«Seb? Wo kommt der denn plötzlich her?» Alek wechselte zügig die Spur und legte seine Hand an den Schaltknüppel. Fern liebte seinen Fahrstil, schnell, aber ruhig. Sie fühlte sich vollkommen sicher, wenn Alek hinterm Steuer saß, während sie neben Seb immer Qualen ausgestanden hatte, der nämlich fuhr wie Lewis Hamilton auf Speed und dabei schimpfte wie Gordon Ramsay.

«Seb ist heute Nachmittag in Prag aufgetaucht», erklärte Fern. «Er hat mir einen Heiratsantrag gemacht.»

«Er hat was?» Aleks Kinnlade klappte bis fast aufs Lenkrad herunter. Sofort fuhr er den Wagen rechts ran, würgte den Motor ab und sah Fern mit offenem Mund an. «Ich kann mir das nicht anhören und gleichzeitig Auto fahren. Ich bin auch nur ein Mann!»

Sie lachte. «Sorry, Multitasking ist ja nicht so euer Ding. Um eine lange und sehr unschöne Geschichte zusammenzufassen: Kurz nachdem ich von dir weg bin, stand plötzlich Seb da, im Arm so gut wie alle Rosen, die jemals in Tschechien gewachsen sind, um mir ewige Liebe zu schwören.»

«Nach allem, was er getan hat? Der hat Nerven!» Plötzlich sah er Fern entsetzt an. «Gott, du hast seinen Antrag doch nicht etwa angenommen, oder?»

«Natürlich nicht!»

«Puh!» Alek tat, als wischte er sich den Schweiß von der Stirn. «Gott sei Dank. Was ist also passiert?»

«Das ist eine wirklich lange Geschichte, in der ein Heiratsantrag, Untreue und ein Bad in der Moldau vorkommen.» Sie seufzte. «Soll ich's dir bei einer Flasche Wein erzählen?»

Alek sah auf seine Rolex. «Ich sollte eigentlich mit Francescas Familie zu Abend essen. Ihre Schwester Christina hat gerade ihre Verlobung bekanntgegeben, deshalb gibt es eine große Feier. Aber das hier klingt weitaus interessanter.»

«Oh, Alek! Du hast eine Familienfeier verlassen, um mich abzuholen?» Fern fühlte sich furchtbar. «Das tut mir so leid. Ich hätte zu Fuß gehen sollen. Setz mich einfach zu Hause ab und fahr dann zurück!»

Er verzog das Gesicht. «Um ehrlich zu sein, ist mir das alles ein bisschen zu heftig. Und als Mann erträgt man Heiratsgeschichten nur in einem gewissen Umfang. Chess ist nicht gerade glücklich, dass sich ihre Schwester vor ihr verlobt hat, deshalb war ich ganz froh, mal rauszukommen. Außerdem, wozu sonst sind denn Freunde da?»

«Du musst sofort zu dieser Verlobungsparty zurück!», beharrte Fern. Es gab zwischen Alek und Chess schon genug

Spannungen, und da wollte sie sicher nicht noch dazu beitragen. «Ich möchte da nicht im Weg sein.»

Alek verschränkte die Arme und schüttelte den Kopf. «Nicht bevor du mir erzählt hast, was du angestellt hast. Und lass ja keine Details aus. Ich will alles hören. Klar?»

Fern wusste, dass mit Alek nicht mehr zu diskutieren war, wenn er sich einmal etwas in den Kopf gesetzt hatte. Im Gegensatz zu Luke, der immer leicht umzustimmen war, wusste Alek, was er wollte, und ließ sich von niemandem von irgendetwas abbringen. Das machte ihn zu einem guten Geschäftsmann und treuen Freund.

Fern ließ sich also in den cremefarbenen Ledersitz sinken und berichtete Alek von den verrückten Ereignissen des Nachmittags. Alek war ein guter Zuhörer. Er unterbrach sie nicht, sondern nickte nur oder schüttelte den Kopf, und als sie wieder zu weinen begann, als sie ihm von Sebs Geständnis erzählte, dass er mit Vanessa fünf- oder sechsmal geschlafen hatte, reichte er ihr ein frischgewaschenes Taschentuch.

«Tut mir leid», schnüffelte Fern und tupfte sich die Augen mit dem blütenweißen Baumwollstoff ab. «Ich kann nicht glauben, dass ich so fertig bin. Schließlich habe ich Seb ja ohnehin nicht heiraten wollen, nicht wahr? Und ich wusste bereits, dass er mich betrogen hat, also war auch das keine echte Überraschung.»

Alek legte ihr den Arm um die zitternden Schultern und zog sie an sich. «Er ist ein Arschloch, Fern. Und du bist tausendmal mehr wert als er.»

«Aber warum hat er mich betrogen? War ich nicht gut genug?»

«Er hat dich betrogen, weil er unzulänglich und bescheuert

ist.» Alek zog wütend die Augenbrauen zusammen, während er zärtlich Ferns Tränen mit dem Daumen wegwischte. «Ganz ehrlich, Fern. Was Seb getan hat, hat absolut nichts mit dir zu tun. Du bist witzig und talentiert und hinreißend. Jeder Mann wäre hin und weg, mit jemandem wie dir zusammen sein zu dürfen.»

«Ja, klar.»

Er drückte sie noch fester an sich. «Sie wissen nicht, was ihnen entgeht. Es tut mir so leid, dass du in Prag nicht die Antwort gefunden hast, die du suchst. Vielleicht solltest du es mal ein bisschen ruhiger angehen lassen? Denn was soll die ganze Hetze?»

Fern putzte sich die Nase. Zum Glück war sie nicht darauf aus, Alek zu beeindrucken. Mit ihren geröteten Augen und ihrer laufenden Nase war sie nun wahrlich kein sonderlich attraktiver Anblick.

«Wenn ich dir etwas sage, versprichst du mir dann, nicht zu lachen?» Sie zerknüllte das Taschentuch in ihrer Hand. Es war inzwischen ziemlich durchweicht und zerknittert, ein bisschen wie sie selbst.

«Ich würde dich nie auslachen», versprach Alek. «Du weißt doch, dass du mir alles erzählen kannst.»

Fern holte tief Luft, und dann sprudelte die ganze Geschichte von Zoes Junggesellinnenabschied und Angelas Prophezeiung aus ihr heraus. «Ich weiß, es klingt verrückt», endete sie schließlich, «aber zu viel von dem, was sie gesagt hat, hat gestimmt, das war nicht nur Zufall! Glaubst du, ich spinne?»

Alek atmete langsam aus. «Ich hatte noch nie viel für Hellseherei und so übrig, aber ich kenne eine Menge Leute, die sich aus solchen Dingen viel machen. Ich wäre niemals so arrogant, etwas völlig auszuschließen. Es muss mehr geben als das, was wir sehen können.»

«Genau das denke ich eben auch!»

Alek hob die Hand. «Andererseits gefällt mir die Vorstellung nicht, dass unser gesamtes Leben im Voraus geplant ist und wir die Dinge nicht selbst gestalten können. Der Gedanke an Schicksal macht mir Angst. Ich bin lieber für mein eigenes Schicksal verantwortlich.»

«Aber das bin ich doch gerade!», rief Fern. «Ich habe die Liebe meines Lebens gehen lassen, also werde ich das Schicksal austricksen, indem ich ihn wiederfinde. Und das schaffe ich auch. Bisher habe ich zwei von drei ausgeschlossen.»

Alek sah erstaunt drein. «Und wer ist noch übrig?»

«Matt.» Fern warf einen Blick auf ihr Handy. Matt hatte zweimal angerufen. Er hatte keine Nachricht hinterlassen, aber sie freute sich trotzdem über seine Anrufe und wusste, dass sie irgendetwas zu bedeuten hatten. Frustrierend, dass der Akku genau in dem Moment den Geist aufgegeben hatte, als sie ihn zurückrufen wollte. Nun wollte sie unbedingt wissen, was er ihr hatte sagen wollen.

«Der Tierarzt?»

Ferns Hirn fing an, sich zu drehen wie ein Riesenrad. Es bestand noch eine kleine Chance, dass Matt der Richtige war. Er war ehrlich und nett, und sie wusste, dass er immer noch etwas für sie empfand. War er mit seinen Gefühlen ins Reine gekommen, während sie in ihrer üblichen ungeduldigen Art sein Zögern als Zurückweisung interpretiert hatte? Schließlich hatte sie klar zum Ausdruck gebracht, dass sie nicht mit einem Mann etwas anfangen würde, der noch gebunden war, und Matt würde eine Frau auch nicht betrügen. War sie wieder mal vorschnell zum falschen Schluss gekommen?

Alek sagte nichts, sondern starrte nur in die samtschwarze Nacht hinaus, die rote Schlusslichter und strahlend helle Scheinwerfer schmückten.

«Es gibt immer noch eine Chance», murmelte Fern, mehr zu sich selbst als zu Alek. «Es könnte Matt sein, glaubst du nicht?»

«Möglich», stimmte Alek ihr zu, doch er wirkte nicht sonderlich versessen darauf, die Unterhaltung fortzuführen. «Aber wenn er es nicht ist, und du ihn ebenfalls ausschließen musst, dann steht mein Jobangebot immer noch. Daran wird sich nie etwas ändern.»

Doch Fern hörte Aleks Worte kaum. Freudige Aufregung blubberte durch ihre Adern wie Brausepulver. Niemals würde sie jetzt ein neues Leben in Prag anfangen. Sie war sich noch nicht einmal sicher, ob sie auch nur eine Minute länger hier bleiben konnte.

War Matt derjenige, den sie hatte gehen lassen?

Je länger sie darüber nachdachte, desto klarer schien Fern die Sache: er war der Richtige!

Und sie musste schnellstens herausfinden, ob das auch wirklich stimmte.

Kapitel zwanzig

Zwei Tage später schloss Fern ihre Haustür auf und seufzte erleichtert darüber, wieder zu Hause zu sein. Es hatte Fern viel Mühe gekostet, Matt nicht von Alek aus sofort anzurufen. Geduld war noch nie eine ihrer Stärken gewesen – Cybil war früher fast wahnsinnig geworden, wenn sie jedes Jahr wieder die Weihnachtsgeschenke für ihre neugierige Tochter wirklich gut verstecken musste. Doch Fern sagte sich immer wieder, dass dies eine Unterhaltung war, die sie mit Matt von Angesicht zu Angesicht führen musste. Alek hatte sich zu dieser Sache nicht weiter geäußert, aber da nach seinem plötzlichen Verschwinden von der Verlobungsparty die Atmosphäre zwischen ihm und Francesca ziemlich frostig war, sah Fern ein, dass er seine eigenen Probleme hatte.

Prag war ein netter Kurzurlaub gewesen, und sie war fest entschlossen, wieder mal auf einen Besuch vorbeizuschauen, doch gerade jetzt war es schön, zu Hause zu sein. Von dem Moment an, als das Flugzeug auf dem nassen Asphalt von Heathrow aufgesetzt hatte, konnte sie es kaum erwarten, ihr Handy zu laden und Matt anzurufen. Sie würde Kaffee machen, um dem Akku Gelegenheit zu geben, sich zu erholen, und bis dahin war sie sich hoffentlich im Klaren darüber, was genau sie sagen würde …

Nachdem sie einen Haufen Werbesendungen mit dem Fuß aus dem Weg geschoben hatte, stürmte Fern, ihren Zebralook-Trolley hinter sich herziehend, in den Flur. Die Wohnung war still und wirkte ein bisschen, als hielte sie den

Atem an. Auf dem Tisch lag eine dünne Staubschicht, und der Gummibaum hatte offensichtlich Durst. Durch die Wand zu Freda war das Radio zu hören, während auf der anderen Seite einer der Sandhus-Sprösslinge die Treppe hinuntertrampelte. Auch wenn ihre Wohnung nicht die Eleganz von Aleks Stadthaus hatte und die grauen Dächer von Tooting mit den Prager Turmspitzen gewiss nicht mithalten konnten, war es doch ihr Zuhause, und sie war froh, wieder daheim zu sein.

Fern sammelte die Post auf und ging dann weiter in die Küche, wo sie Kaffee kochte. Kurz darauf hatte sie ihre Biker-Stiefel von sich gekickt und es sich mit dem Laptop auf dem Sofa bequem gemacht, um ihre E-Mails zu checken, während das Handy am Ladegerät hing. Fern wurde langsam nervös. Schließlich war Matt verlobt. War sie so schlimm wie Vanessa, weil sie es auf einen Mann abgesehen hatte, von dem sie wusste, dass er mit einer anderen zusammen war? Und brachte das Matt auf eine Stufe mit Seb? Kein sonderlich angenehmer Gedanke.

Fern schloss erschöpft die Augen. Die geistigen Turnübungen waren ermüdend. Wann war eigentlich alles so kompliziert geworden?

Das Klingeln ihres Handys weckte sie. Einen Augenblick lang war sie völlig verwirrt. Bilder von Seb, der sie mit einem riesengroßen Ring verfolgte, tanzten immer noch durch ihren Kopf, während sie nach ihrem Handy griff und sich dabei den heißen Kaffee über die Jeans schüttete.

«O Shit!», jammerte sie und versuchte verzweifelt, die Flüssigkeit mit den Werbesendungen aufzuwischen. «Mist! Verdammt!»

«Das ist aber eine nette Art, begrüßt zu werden», erklang

eine warme Stimme. «Ich nehme mal an, du freust dich nicht gerade, von mir zu hören?»

Es war Matt. Fern setzte sich kerzengerade auf. Sie war jetzt hellwach.

«Matt! Hallo! Tut mir echt leid. Ich bin bloß eingeschlafen und hab dann meine Kaffeetasse umgekippt. Das hat überhaupt nichts mit dir zu tun, ehrlich. Ich bin gerade erst aus Prag zurück und ziemlich müde.»

Sie stand auf, um sich im Flur im Spiegel anzusehen, und verzog angesichts dessen, was sie dort sah, das Gesicht. Müde war gar kein Ausdruck. In den Tränensäcken unter ihren Augen hätte man locker einen Großeinkauf unterbringen können, und ihre Haare hatten auch schon einmal besser ausgesehen. Zum Glück skypte sie nicht mit Matt!

«Hattest du Spaß in Prag?», erkundigte er sich.

Was für eine Frage. Sie war in den Fluss gefallen, hatte mit einem internationalen Filmstar rumgeknutscht und einen Heiratsantrag bekommen, aber hatte sie Spaß gehabt? Nein, man müsste schon ganz schön verquer sein, um sich bei so einem Höllentrip zu amüsieren.

«Es war auf jeden Fall interessant», antwortete sie nachdenklich. «Ich bin trotzdem froh, wieder zu Hause zu sein.»

«Ich bin auch froh, dass du da bist.» Matts Stimme war leise. «Hör zu, Fern. Ich habe über das nachgedacht, was bei unserem letzten Treffen passiert ist, und ich bin nicht gerade stolz darauf, wie ich damit umgegangen bin.» Er hielt inne, und sie konnte hören, wie er mit den Fingern auf die Tischplatte trommelte. Offensichtlich war er so nervös wie sie. «Ich hätte dich früher anrufen sollen. Verzeih mir.»

Fern schloss die Augen. «Und warum hast du es nicht gemacht?»

Er atmete lange und geräuschvoll aus. «Komm schon, Fern. Du weißt, warum. Es ist alles so kompliziert.»

«Du meinst, du hast kalte Füße gekriegt», meinte Fern sanft. «Das ist schon okay, Matty, da bist du nicht der Einzige. Ich schätze mal, mich hat das Ganze auch ordentlich verwirrt. Ist auch alles nicht einfach, hab ich recht?»

«Das kannst du laut sagen», stimmte Matt ihr mit Nachdruck zu. «Es ist ja nicht so, dass ich nicht will ... dass ich es nicht so gemeint habe ...»

«Schhh», machte Fern. «Ich versteh dich doch.»

Sie dachte an Luke und wie leicht es gewesen wäre, sich von ihm mitreißen zu lassen, deshalb konnte sie Matt wohl kaum einen Vorwurf machen. Im Nachhinein hatte sie ein ziemlich schlechtes Gewissen deswegen. Matts Leben einfach so aus dem Gleichgewicht zu bringen, war egoistisch gewesen und etwas, worauf sie nicht besonders stolz war.

«Vielleicht.» Matt klang nicht sonderlich überzeugt. «Schau her, Fern, du kannst natürlich nein sagen, aber meinst du, wir könnten uns treffen? Ich weiß, es klingt verrückt, aber ich muss dich unbedingt sehen.»

«Du willst mich sehen? Wann?»

«Hast du heute Abend Zeit? Oder ist das zu kurzfristig?» Matt klang nervös. «Wäre dir morgen lieber?»

«Nein, nein, nachher ist prima.» Fern hätte am liebsten auf dem Sofa ein kleines Tänzchen vollführt. «Soll ich zu dir kommen?»

«Auf keinen Fall. Das geht nicht», antwortete er nachdrücklich. «Du bist für heute definitiv genug gereist. Ich komm zu dir. Passt dir halb neun?»

«Halb neun ist perfekt», versicherte ihm Fern und dankte dem Himmel, dass sie vor ihrer Pragreise aufgeräumt hatte.

«Super. Dann bis nachher.» Fern konnte das Lächeln in Matts Stimme hören. Nachdem er sich verabschiedet hatte, blieb sie auf dem Sofa sitzen und starrte ihr Handy an. Warum zum Henker war er auf einmal so versessen darauf, sie zu sehen? Vielleicht hatte er sich von Amanda getrennt und wollte ihr das unbedingt sagen? Bei diesem Gedanken umarmte sie ihr flauschiges rotes Kissen. War es wirklich das, was sie wollte? Ihre Knie wurden weich.

Sie sah auf die Uhr. Nur noch fünfzig Minuten, bis Matt kam! Was auch immer er wollte, sie würde ihn jedenfalls nicht mit fettigen Haaren und zerknitterten Klamotten begrüßen. Sie sprang auf, beförderte die Wurfsendungen in den Müll, knipste die Lampen und Lichterkette an und packte eine Flasche Sekt in den Kühlschrank. Dann duschte sie rasch und cremte sich mit glitzernder Vanillelotion ein, bevor sie ihre Locken trockenföhnte und zu einem hohen Pferdeschwanz zusammenband. Ein bisschen getönte Tagescreme und einige Tupfer Rouge ließen sie frischer aussehen, und dank Wimperntusche funkelten ihre Augen wieder, als hätte sie schon die halbe Flasche Sekt intus. Inzwischen waren ihre Wangen auch vor Aufregung gerötet, und es schien ihr sinnlos, Lippenstift aufzutragen, den Matt sowieso wegküssen würde, also entschied sie sich stattdessen für ein bisschen Gloss. Dann wühlte sie sich durch ihre Unterwäscheschublade, bis sie ein süßes rosa-weiß gestreiftes Dessous-Set fand, das Cybil ihr mal geschenkt hatte. Sie bevorzugte eigentlich knalliges Orange und Pink. Doch Matt war eher der traditionelle Typ und hatte es immer gemocht, wenn Fern mädchenhaft aussah. Sie hielt kurz inne, bevor sie den Slip anzog und den BH einhakte. Die Wäsche war zwar sehr rüschig und kratzig, aber das war Matt allemal wert! Sie drehte sich vor ihrem Spiegel, bevor sie ihre verwaschenen Lieblings-Levis und ein erdbeerrotes Sweatshirt anzog und mit den Füßen in Flip-Flops schlüpfte. Als sie gerade überlegte, sich die Zehennägel farblich passend zum Pulli zu lackieren, klingelte es an der Tür.

Matt war da.

Ferns Mund wurde trocken. Es war so weit. Angelas Prophezeiung würde sich erfüllen.

Ihr Pferdeschwanz wippte bei jedem Schritt, als sie die Treppe hinunterrannte. Fern riss die Tür auf, und da stand Matt in seinen geliebten Jeans und der Barbour-Jacke, trat von einem Fuß auf den anderen und wirkte so nervös, dass es Fern das Herz zusammenzog. Sie schlang die Arme um seinen Hals, da sie es kaum erwarten konnte, bis er sie festhielt. Der gute alte verlässliche Matt war das genaue Gegenteil zu Seb, und deshalb war er der Richtige für sie. Warum war sie so dumm gewesen, das nicht früher zu erkennen?

«Oh, Matty, es ist so schön, dich zu sehen!», rief sie und umarmte ihn noch einmal. «Komm rein.»

«Ich freu mich auch, dich zu sehen.» Matt drückte sie an sich und folgte ihr dann in den Flur, wo er sich seiner schweren Wachsjacke entledigte. «Ich wünschte wirklich, ich hätte früher angerufen, aber ich war einfach so verwirrt.»

«Ich doch genauso», gab Fern zu. «Ich glaube, wir müssen uns wirklich ernsthaft unterhalten, oder?»

Er nickte. «Seit Wochen versuche ich, mir darüber klarzuwerden, was genau ich sagen will, aber jedes Mal, wenn ich denke, ich bin so weit, ändere ich meine Meinung. Du hast wirklich eine sehr seltsame Wirkung auf mich, Fern. Ich glaube, das hattest du immer schon.»

Seine Miene war ernst, und seine braunen Augen waren es ebenfalls, sodass Fern plötzlich das Bedürfnis verspürte, ihm durch die Haare zu wuscheln und ihm zu versichern, dass alles gut werden würde. Hmm. Dachte so eine Geliebte? Sollte sie ihm nicht vielmehr die Kleider vom Leib reißen wollen, anstatt ihn zu bemuttern? Der gute Freud hätte seine wahre Freude an ihrem Fall!

Matt setzte sich auf die Kante des Sofas. Fern war sicher, dass er ihretwegen so nervös war, weshalb sie sich auf ihren Sitzsack fallen ließ und die Knie an die Brust zog. «Was ist denn los?», wollte sie wissen. «Als ich dich das letzte Mal gesehen habe, warst du nicht so verkrampft.»

Matt hatte die Hände zu Fäusten geballt, sodass seine Knöchel weiß hervortraten. Dann holte er tief Luft und sah sie direkt an. «Schau her, Fern, ich habe mich an jenem Abend echt mies verhalten. Es war dir gegenüber nicht fair und Amanda gegenüber definitiv auch nicht.» Er schloss erschöpft die Augen. «Ich konnte einfach nicht aufhören, darüber nachzudenken, was zwischen uns beinahe passiert wäre, was passiert wäre, wenn du mich nicht rechtzeitig aufgefordert hättest, mir erst einmal klar darüber zu werden, was ich wirklich will.»

Fern erwiderte nichts, aber sie merkte, dass sie den Atem anhielt. Das hier klang nicht, als würde eine Liebeserklärung folgen, das klang eher nach: Nein danke. Sie kannte diesen Tonfall. Genau so hatte sie mit Luke gesprochen. Eine Sekunde lang war Fern versucht, Matt zu unterbrechen und ihm zu versichern, dass sie es inzwischen wirklich bereute, ihn einfach weggeschickt zu haben, doch ihm war nicht nach Zuhören. Stattdessen quälte er sich durch eine Rede, die er offensichtlich zuvor geschrieben hatte.

«Du bist eine tolle Frau, Fern, und ich konnte seit Zoes Hochzeit nicht mehr aufhören, an dich zu denken.» Er rutschte vom Sofa, um sich neben sie zu knien. Dann griff er nach ihren zierlichen Händen und hielt sie in seinen Pranken. Er sah sie mit einer solchen Intensität an, dass sie fast erwartete, ihre Augäpfel würden gleich zischende Geräusche von sich geben. «Als ich zu dir gesagt habe, dass ich nie aufgehört habe, dich zu lieben, war das nicht gelogen.»

«Ich weiß», flüsterte sie. «Du bist der ehrlichste Mensch, der mir je begegnet ist.»

Matt lachte. «Das ist nicht immer gut! Ich denke, es war meine Ehrlichkeit, die dich vor all den Jahren so erschreckt hat. Und jetzt hat sie dich wieder erschreckt, als ich das letzte Mal hier war, stimmt's?»

Fern hatte plötzlich eine Vision, wie sie in einem entlegenen Cottage wohnte, Laura-Ashley-Kleider trug, in ihrer Freizeit das Gemüsebeet umgrub und Kälbern auf die Welt half. «Ein bisschen», gab sie zu.

«Ein großes bisschen, du Schwindlerin!», erwiderte Matt. «Es ist mal wieder mit mir durchgegangen, und das hat dich völlig verschreckt, denn was auch immer zwischen uns ist, es reicht einfach nicht, um die Unterschiede zu überbrücken, nicht wahr?»

Sie schluckte. «Vielleicht nicht.»

«Und selbst wenn wir beschließen würden, die Unterschiede zu ignorieren», fuhr er fort, wobei er ihre Hände an seine Lippen führte und sie sanft küsste, «dann würde es nicht lange dauern, bis wir beide unglücklich wären und einander nicht mehr ausstehen könnten. Du würdest dich nach der Stadt sehnen und dich eingesperrt fühlen, und mir wäre elend, weil ich mir Kinder und Hunde und den ganzen ländlichen Lebensstil wünsche.»

«Aber ich möchte doch auch irgendwann Kinder!», platzte es aus Fern heraus.

Was?!

Wo war das denn hergekommen? Sie hatte nie wirklich übers Kinderkriegen nachgedacht, aber schließlich hatte sie die Möglichkeit auch nie ganz ausgeschlossen.

«Ich bin sicher, dass du das willst, und du wirst eine tolle Mutter sein», versicherte Matt ihr. «Ich kann mir jetzt schon vorstellen, wie sie Kleidchen aus Glitzerstoff tragen und Kuchen backen, die sie mit bunten Zuckerstreuseln verzieren. Aber geh richtig in dich, Fern, denn tief in deinem Innern weißt du bereits, dass ich nicht der Mann sein werde, mit dem du sie bekommst. Oder?»

«Matt –» Fern versuchte zu sprechen, doch ihr Hals war vor Traurigkeit wie zugeschnürt. Das Zimmer verschwamm vor ihren Augen, und zwei Tränen rollten ihr über die Wangen.

«He, wein doch nicht.» Zärtlich strich Matt jede Träne weg, bevor er ihr einen hauchzarten Kuss auf die zitternden Lippen drückte. «Du solltest nicht traurig sein, Fern. Es war gut, dass wir uns wiedergesehen haben, so haben wir alle Zweifel ausgeräumt. Ich war so lange verbittert und wütend, und dann habe ich mich oft gefragt, was hätte sein können. Die Vergangenheit war so übermächtig. Wie konnte ich in meinem Leben nach vorne schauen und mich auf eine andere Frau einlassen, wenn ich doch immer noch dermaßen mit unserer Geschichte beschäftigt war?»

Fern schloss die Augen. Sie ertrug es nicht, in seine freundlichen braunen Augen zu schauen, denn er war so großzügig, und er hatte recht. Auch wenn er meinte, sie passten nicht zusammen, so hatte sie ihn doch unterschätzt.

«Ich hätte mich nie in dein Leben einmischen sollen», flüsterte sie. «Es tut mir so leid, Matt.»

«Das braucht dir nicht leidzutun!» Er nahm ihr Gesicht in beide Hände und sah Fern streng an. «Mensch, Fern, begreifst du nicht? Wir haben endlich mit der Vergangenheit aufgeräumt, sodass wir jetzt mit unserem Leben weitermachen können. Ja, wir wünschen uns, dass es anders gekommen wäre, aber jetzt kennen wir die Wahrheit. Kein Bedauern und keine Zweifel mehr.»

Sie nickte. War das nicht auch das, was sie wollte? Dann war eben keiner ihrer Exfreunde die Liebe ihres Lebens, doch zumindest wusste sie das jetzt mit Sicherheit, und Matt hatte recht: Sie konnte jetzt nach vorne schauen.

Und was da käme, wusste sie nicht.

Plötzlich hätte Fern am liebsten geheult, als ihr klar wurde, was sie all die Jahre falsch gemacht hatte. Männer fanden sie attraktiv, weil sie so unabhängig schien, aber sie selbst hatte sich immer nach Geborgenheit gesehnt und sich von Typen angezogen gefühlt, die solide wirkten. Die Männer, die sie sich ausgesucht hatte, hatten alle ehrgeizige Ziele wie Luke oder sichere Finanzen wie Matt oder eine aufregende Karriere wie Seb. Nach diesen Qualitäten suchte sie, wenn auch unbewusst. Und wenn sie dann anfing, an der Verlässlichkeit ihrer Partner zu zweifeln, zog sie sich enttäuscht zurück. Vielleicht sollte sie endlich aufhören, vom Mann an ihrer Seite zu erwarten, dass er ihr Fels in der Brandung war. Sie sollte sich vielleicht eher darauf konzentrieren, sich aus sich selbst heraus stabiler zu fühlen. Indem sie zum Beispiel ihre Karriere verfolgte, statt zu erwarten, dass der Märchenprinz auftauchte und sie rettete. Schließlich hatte es ja mal so etwas wie eine Frauenbewegung gegeben. Sollten sich Frauen da nicht selber retten?

«Ich liebe Amanda, und ich werde sie heiraten», sagte Matt. «Sie ist eine tolle Frau, Fern. Vielleicht bringt sie mein Herz nicht vor Freude zum Jubeln wie du während unserer gemeinsamen Zeit, aber sie ist mutig und stark und ehrlich, und ich weiß in meinem Herzen, dass sie hundertprozentig die Richtige für mich ist. Wir sind Seelenverwandte.»

«Amanda bringt Kälber zur Welt», brach es aus Fern heraus.

Wie bitte? Warum sagte sie das denn jetzt? Es musste der Schock sein.

«Ja, das tut sie.» Matt lachte. «Das interessiert dich ja nicht so, wenn ich mich nicht täusche!»

Fern riss die Augen auf. «Sehe ich aus wie eine Frau, die Kälber auf die Welt bringt?»

«Nicht im Geringsten! Aber ich wette, du kannst dich während des Fahrens schminken!»

Sie hob die Hände. «Erwischt.»

«Du siehst, es hätte mit uns nie funktioniert, oder?»

Fern schüttelte den Kopf. «Ich wünsche dir und Amanda alles Glück dieser Welt.»

Na. Jetzt würde sie doch noch in den Himmel kommen!

«Danke», erwiderte Matt. Kleine Schweißperlen standen ihm auf der Stirn. «Puh, ich hatte wirklich Angst davor, dir das alles zu sagen. Ich mache mir deswegen schon seit Ewigkeiten Stress.»

«Ist schon gut.» Und zu ihrer eigenen Überraschung stellte Fern fest, dass es wirklich in Ordnung war. Ja, irgendwie war sie echt traurig, so wie man traurig ist, wenn man sich eingestehen muss, dass man sich getäuscht hat. Wenn sie darüber nachdachte, wie knapp sie einem Leben in Schlammhausen an der Einöd entkommen war, oder wo immer Matt gerne hinziehen würde, dann hätte sie beinahe Tränen der Erleichterung vergossen.

«Können wir also unsere Beziehung in der Vergangenheit belassen und unser neues Leben leben? Vergessen, dass das hier je passiert ist? Ich würde Amanda gerne auf meine Art von uns erzählen», wollte Matt wissen und klang dabei ein wenig verzweifelt.

Fern wickelte eine Locke um den Zeigefinger. «Entspann dich, Matt. Ich habe nicht vor, bei euch vorbeizukommen. Was gäbe es Amanda überhaupt zu erzählen? Es ist doch nicht wirklich etwas passiert, außer dass du dich mit einer alten Freundin getroffen hast und dir klar wurde, wie knapp du entkommen bist.»

«Ich bin so froh, dass wir geredet haben.» Ein erleichtertes Lächeln breitete sich auf Matts Gesicht aus. «Eine Zeitlang hatte ich echt Sorge, dass ich dir vielleicht einen falschen Eindruck vermittelt und damit alles kaputtgemacht habe. Du bist ein fantastischer Mensch, aber lass uns ehrlich sein, wir wären ein katastrophales Paar.»

Fern schloss erneut die Augen. Nach diesem Wechselbad der Gefühle – aufgeregter Erwartung, Enttäuschung und Erleichterung – war sie ziemlich verstört und erschöpft. Natürlich liebte Matt Amanda. Er war absolut glückselig gewesen, bis Fern beschloss, auf den Plan zu treten. Ist doch klar, dass ihm das nicht behagen konnte. Wie dumm war sie gewesen, zu meinen, sie und Matt könnten noch einmal ein Paar werden.

Und noch viel dümmer war es, Angelas Worte überhaupt

ernst genommen zu haben. Natürlich gab es keine Vorhersehung. Das war doch Unsinn gewesen, ein bisschen Unterhaltung an einem Mädelsabend, und Fern hatte wirklich daran geglaubt. Wie immer hatte sie sich mit Leib und Seele in eine Sache gestürzt, ohne diese vorher vernünftig zu durchdenken.

Würde sie es denn nie lernen?

Kapitel einundzwanzig

«Süße, bist du wirklich sicher, dass das eine gute Idee ist?» Zoe wirkte ziemlich besorgt, während sie Fern in die Halle von Terminal Five folgte. «Das scheint mir dann doch eine recht überstürzte Entscheidung zu sein.»

«Das sind meistens die besten.» Fern legte den Kopf in den Nacken, um die Anzeigetafel mit den Abflügen zu studieren. «Mein Gott, Zoe, mein Flug wird schon aufgerufen. Schaffst du es, mein Auto zurückzufahren und Mum meine Schlüssel zu geben?»

«Aber natürlich.» Zoe versuchte, Ferns riesigen Schlüsselbund aus lauter flauschigen Anhängern und etwa zwei echten Schlüsseln in ihrer Mulberry-Handtasche zu verstauen. «Und ich gieß die Blumen, schick dir deine Post nach und bringe Jeremy deine Kündigung vorbei. Das weißt du doch. Aber muss es denn wirklich so Hals über Kopf sein? So eine schwerwiegende Entscheidung fällt man doch nicht über Nacht.»

Doch Fern hörte ihr gar nicht zu. Sie war viel zu sehr damit beschäftigt, den Zebra-Trolley in Richtung Abflughalle zu ziehen. Also beschleunigte Zoe ihre Schritte, packte ihre Freundin kurzerhand an der Patchwork-Jacke und drehte sie zu sich herum.

«Fern! Du steigst erst in dieses Flugzeug, wenn du mir gesagt hast, was eigentlich los ist», erklärte sie mit Bestimmtheit. Das Funkeln ihrer haselnussfarbenen Augen zeigte, dass sie es ernst meinte. «Eben noch wolltest du London nicht verlassen, um bei deiner Familie sein zu können, und dann startest du plötzlich doch zu einem neuen Leben in Prag. Das erscheint mir irgendwie nicht plausibel.»

«Du hast recht, plausibel ist das nicht.» Fern schüttelte den Kopf, wobei ihre großen Ohrringe mitschwangen. «Schau her, Zoe, du hältst mich wahrscheinlich für verrückt, aber ich muss das einfach tun. Ich habe in letzter Zeit viele Fehler gemacht, und das hier ist meine Art, es wiedergutzumachen. Sieh mich nicht so an. Ich laufe nicht davon und auch nicht einer neuen, absurden Idee hinterher. Ich will diesen Job wirklich.»

Zoe runzelte die Stirn, und Fern fiel auf einmal auf, wie blass und erschöpft ihre Freundin aussah. Auch deshalb fühlte sie sich schlecht. Sie war die vergangenen Wochen so sehr damit beschäftigt gewesen, ihrer eigenen Prophezeiung hinterherzujagen, dass sie ihre beste Freundin kaum noch gesehen und sie auch nicht allzu oft angerufen hatte. Zoe ihrerseits hatte bei der Arbeit sehr viel zu tun, und Fern war sich komisch vorgekommen, einfach so bei den Frischvermählten aufzutauchen. Nun, auch das würde sich ändern, jetzt, wo sie diese dusslige Suche nach dem Richtigen endlich aufgegeben hatte. Sie würde ihren Freunden und ihrer Familie wieder mehr Zeit einräumen. Sie würde für alle Tickets kaufen und sie nach Prag einladen.

Sie wartete, ob Zoe noch etwas sagen oder ihr vielleicht einen Vortrag darüber halten würde, dass sie immer mit den Füßen zuerst sprang, doch zu Ferns Erstaunen seufzte sie nur. «Ich werde dich wirklich vermissen», meinte sie traurig. «Ohne dich wird alles anders sein.»

«Ist denn alles in Ordnung?», wollte Fern besorgt wissen. Normalerweise war Zoe diejenige, bei der sie sich anlehnte, die Vernünftige, die gute Ratschläge verteilte wie die Schulkrankenschwester den Lebertran. «Du wirkst irgendwie erschöpft.»

Zoe zuckte mit den schmalen Schultern und bemühte sich zu lächeln, was ihr jedoch nur halb gelang. «Achte einfach nicht auf mich. Ich bin bloß egoistisch. Prag wird fantastisch für dich sein. Das ist eine super Gelegenheit.»

«Vergiss Prag», sagte Fern. «Was ist los?» Dann kam ihr ein Gedanke. «Du bist aber nicht schwanger, oder?»

Zoe lachte. «Hör auf, ein Drama aus meinem Leben zu machen, Fern Moss, und konzentrier dich auf dein eigenes. Nein, ich bin nicht schwanger, nur vollkommen erledigt. Bei der Arbeit ist es total hektisch, aber das ist ja gut so, nicht wahr? Es ist immer besser, Angebote abzulehnen, als um sie kämpfen zu müssen.»

«Solange es dir damit gutgeht.»

«Mir geht es bestens! Und, außerdem, versuch nicht, das Thema zu wechseln. Ich bin schließlich nicht diejenige, die nach Prag davonrennt. Sagst du mir endlich, was los ist?»

Fern zögerte. Zoe war so ein umsichtiger Mensch. Ihre gestärkte blütenweiße Bluse, die Hose im Stil der vierziger Jahre, die passende Handtasche und sogar ihr perfekt organisiertes Privatleben – alles an ihr war maßvoll und wohlgeplant. Zoe würde sich nie aufgrund der Weissagung einer Hellseherin irgendwelchen Männern an den Hals werfen, und sie würde auch nicht in ein anderes Land abhauen, weil sie sich als Versagerin fühlte, während alle anderen einfach ihre Lebenspläne verwirklichten. Nein, Zoe würde die Schultern durchdrücken und den besten und bewährtesten Weg finden. Wer weiß, was passiert wäre, wenn Fern so pragmatisch wie ihre beste Freundin wäre.

«Es ist einfach alles ein bisschen seltsam», antwortete sie zögerlich. «Ich bin irgendwie verwirrt in mancherlei Hinsicht.»

«Es hat mit dem zu tun, was die Hellseherin an meinem Junggesellinnenabschied gesagt hat, nicht wahr?», hakte Zoe nach, während Fern der Dame am Check-in-Schalter ihren Pass reichte.

«Wow. Kann da etwa noch jemand hellsehen?»

«Schau nicht so überrascht drein», erwiderte Zoe lächelnd. «Ich kenn dich doch ganz genau. Es ist diese Prophezeiung, stimmt's?»

«Vielleicht», gab Fern zu. «Erinnerst du dich, wie sie gesagt hat, dass ich die Liebe meines Lebens habe gehen lassen? Dass ich meinen Seelenverwandten weggeworfen habe?»

«Ja.» Zoe legte besorgt die Stirn in Falten. «Und dann haben wir uns nach der Geschichte mit Matt nochmal darüber unterhalten und waren uns einig, dass du einfach abwarten würdest, was passiert.» Sie schlug sich mit der Hand gegen die Stirn. «Ich Idiotin! Wir reden hier doch von dir! Und du kannst auf überhaupt nichts warten, denn es würde dich in den Wahnsinn treiben. O Gott, Fern. Bitte sag mir jetzt nicht, dass du sie alle aufgesucht hast?»

«Ähm, doch. Ich fürchte, ja.» Fern schnappte sich ihr Ticket und warf Zoe ein reuiges Lächeln zu. «Ich hatte beschlossen, dem Schicksal ein bisschen unter die Arme zu greifen, also hab ich mir alle vorgenommen. Und rate mal, was? Es ist mit keinem was geworden.»

«Kein Wunder, dass du mich seit Wochen nicht mehr angerufen hast. Du hast dich nicht getraut.»

Fern ließ den Kopf hängen. «Schuldig, Euer Ehren.»

«Du weißt doch, dass es wirklich keine gute Idee war, ihnen allen nachzulaufen?»

«Natürlich!» Fern befestigte die Adressaufkleber der Airline an ihrem Koffer und sah zu, wie er ins Gepäckland abtransportiert wurde. «Du hättest mir geraten, einfach mal abzuwarten und Tee zu trinken, nicht wahr?»

«Worauf du Gift nehmen kannst!» Zoe verschränkte die Arme und sah Fern streng an. «Das war doch sowieso alles Mist, Süße. Libby hätte sich wirklich denken können, dass es keine sonderlich gute Idee ist, kurz vor einer Hochzeit eine Hellseherin einzuladen. Total schlechtes Timing.»

Fern blickte auf. «Du hast mir nie erzählt, was sie zu dir gesagt hat.»

«Nichts, worüber man sich Gedanken machen müsste», erwiderte Zoe rasch. «Im Gegensatz zu dir gehöre ich nicht zu den Menschen, die das Schicksal beim Schopf packen, deshalb habe ich auch nichts Aufregendes zu berichten. Ich bin ja jetzt eine alte verheiratete Frau, schon vergessen?»

«Single zu sein, ist nicht halb so spannend, wie alle immer behaupten», meinte Fern trübselig. «Komm mich besuchen, Zoe, dann erzähl ich dir, wie Seb mir einen Heiratsantrag gemacht und dann nebenbei erwähnt hat, dass er eine ganze Weile mit Vanessa zusammen war, oder wie Luke Scottman beschlossen hat, dass wir lieber in der Vergangenheit leben sollten.»

Zoe fiel die Kinnlade so weit herunter, dass Fern fast ihr Frühstück zu Gesicht bekam. «Du hast Luke getroffen? In echt? Und Seb hat dir einen Heiratsantrag gemacht? Was zum Teufel hat er sich dabei gedacht?»

«Er dachte, es würde mir nichts ausmachen, dass die Sache mit Vanessa viel länger gedauert hat, als er vorgab. Als wäre es egal, ob es sich um eine richtige Affäre oder bloß einen Quickie im Büro handelte. Scheißkerl!»

«Scheißkerl!», bestätigte eine völlig perplexe Zoe.

«Also gebe ich sie alle auf und werde in Prag leben», erklärte Fern. «Wo ich mich auf meine Karriere konzentrieren und nie wieder über blöde Prophezeiungen nachdenken werde.»

«Du wirst es noch so was von bereuen, dass du mir das alles verheimlicht hast. Ich bin doch angeblich deine beste Freundin!», schimpfte Zoe. «Mit den beiden hat es also nicht geklappt. Das ist kaum überraschend, oder? Vor denen musst du dich aber doch wohl kaum in Prag verstecken? Luke wohnt in L. A., und Seb verlässt Richmond so gut wie nie, also solltest du relativ sicher sein.»

Fern grinste. «Du hast einen vergessen.»

«Doch nicht etwa Matt?» Zoe wirkte entsetzt. «Aber, Süße, der ist doch verlobt! Das habe ich dir bei meiner Hochzeit gesagt.»

«Dies ist der Aufruf für British Airways Flug Nummer 235 nach Prag», erklang eine Stimme durch den Lautsprecher. «Boarding beginnt nun an Gate siebzehn. Bitte halten Sie Ihre Bordkarte bereit.»

«Das ist eine lange Geschichte, und ich werde dir alles erzählen, versprochen.» Fern ertrug den gekränkten Gesichtsausdruck ihrer Freundin kaum. «Ich habe nichts gesagt, weil ich im Grunde wusste, dass ich kein bisschen besser bin als Vanessa, aber ich musste einfach sicher sein, ob Matt nicht doch derjenige war.» Sie holte tief Luft. «Gestern Abend dachte ich wirklich, er kommt vorbei, um mir zu sagen, dass er mich liebt, aber stattdessen hat er mir erklärt, dass er seine Verlobte liebt und will, dass ich mich von ihm fernhalte.

Auch das hatte ich völlig falsch interpretiert, wie immer! Ich bin eine solche Idiotin.»

Zoe schüttelte den Kopf. «Du hast da überhaupt nichts falsch interpretiert. Keiner dieser Kerle war der Richtige für dich. Ich kann nicht fassen, dass du je geglaubt hast, einer von ihnen könnte es sein. Was hast du dir dabei nur gedacht?»

«Ich habe daran gedacht, wie Angela gesagt hat, ich hätte die Liebe meines Lebens gehen lassen. Kannst du dir vorstellen, wie entsetzlich sich das anfühlt?», jammerte Fern. «Also musste es einer von den dreien sein, und ich durfte nicht riskieren, das zu vermasseln. Ich habe alles versucht, es wieder geradezubiegen, Zoe, alles, was mir einfiel, da ich ja nun nicht einfach die Zeit zurückdrehen konnte. Aber es hat trotzdem nicht funktioniert. Also hab ich gestern Abend beschlossen, dass ich auf die Prophezeiung und all die nutzlosen Männer pfeife. Es ist Zeit, dass ich was für mich tue. Deshalb habe ich beschlossen, Aleks Jobangebot anzunehmen und in Prag neu anzufangen. Was hab ich schließlich zu verlieren?»

Zoe wirkte völlig schockiert. «Du hast nie etwas von alledem erwähnt. Ich hatte ja keine Ahnung, dass Angelas Weissagung dich dermaßen aufgewühlt hat. Ich wünschte, du hättest mir was gesagt.»

«Na, du tust ja selber ziemlich geheimnisvoll diesbezüglich», merkte Fern an. «Aber glaub mir, Zoe: Was auch immer Angela zu dir gesagt hat, es ist Quatsch.»

«Daran habe ich nie auch nur eine Sekunde lang gezweifelt.» Inzwischen hatten sie die Sicherheitskontrolle erreicht. Zoe schlang die Arme um ihre Freundin und drückte sie an sich. «Was auch immer passiert ist, Fern, ich lieb dich, wie du bist. Deinen Freundinnen ist das alles völlig egal. Wir würden nie über dich urteilen.»

Fern unterdrückte ein Schluchzen. «Ich wünschte, ich hätte dir alles erzählt.»

«Du kannst mich ja nach Prag einladen. Ich freu mich schon darauf, dich zu besuchen. Dann lasse ich Steve zu Hause, und wir machen uns ein richtiges Mädelswochenende.»

«Klingt super.» Dann zuckte Fern vor Schreck zusammen, denn ihr Flug wurde zum letzten Mal aufgerufen. «Mist! Ich muss los!»

«Pass auf dich auf, Süße, ja?», murmelte Zoe in Ferns Locken, bevor sie ihre Freundin losließ. «Und wenn es in Prag nicht läuft, dann weißt du hoffentlich, dass wir hier alle auf dich warten und uns um dich kümmern, okay?»

«Okay», krächzte Fern. Zoe hatte so ein weiches Herz, dass sie beide gleich losheulen würden, wenn sie nicht schnell durch die Sicherheitskontrolle verschwand. «Ich ruf dich an, sobald ich mich eingerichtet hab.»

«Das will ich hoffen.» Zoes Augen glänzten. «Dann mal ab mit dir. Sonst verpasst du noch das Flugzeug.»

Fern holte tief Luft. Es war so weit. Sie ließ alles und alle hinter sich. War das wirklich die richtige Entscheidung? Vielleicht sollte sie die Idee einfach vergessen und mit Zoe nach Hause fahren. Doch dann hob Zoe die Hand, um ihr zu winken, und ihr Verlobungsring fing wieder einmal auf diese besondere Art das Licht ein und warf smaragdgrüne Strahlen auf den Boden. Die Symbolik hätte nicht eindeutiger sein können, wenn ein griechischer Chor durch die Halle spaziert wäre und die Botschaft verkündet hätte. Zoe war verheiratet und versorgt. Wie konnte sie da verstehen, wie sich das Leben für Fern anfühlte? Sie trieb wie ein ruderloses Boot auf stürmischer See. Natürlich war der Umzug die richtige Entscheidung. Also rückte Fern ihre Schultertasche zurecht, warf Zoe einen letzten Luftkuss zu und marschierte zum Gate, ohne sich noch einmal umzublicken.

Jetzt begann ihr neues Leben.

Kapitel zweiundzwanzig

In einem Taxi quer durch Prag zu heizen, war nicht annähernd so romantisch, wie das Kino einen gerne glauben ließ. Während Ferns Fahrer sich rasant durch den Verkehr schlängelte und dabei klapprige Ladas und schicke Mercedes mit derselben Entschlossenheit schnitt, schloss sie die Augen, klammerte sich am Kunstledersitz fest und betete, dass sie es unbeschadet bis zu Alek nach Hause schaffen würden. Vielleicht war es ein schwerer Fehler gewesen, den Mann zu bitten, sie so rasch wie möglich ans andere Ende der Stadt zu bringen. Schließlich war sie den weiten Weg nicht gekommen, um als kleiner Klecks Fern-Marmelade auf der Hauptverbindungsstraße zwischen Flughafen und City zu enden.

Auf keinen Fall, dachte Fern entschlossen. Dies hier war der Anfang zu einem neuen Kapitel ihres Lebens.

Sie hatte mit sich gerungen, ob sie Alek von ihrer spontanen Rückkehr erzählen sollte oder nicht. Letztlich hatte sie beschlossen, ihn zu überraschen. Um zwei Uhr morgens hatte ihr die Idee noch gefallen, jetzt aber wurde sie etwas nervös. Vielleicht hätte sie ihn besser vorwarnen sollen?

Entgegen allen Erwartungen gewann Ferns Taxi schließlich doch den Kampf mit dem dichten Verkehr und hielt triumphierend vor Aleks und Francescas Haus. Nachdem sie ein schnelles Dankgebet gen Himmel geschickt hatte, dass sie noch lebte – zumindest war ihr bei der halsbrecherischen Fahrt durch Prag klargeworden, dass sie noch keine Selbstmordgedanken hegte –, sammelte Fern ihre Gepäckstücke ein und reichte dem Fahrer ein Bündel zerknitterter Scheine.

«Sehen Sie, ich habe Sie schnell hergebracht, stimmt's?» Er grinste.

Ferns Magen befand sich noch immer in der Ankunftshalle. «Sehr schnell», versicherte sie. «Bitte behalten Sie das Wechselgeld.»

Der Taxifahrer strahlte Fern an, drückte ihr eine Visitenkarte in die Hand und drängte sie, seine Dienste bald wieder in Anspruch zu nehmen. Entweder hatte sie ihn völlig überbezahlt, oder es war niemand sonst in der Tschechischen Republik verrückt genug, bei ihm einzusteigen. Nachdem er mit einem fröhlichen Winken davongebraust war, holte Fern tief Luft. Es war so weit. Nun musste sie herausfinden, ob Alek sie immer noch einstellen wollte und ob sie sich ein Leben in Prag aufbauen konnte.

Es war ein sonniger Herbsttag, und der Wind blies die Wolken über einen waschmittelblauen Himmel. Die Luft war irgendwie frischer als in Heathrow, so als lägen Hoffnung und Begeisterung darin, und selbst die eleganten Bäume, die die Straße säumten, schienen kräftiger zu leuchten. Fern spürte, wie ihr Herz, von dieser offensichtlichen Symbolik ermuntert, einen Hüpfer machte.

Sie schwang sich also den Rucksack auf den Rücken und zog ihren Koffer die Marmortreppe hinauf, die zu Aleks glänzender blauer Haustür führte. Oben angekommen, schnaufte sie schwer und war so damit beschäftigt, den Trolley die letzte Stufe hinaufzuwuchten, dass sie nicht merkte, wie Francesca mit einer riesigen Kiste im Arm herausgestürmt kam.

«Oh!», rief Francesca, als sie mit dem Fuß an Ferns Koffer

hängenblieb und der Länge nach auf dem Treppenabsatz landete. «Meine Sachen!» Sie streckte die Hand aus, doch es war natürlich zu spät. Schon polterte die Kiste samt Inhalt die Treppe hinunter, gefolgt von Ferns Koffer und schließlich auch noch von Fern selbst.

«O nein, Fern!», rief Francesca erschrocken. «Das tut mir so leid! Ist dir was passiert? Ich hab dich gar nicht gesehen. Ich dachte, du bist nach Hause geflogen?»

Ferns Welt stand einen Augenblick lang kopf, und ihr Trolley im Zebralook würde nie wieder der alte sein, aber sie war unverletzt.

«Alles okay», meinte sie und streckte ihre Gliedmaßen, nur um sicherzugehen. «Ja, ich bin nach Hause geflogen, aber ich habe beschlossen, zurückzukommen und Aleks Jobangebot anzunehmen, wenn er mich noch haben will.»

Francesca lächelte Fern müde an. «Ich bin sicher, er wird hocherfreut sein.» Sie strich sich die braunen Haare hinter die Ohren und fing an, ihre Besitztümer einzusammeln. «Er spricht immer davon, wie talentiert und kreativ du bist.»

«Wirklich?» Fern war erleichtert, das zu hören. «Das ist gut. Um ehrlich zu sein, stecke ich auch ziemlich in der Klemme, falls er mich nicht einstellt, denn ich habe heute Morgen gekündigt.»

Francesca schüttelte den Kopf. «Fern, du bist verrückt!»

«Schon möglich. Aber manchmal hat man einfach keine andere Wahl, als etwas Drastisches zu unternehmen», erklärte Fern mit einem Schulterzucken. «Ich habe gestern Abend ein paar schwierige Entscheidungen gefällt, aber ich bin ziemlich sicher, dass es die richtigen für mich sind.»

«Das verstehe ich.» Chess nickte. «Ich bin selber in der gleichen Situation.» Sie machte eine Handbewegung in

Richtung ihrer verstreuten Sachen. «Aber das hast du dir sicher selbst schon gedacht.»

«Mistest du aus?»

Die Kiste war auf jeden Fall ziemlich voll gewesen. Bilder von Alek und Chess wehten wie Schneeflocken über die Straße, zerfledderte Bücher waren auf den Gehweg gepurzelt, und eine Yucca-Palme saß leicht beschwipst in ihrem zerschlagenen Topf. Jetzt, wo Fern genauer hinsah, stellte sie fest, dass direkt vor der Haustür bereits vier schwarze Müllsäcke warteten, eingerahmt von zwei Kalbslederkoffern und einer Stereoanlage.

«Nicht ganz», antwortete Chess. «Ich ziehe aus.»

Ferns Magen machte einen Satz. «Warum? Was ist los?»

Francesca ließ sich auf die oberste Stufe sinken, zog die Knie an die Brust und schlang die Arme darum. «Ist das nicht offensichtlich? Ich verlasse Alek.»

«Was? Nein!» Fern hätte nicht schockierter sein können. «Ihr zwei seid doch so super zusammen!»

«Das war einmal, fürchte ich! Komm schon, Fern, du hast doch bei uns gewohnt. Du musst gesehen haben, wie die Dinge laufen.»

Fern dachte nach. Bei der Dinnerparty waren die Spannungen zwischen Alek und Chess durchaus spürbar gewesen. Alek hatte selbst gesagt, dass sie wohl leider unterschiedliche Dinge wollten. Und dann war da noch der Abend, an dem Alek die Verlobungsparty vorzeitig verlassen hatte, um Fern abzuholen. Chess hatte recht: Die Zeichen waren deutlich lesbar für jemanden, der genauer hinsah.

Wie gut also, dass Fern sich die Bühnenbildnerei als Beruf ausgesucht hatte, denn als Detektiv würde sie eine sehr schlechte Figur abgeben.

«Alek und ich wollen unterschiedliche Dinge», sagte Chess leise und wiederholte damit, was Fern gedacht hatte. «Er ist glücklich damit, in der Stadt zu wohnen oder spontan von hier nach da zu reisen. Er liebt es, von einem Tag auf den anderen nicht zu wissen, was passiert, oder seine Pläne von jetzt auf nachher umzuwerfen.»

Fern erwiderte nichts. Sie konnte Alek da total verstehen.

«Aber ich will so nicht mehr leben», fuhr Francesca fort. «Für mich ist der Zeitpunkt in meinem Leben gekommen, etwas zu verändern. Und um das zu tun, muss ich wohl akzeptieren, dass Alek und ich zu verschieden sind, als dass es mit uns auf Dauer funktionieren könnte. Einer von uns würde glücklich sein, aber nur auf Kosten des anderen.»

«Das verstehe ich.» Fern schloss die Augen und sah wieder Matt vor sich, der ihr von den Vorzügen des Landlebens vorschwärmte. «Ich hatte einen Freund, der wollte aufs Land ziehen und Hühner halten. Ich würde mir lieber den rechten Arm abhacken, als auch nur mehr als fünf Minuten vom nächsten Starbucks entfernt zu wohnen. Wir hätten einander total unglücklich gemacht.»

«Was ist passiert?» Chess hatte ihre braunen Augen weit aufgerissen.

«Er hat eine Frau gefunden, die perfekt zu ihm passt», antwortete Fern und begriff in dem Moment, dass es hundertprozentig stimmte. «Sie werden ein Cottage in der Pampa mit Hühnern und allem Drum und Dran kaufen.»

Francesca runzelte die Stirn. «Was bedeutet Pampa?»

«Weit weg von allem? Auf dem Land? Vergiss es einfach. Was zählt, ist, dass ihre jeweiligen Träume zueinander passen, während das bei ihm und mir nicht der Fall war. Die einzigen Hühner, mit denen ich etwas zu tun haben will, sind die von KFC.»

Chess kicherte. Dann biss sie sich nachdenklich auf die Lippe. «Ich glaube, das ist bei uns das Gleiche. Alek und ich passen nicht zusammen. Als ich euch beide letzte Woche beobachtet habe, wie ihr euch über die Arbeit unterhalten und Späße gemacht habt, da wurde mir klar, wie sehr er und ich uns auseinandergelebt haben.»

Fern war entsetzt. «Chess, zwischen mir und Alek läuft nichts, falls da das Problem liegt! Ehrlich! Bitte denk das keine Sekunde lang! Alek ist nicht der Grund, weshalb ich zurückgekommen bin!»

Francesca berührte Fern sanft am Arm. Ihre Augen waren feucht. «Was ich sagen will, ist Folgendes: Ich habe begriffen, dass es Zeit für eine Veränderung ist. Es ist traurig, aber diese Dinge passieren eben. Vielleicht sind wir jetzt beide frei, um unser perfektes Gegenstück zu finden?»

Bei diesen Worten musste Fern schlucken, aber sie konnte gegen eine solche Logik kaum widersprechen. Also blieb ihr nichts anderes übrig, als Chess zu umarmen, bevor sie ihr dabei half, ihre Habseligkeiten in ihren schicken roten BMW zu laden. Sobald Chess mit der ersten Fuhre weggefahren war, ging Fern ins Haus. Ihr erster Gedanke galt Alek. Er betete Francesca an – er hatte seine Familie und Freunde in London zurückgelassen, um ihr nach Prag zu folgen –, und sie wusste, dass es ihm wirklich dreckig gehen würde.

Sie hoffte nur, dass nicht ihre Anwesenheit im Haus einen Keil zwischen die beiden getrieben hatte. Chess hatte nämlich schon recht: Wenn Alek und Fern über die Arbeit redeten, dann sprühten die Funken, und es konnten Stunden vergehen, während alle anderen vor Langeweile schier einschliefen. Ich habe doch hoffentlich nicht noch eine meiner Freundschaften in Gefahr gebracht, dachte Fern düster, während sie ihren Koffer in der kühlen Eingangshalle zurückließ. Das wäre dann wirklich ein Rekord.

Das Haus war still, als hielte es den Atem an. Im Flur tickte die alte Großvateruhr am Fuß der Treppe, und der riesige antike Kronleuchter warf Rauten aus Licht aufs Parkett. Aleks Ledertasche hing über dem unteren Ende des Geländers und sein schwarzer Ledermantel am Haken neben der Küchentür. Also war er zu Hause und hatte sich irgendwo verkrochen, während Francesca ihr gemeinsames Leben auseinandernahm. Er würde nicht in der Lage sein zuzusehen, wie sie ihre Sachen einsammelte. Fern wusste, dass er Abschiede hasste. Im Gegensatz zu Fern, die heftige Gefühle dadurch aushielt, zog Alek sich stets an einen ruhigen Ort zurück, wenn es ihm zu viel wurde. Das bedeutete nicht, dass er weniger empfand, wie Fern irgendwann klargeworden war, er ging lediglich anders damit um.

Sie durchquerte den Flur, schlüpfte aus ihrer Kunstpelzjacke und merkte, wie nervös sie war. Sie war gerade mal vierundzwanzig Stunden weg gewesen, doch die Welt hatte sich gedreht. Es kam ihr so vor, als hätte sie Alek das letzte Mal in einem anderen Leben gesehen. In gewisser Weise stimmte das ja auch. Als sie Prag verließ, war sie voller Hoffnung gewesen, dass sich ihre Prophezeiung nur wenige Stunden später erfüllen würde. Während ihr Taxi auf dem Weg zum Flughafen die eleganten Boulevards entlanggefahren war, hatte ihr Magen vor Vorfreude Saltos geschlagen, weil sie mit Matt bald wieder vereint sein würde. Sie hatte sich ein Leben als seine Partnerin ausgemalt und Hochzeiten geplant. Sie hatte sich sogar pausbäckige Kinder mit Matts dunklen Augen und ihren blonden Locken vorgestellt ...

Ungeduldig schüttelte sie den Kopf, als könnte sie sich auf diese Weise von den Bildern befreien. Was war sie doch für eine Idiotin gewesen! So ein Leben hatte nur in ihrer überhitzten Phantasie existiert. Nun war sie als Single zurückgekehrt, heimatlos, joblos und auf Aleks Gastfreundschaft angewiesen. Für ihn könnte der Zeitpunkt vermutlich nicht ungünstiger sein.

«Hallo», rief sie. «Alek? Ich bin's, Fern. Wo steckst du?»

«Fern?» Sie hörte einen Stuhl über den Küchenboden scharren, gefolgt von Aleks leichten Schritten. Dann tauchte er in der Tür auf. Seine Krawatte war gelöst, und in der Hand hielt er ein Glas Scotch. Er hatte violette Schatten um die Augen, war unrasiert, und unter seiner natürlichen Bräune wirkte er blass. Als er Fern im Flur stehen sah, weiteten sich seine Augen vor Überraschung. «Mein Gott, du bist es wirklich. Was machst du hier?»

«Vergiss mich mal fürs Erste. Nichts von meinem Kram ist wichtig. Bist du denn okay?»

Alek zuckte mit den Schultern. «Ich schätze mal, du bist Chess begegnet?» Er seufzte. «Ich würde lügen, wenn ich behaupten würde, dass das Ende aus heiterem Himmel kam, aber besonders angenehm war's trotzdem nicht. Mir war auch nie klar, dass all unsere Kissen ihr gehören. Was habt ihr Frauen bloß mit Kissen?»

Alek wirkte so untröstlich, als er das sagte, dass es Fern fast das Herz brach. Sie stürzte auf ihren Kumpel zu, schlang die Arme um ihn und drückte ihn fest. «Ich hab auch Hunderte davon. Ist also tatsächlich eine Frauensache. Keine Sorge, ich werde sie dir stiften.»

Trotz des Kummers, der sich in sein Gesicht gegraben hatte, musste Alek lachen. «Ich wette, deine sind allesamt entweder pink oder pelzig oder mit Tigermuster, richtig?»

Sie boxte ihn spielerisch gegen den Arm. «Daran gibt es überhaupt nichts auszusetzen. Wenn du ganz viel Glück hast, leihe ich dir das mit den aufgenähten Spiegelstückchen, das ich seit Studienzeiten besitze. Was meinst du?»

Alek warf einen Blick in sein halb leeres Glas. «Ich glaube, ich brauche noch einen Drink. Magst du auch?»

Die Großvateruhr schlug halb zwei. «Na gut. Die Sonne hat den höchsten Punkt überschritten, wie meine Mutter zu sagen pflegt.» Fern folgte Alek in die Küche und ließ sich auf einem der schmerzhaft designten Hocker nieder, die neben der Arbeitsplatte aus Granit standen.

«Ich weiß zwar nicht, warum du hier bist», sagte Alek, während er ihr in ein glitzerndes Kristallglas großzügig einschenkte, «aber ich bin verdammt froh, dich zu sehen.»

Fern legte ihre Hand auf seine. «Es tut mir so leid, dass mein Timing dermaßen schlecht ist, Al. Ich wäre hier niemals aufgetaucht, wenn ich gewusst hätte, was gerade los ist.»

Er schüttelte den Kopf. «Ich bin froh, ein bekanntes Gesicht zu sehen. Das war hier wie im Kalten Krieg. Du musst es doch gemerkt haben, während du da warst? Zwischen mir und Chess war es echt ziemlich unterkühlt.»

Sie biss sich auf die Lippe. «Alek, eure Trennung hat aber nichts mit meinem Besuch zu tun, oder? Du weißt doch, was man über Gäste sagt, Fische und Gäste und so weiter?»

Er sah sie verwirrt an. «Ist das irgendein seltsames englisches Sprichwort?»

«Ja, ich schätze mal, das ist es. Eine weitere von Cybils Weisheiten.» Fern schwenkte nachdenklich die bernsteinfarbene Flüssigkeit in ihrem Glas. « Gäste und Fische fangen nach drei Tagen an zu stinken.»

«Das ist witzig!» Alek warf lachend den Kopf in den Nacken. Fern fiel auf, wie kräftig sein Hals war und wie die Muskeln sich zusammenzogen und zuckten. Alek seufzte und legte seine Hand auf ihre. «Es ist witzig, aber in deinem Fall nicht zutreffend, Fern. Dass Chess und ich uns trennen, hat nichts mit deinem Besuch hier zu tun, glaub mir. Wir haben einfach das Ende unseres gemeinsamen Weges erreicht. Weißt du noch, wie ich dir erzählt habe, dass wir unterschiedliche Dinge wollen?»

Fern nickte. «Du hast gesagt, das führt zu Problemen zwischen euch.»

«So ist es.» Alek beobachtete sie aufmerksam und hatte dabei den Kopf leicht schräg gelegt. Er wägte ab, was er als Nächstes sagen sollte. «Hör zu, Fern, bitte versteh mich nicht falsch, aber vielleicht hat deine Anwesenheit hier uns gezeigt, wie wenig Chess und ich inzwischen noch gemeinsam haben. Mir hat es gutgetan, meine Arbeit mit jemandem besprechen zu können, ohne zu befürchten, den anderen damit halb zu Tode zu langweilen.» Er fuhr sich mit der Hand über die Augen. «Ich schätze einfach, uns ist beiden klargeworden, dass es so nicht mehr weitergeht. Es war an der Zeit, dass wir uns trennen.»

«Aber es ist so traurig!»

«Aber für uns beide das Richtige», meinte Alek leise. «Wir müssen nach vorne schauen. Manche Dinge sollen einfach nicht sein.»

«Genau wie bei mir und Matt», erzählte Fern ihm betrübt. «Das hat auch nicht funktioniert. Wir sind zu verschieden, um uns eine gemeinsame Zukunft aufzubauen.»

Alek schenkte ihr noch etwas Whisky nach. «Wir geben schon ein tolles Paar ab, was?»

Eine Weile saßen sie in einträchtigem Schweigen nebeneinander und nippten an ihren Drinks.

«Was uns beide als tolles Paar angeht», meinte Fern schließlich, «das ist sozusagen der Grund, weshalb ich zurückgekommen bin. Ich habe mich gefragt ... nein, ehrlich gesagt, mehr als das, ich hoffe inständig, dass dein Angebot, mit dir zu arbeiten, ernst gemeint war?»

Alek starrte sie an.

«Ich meine, wenn es in Ordnung ist», fügte Fern rasch hinzu. «Also, wenn nicht, ist das auch okay. Ich will mich nicht aufdrängen oder so.»

Vielleicht war jetzt nicht der beste Zeitpunkt, ihm zu erzählen, dass sie spontan ihren Job gekündigt hatte und nach Prag zurückgeflogen war, weil es ihr einfach richtig vorkam. Im Hinblick auf die Arbeit sollte Alek sie möglicherweise besser nicht für völlig flatterhaft halten, auch wenn die meisten ihrer Freunde sie ohnehin schon mit Feenflügeln auf dem Rücken zu Gesicht bekommen hatten.

«Fern Moss», erklärte Alek, und nun glänzten seine Augen wie dunkler Sirup. «Du hast doch tatsächlich deine Kündigung schon eingereicht, gib's zu?!» Er knallte sein Glas auf den Tisch und ergriff ihre Hände. «Du hast es wirklich getan!»

Es war ein bisschen beunruhigend, dass ihr potenzieller neuer Geschäftspartner sie so gut kannte, dachte Fern. Doch er hatte sie schon immer ganz und gar durchschaut.

«Steht dein Angebot noch?», erkundigte sie sich. «Willst du mich immer noch im Team haben? Vielleicht sollten Freunde nicht zusammenarbeiten?»

«Natürlich sollten sie das, verdammt!», rief Alek, und sein Lächeln war so süß, dass Fern ihn fast geküsst hätte. «Und natürlich steht das Angebot noch. Versuche ich nicht seit einem ganzen Jahr, dich dazu zu überreden?» Er sprang auf und suchte das Weinregal ab. «Nein, ich glaube, wir brauchen Champagner, um auf diese neue Geschäftspartnerschaft anzustoßen! Wir werden das beste Team sein. Das waren wir doch schon immer, nicht wahr?»

«Auf jeden Fall», stimmte Fern ihm zu. «Wir haben eigentlich dauernd Spaß dabei gehabt.» Bei der Erinnerung daran musste sie kichern. «Weißt du noch, wie wir das Set für die Camelot-Show gemacht haben?»

«Und du diesen Pseudo-Keuschheitsgürtel anprobiert hast und nicht mehr rausgekommen bist?», Lachend zog Alek eine Flasche Cristal aus dem Kühlschrank. «Die Jungs von der Requisite waren ziemlich angepisst, als sie ihn aufschneiden mussten.»

Fern setzte eine gespielt empörte Miene auf. «Ähm, darf ich dich daran erinnern, wer mit mir um einen Drink gewettet hat, dass ich mich nicht traue, das Ding anzuziehen?»

Lachend schwelgten sie in Erinnerungen und wurden von Sekunde zu Sekunde wehmütiger. Fern dachte schon kaum mehr an die dämliche Prophezeiung. Selbst der Gedanke an Matt und die gemeinsame Zukunft, die es nie geben würde, tat irgendwie weniger weh. Fern hoffte nur, dass es Alek in Bezug auf Chess genauso ging. Er war so ein guter Freund, sie wollte nicht, dass er Kummer hatte. Vielleicht würde die gemeinsame Arbeit es ihnen beiden leichter machen, über diese Dinge hinwegzukommen.

Alek ließ den Korken knallen und reichte Fern eine randvolle Champagnerflöte.

«Auf eine lange und erfolgreiche Partnerschaft», meinte er und hob sein Glas. «Und auf alte Freunde, die einen Neuanfang wagen.»

Als Fern mit ihm anstieß, war sie bestens gelaunt. Sie würde nicht länger an der Vergangenheit herummachen oder ihre Zeit mit Prophezeiungen verschwenden. Dies war ein ganz neues Leben.

Sie konnte es kaum erwarten!

Kapitel dreiundzwanzig

Und Cut!», rief der Regisseur. «Gute Arbeit. Das war's für heute.»

Allgemeines Seufzen der Erleichterung. Der Regisseur von *Nauticus*, dem jüngsten Luke-Scottman-Streifen, war bekannt für seine hohen Ansprüche, und es war nicht ungewöhnlich, dass Drehtage sich mehrere Stunden länger als geplant hinzogen. Normalerweise machte Fern das nichts aus, aber heute Abend drehten sie auf einer Klippe in Cornwall, es war bereits nach Mitternacht, die Luft eiskalt, sie zitterte trotz ihrer dicken Daunenjacke, und sogar ihre Gänsehaut hatte bereits Gänsehaut. Wie musste Luke sich da erst in seinem dünnen Leinenhemd und den Reithosen fühlen.

«Gott sei Dank!» Alek unterdrückte ein Gähnen. «Ich dachte, er wird mit den Takes nie zufrieden sein.»

«Wenn ich diese Verführungsszene bei Kerzenlicht noch ein einziges Mal hätte verändern müssen, hätte ich geschrien», stöhnte Fern, blies sich auf die Fingerspitzen und stampfte mit ihren tauben Füßen. «Was für ein Perfektionist.»

«Aber er ist weltweit einer der besten Regisseure, und es kann unserem Ruf nicht schaden, mit ihm gearbeitet zu haben», erinnerte Alek sie mit einem stolzen Lächeln.

«Hmmm, vielleicht ist NOMO Set Design ein Opfer des eigenen Erfolgs?», meinte Fern, für die Spaß etwas anderes war, als sich nachts um halb eins zu Tode zu frieren. «Nächstes Mal ist es mir wirklich egal, wie toll ein Film ist oder was der

Auftrag für unsere Firma bedeutet. Wenn der Regisseur ein Sadist ist, lehnen wir ab.»

In den drei Monaten, seit Alek und Fern ihre Set-Design-Firma gegründet hatten, waren sie mit Arbeit nur so überhäuft worden und waren eindeutig dabei, sich einen Namen im Filmgeschäft zu machen. Der Auftrag für diesen neuen Historienschinken – eine Art kornische Schmugglersaga gekreuzt mit *Fluch der Karibik* – war das Tüpfelchen auf dem i gewesen. Sie hatten so viel entwerfen, skizzieren und reisen müssen in den letzten Monaten, dass Fern kaum zum Durchschnaufen gekommen war. Sie hatte noch nicht einmal Zeit gehabt, sich eine eigene Wohnung zu suchen, sondern hauste nach wie vor bei Alek zur Untermiete, ein Arrangement, das erstaunlich gut funktionierte. Sie stritten sich nie, Fern genoss Aleks Kochkünste, und zum Ausgleich hatte sie sein ziemlich strenges und minimalistisches Heim in eine Welt der Stoffe und Farben verwandelt. Sie hatte sogar den Eindruck, dass Alek dank ihrer Anwesenheit nicht übermäßig unter der Trennung von Chess litt. Und um ehrlich zu sein, gestand Fern sich ein, während sie schnell zusammenpackte, war es auch ihm wunderbar gelungen, sie von ihren Schwierigkeiten in Liebesdingen abzulenken. Das Leben in Prag war sogar noch besser, als sie erhofft hatte. Was den kreativen Aspekt anging, so war sie noch nie so zufrieden gewesen – die Arbeit mit Alek inspirierte sie wirklich –, und abends war auch so viel geboten, dass manchmal Wochen vergingen, in denen sie pausenlos unterwegs war.

«Alles fertig?», erkundigte sich Alek, nachdem er den Handkarren mit den Requisiten beladen hatte.

Fern nickte. «Gott sei Dank. Wie spät ist es?»

Alek zuckte mit den Schultern, und Fern bemerkte einen

blassen Streifen an seinem Handgelenk, wo normalerweise seine Rolex ihren stolzen Platz hatte. «Vielleicht eins? Auf jeden Fall spät.»

«Das sicher.» Wenn Fern nicht bald ins Bett kam, würde sie direkt hier auf dem feuchten Gras einschlafen. «Können wir jetzt bitte gehen? Ich brauche dringend einen heißen Drink und eine Mütze voll Schlaf.»

«Was, du willst nicht mit der Crew Party machen? Ich glaube, du wirst alt!», zog er sie auf.

Fern konnte sich nichts Schlimmeres vorstellen. Sie wollte nur noch schlafen, und zwar lange Stunden. «Geh du ruhig», sagte sie zu Alek. «Ich check im Hotel ein und treffe euch dann morgen.»

«Ah. Da gibt es ein kleines Problem.» Alek hätte nicht verlegener wirken können. «Was das Hotel betrifft ...»

«Diesen Gesichtsausdruck kenne ich doch.» Fern stemmte die Hände in die Hüften und tat so, als wäre sie sauer. «Das ist dein Ähm-ich-hab-da-was-vergessen-Gesicht. Zum letzten Mal hab ich das vor ein paar Wochen beim Dreh in Venedig gesehen, als du den Geburtstag deiner Mutter vergessen hattest. Musstest du nicht eine sehr, sehr nette Freundin losschicken, um ein Geschenk zu kaufen, und deine Mutter schließlich zum Mittagessen ausführen?»

Er hob die Hände. «Ja, das stimmt. Jedenfalls gibt es nur ein einziges, winziges Hotel hier im Dorf, und das war schon vor Wochen komplett ausgebucht. Ebenso alle Pensionen. Tut mir echt leid.»

«O Alek! Nicht noch eine Campingnacht im Bus? Da sterben wir an Unterkühlung.»

«Würde ich dir das antun?», fragte Alek. Er tat, als dächte er einen Moment nach. «Okay, ja, vermutlich würde ich das, aber nicht heute Nacht. Als ich herausgefunden habe, dass alles voll ist, bin ich aktiv geworden und konnte uns durch Bestechung eine Unterkunft für heute Nacht sichern.» Er rollte mit den Augen.

«Nicht etwa deine Uhr!», staunte Fern. «O Al, das war doch nicht nötig. Ich weiß, was dir diese Uhr bedeutet.»

«Es ist mir wichtiger, dich nicht hängenzulassen. Ich hab dich mit zu diesem Job geschleppt, also schulde ich dir wenigstens ein anständiges Bett für die Nacht.»

«Ich kann es kaum erwarten!» Fern hakte sich bei ihm unter, und sie spazierten im Zickzackkurs den steilen Klippenpfad hinunter ins dunkle Dorf. «Es muss was ganz schön Besonderes sein, wenn es dich eine Rolex gekostet hat. Ich glaube, ich weiß sogar, wo. Hat es Meerblick?» Auf dem Weg in das kleine Fischerdorf war ihr zuvor ein beeindruckendes graues Steinhaus aufgefallen, das direkt am blaugrünen Wasser stand. Wie klasse wäre es, dort in einem großen Himmelbett zu übernachten, in eine dicke Daunendecke gewickelt, und morgens beim Aufwachen auf die glitzernden Wellen zu schauen.

«Meerblick ist auf jeden Fall garantiert», versprach Alek ihr. «Und ich bin sicher, dass es sich um ein einmaliges Erlebnis handeln wird.»

Der Klippenpfad wurde schließlich zu einer gepflasterten Straße, die abrupt an der Hafenmauer endete, hinter der die Fischerboote auf dem Wasser schaukelten und an ihrer Vertäuung zerrten, während die Wellen gegen ihren Bug schwappten.

«Hier sind wir», verkündete Alek stolz.

Fern war verwirrt und ein bisschen genervt. «Al, was machen wir hier fast am Strand?»

«Siehst du das Boot dort drüben?» Er zeigte übers Hafenbecken hinweg auf eine kleine Yacht, die fröhlich auf der hereinkommenden Flut tanzte.

Fern kniff die Augen zusammen. «*Dawn Raider*?»

«Genau.» Alek begann, eine klapprige Leiter hinunterzuklettern, die gefährlich tief zum tintenschwarzen Wasser hinunterführte. «Da übernachten wir. Sie gehört einem Mann vom Ort, den ich mittags im Pub kennengelernt habe. Ich konnte ihn dazu überreden, sie mir für eine Nacht zu leihen. Zum Glück hat er eingewilligt!»

Fern fing an zu lachen. «Natürlich hat er eingewilligt, du Witzbold! Eine Rolex im Tausch gegen eine Nacht auf dem Boot? Er muss vor Freude völlig aus dem Häuschen sein.»

«Nun ja», gab Alek zu, «aber das ist die Art von Abenteuer, die eigentlich unbezahlbar ist. Komm schon», fügte er hinzu, als sie immer noch unschlüssig auf der Mole herumstand. «Beeil dich! Was ist denn los?»

«Al, ich weiß, wir haben da noch nie drüber geredet, aber ich stehe nicht sonderlich auf Segelboote. Ich werde schon seekrank, wenn ich bloß das Blue-Peter-Logo anschaue!»

«Das wird schon. Ich gehe voraus», rief Alek zu ihr hoch. «Nun komm, ich lass dich bestimmt nicht fallen. Vertrau mir.»

«Ich vertraue dir ja», murmelte Fern, während sie ihm zittrig folgte. «Ich bin mir nur nicht sicher, ob ich dieser Leiter hier vertraue!»

Am Fuß der Leiter war ein dermaßen löchriges Ruderboot festgemacht, dass man lieber die Titanic genommen hätte. Fern schloss die Augen und betete. Dann spürte sie Aleks starke Hände um ihre Taille, als er sie ins Boot hob, das furchtbar hin und her schaukelte. Und dann ging es los.

«Du kannst deine Augen jetzt wieder aufmachen», gluckste Alek. Er kniete gefährlich dicht am Bug des Bootes und steuerte, indem er das Paddel mal links und mal rechts eintauchte und sie so zwischen den verschiedenen kleineren Booten im Hafen hindurchmanövrierte.

«Du hast mir nie erzählt, dass du tatsächlich richtig paddeln kannst», staunte Fern.

«Du hast ja nie gefragt. Wo sonst, glaubst du, habe ich diesen muskelbepackten Körper her? Von der Bühnenbildnerei?»

«Mir waren die Muskelpakete bisher nicht aufgefallen, aber ich nehm dich einfach beim Wort.»

Da krachte das Ruderboot gegen den Rumpf der Yacht.

«Endlich zu Hause!», rief Alek.

Er machte einen komplizierten Knoten, bugsierte Fern eine weitere Leiter hinauf, zog sie über das rutschige Deck und bewahrte sie gerade noch davor, kopfüber in die Kabine zu stürzen. Innen war es überraschend warm, und Alek zündete eine Sturmlampe an, die schließlich den kleinen Raum ausleuchtete. Fern sah sich um. Es gab zwei schmale Betten an der Wand, einen kleinen Tisch und ein Spülbecken, das so winzig war, dass es eher an eine Vogeltränke erinnerte. In der Ecke standen ein Campingkocher und ein Eimer.

«Ich nehme mal an, das ist die Toilette», meinte Alek, der ihrem Blick gefolgt war.

«Na, superspitzenklasse.»

«Jetzt sag bloß nicht, dass ich dich nicht immer an die besten Orte führe!»

«Keine Sorge, das werde ich nicht!», gab sie zurück, doch als sie seinen besorgten Gesichtsausdruck sah, schien der Kloeimer plötzlich nicht mehr so wichtig zu sein. Nicht wenn

Alek sich so viel Mühe gegeben hatte, es ihr recht zu machen. Also lächelte sie ihn an. «Ehrlich gesagt ist es echt gemütlich, und ich mag das Plätschern der Wellen und das Klimpern der Leinen. Da werde ich sofort einschlafen.»

Alek wirkte sichtlich erleichtert. Er zog die kleine Tür zu und schloss damit die rabenschwarze Nacht aus. Schatten tanzten durch die Kabine, je nachdem, wie der Wind die Lampe küsste. Das hier war eine ganz andere Welt verglichen mit Aleks wunderschönem Haus in Prag, doch es war irgendwie richtig friedlich, draußen auf dem Wasser zu sein, und das Schaukeln der Wellen ließ Ferns Augenlider noch schwerer werden.

Alek führte sie an der Schulter sanft zu einem der Betten. «Warum setzt du dich nicht hin? Ich schau mal, ob ich etwas zu trinken finde. Angeblich gibt's hier irgendwo Champagner.»

Fern ließ sich auf die Matratze fallen. Sie war so schmal, dass selbst Kate Moss kaum draufgepasst hätte.

«Ah!» Alek zog eine Flasche Moët aus dem winzigen Kühlschrank. «Das sieht doch schon besser aus!»

Mit einem lauten Knallen flog der Korken aus der Flasche. Die köstliche Flüssigkeit blubberte zischend über Aleks starke, gebräunte Hand, als er zwei Kaffeebecher voll einschenkte.

«Ich möchte hiermit einen Toast aussprechen», erklärte er, und seine braunen Augen funkelten. Im Halbdunkel wirkten seine Zähne sehr weiß, und Fern stellte plötzlich erschrocken fest, wie attraktiv er eigentlich war. Wenn man nicht gute Kumpels wäre natürlich.

«Auf dich und mich, die besten Set-Designer im Geschäft. Auf NOMO!»

Sie stießen mit ihren Tassen an.

«Wir sind echt ein gutes Team», meinte Fern, nachdem sie einen ordentlichen Schluck des Blubberwassers genommen hatte. «Du hattest recht. Wir hätten schon vor Jahren gemeinsam was gründen sollen. Weißt du noch, als wir beide für Jeremy gearbeitet haben? Wir haben eigentlich die ganze Zeit nur gelacht.»

«Wir hatten eine Menge Spaß», stimmte Alek ihr zu und quetschte sich neben sie aufs Bett. «Ich war völlig fertig, als ich London verlassen habe, um nach Prag zu ziehen. Das war ein schlimmer Tag für mich.»

Fern starrte auf die Tischplatte. Nicht nur für ihn.

Sanft hob er mit den Fingern ihr Kinn an, sodass sie seinem Blick nicht ausweichen konnte. «Erinnerst du dich noch?», fragte er leise. «Erinnerst du dich an den Tag, als du mich hast gehen lassen?»

Fern ließ beinahe ihre Tasse fallen, denn ihr fiel sehr wohl Aleks Wortwahl auf. Natürlich erinnerte sie sich an jenen Tag. Und zwar ganz genau. Sie und Alek hatten mitten in einem größeren Projekt gesteckt und Tag und Nacht geschuftet, um ein viktorianisches Set für einen blutrünstigen Vampirstreifen zu gestalten. Da wurde ihm der Job in Prag angeboten. Für Alek war es die Chance seines Lebens, und als er Fern fragte, ob er ihrer Meinung nach annehmen solle, hatte sie ihre persönlichen Gefühle beiseitegeschoben und ihn dazu ermuntert.

«Meinst du wirklich, ich sollte gehen?», hatte Alek gefragt und ein bisschen überrascht gewirkt. «Aber wir stecken doch noch mitten in diesem Auftrag.»

Um die aufsteigende Panik zu überspielen, dass sie möglicherweise ihren besten Kollegen verlieren könnte, hatte Fern ein strahlendes Lächeln aufgesetzt. «Aber klar doch», antwortete sie und tat so, als wäre sie damit beschäftigt, schwarze Spitze um eine zerlegte Schneiderpuppe zu wickeln. «Du sagst doch immer, wie sehr Chess sich wünscht, dass du zu ihr ziehst und mehr Zeit mit ihr verbringst. Und Prag ist ja auch deine Traumstadt, oder?»

Doch Alek hatte sehr verwirrt und ziemlich verblüfft gewirkt. «Aber wird es nicht total schwierig für dich, wenn ich gehe? Ich würde dich hängenlassen.»

«Al», hatte Fern erwidert, «ich komm schon klar.»

«Das wäre aber nicht fair. Nein.» Er hatte kurz seinen dunkelhaarigen Kopf geschüttelt. «Ich werde nicht gehen. Es wird noch andere Gelegenheiten geben. Ich werde dich nicht im Stich lassen.»

Seine Loyalität hatte Fern gerührt, doch niemals würde sie zulassen, dass er sich eine solche Chance entgehen ließ, vor allem wenn er dadurch mit Chess zusammen sein konnte. Letzten Endes hatte sie ihm mehr oder weniger befohlen, den Job in Prag anzunehmen.

«Alek, um Himmels willen! Ich kann nicht fassen, dass du überhaupt in Erwägung ziehst, dieses Angebot abzulehnen! Was sollte dich hier halten?»

Er hatte sie angestarrt. «Ich weiß es nicht, Fern. Sag du's mir. Was sollte mich halten?»

Sie wandte rasch den Blick ab. «Nichts, Alek. Dein Leben liegt vor dir. Du wärst verrückt, den Job nicht zu nehmen. Ich bestehe sogar darauf, dass du zusagst. Sonst kündige ich dir!»

«Meinst du das ernst?» Alek klang ungläubig. «Du würdest mich wirklich gehen lassen?»

Fern schluckte den Golfball hinunter, der plötzlich in ihrem Hals zu stecken schien, und drehte sich zu ihm um.

«Absolut», antwortete sie mit fester Stimme. «Natürlich würde ich das.»

Und das war es dann gewesen. Sie hatte ihren besten Freund und wichtigsten Kollegen gehen lassen. Es war egal, dass sie an jenem Abend beim Heimkommen so lange geheult hatte, bis sie wie ein Kobold aussah, oder dass sie bei seiner Abschiedsparty völlig fertig gewesen war. Niemand hatte je behauptet, es sei leicht, das Richtige zu tun, nicht wahr? Auch Alek hatte beim Abschied seltsam widerwillig gewirkt, doch Fern nahm einfach an, dass es ganz schön beängstigend sein musste, alles hinter sich zu lassen und von vorne anzufangen. Sie hatten sich im Guten getrennt, und als Alek in Prag eine steile Karriere hinlegte, war sie erst recht stolz, dass sie selbstlos genug gewesen war, ihn aus seinem Vertrag zu entlassen.

Doch wie sie nun hier neben ihm saß, enger als zwei Sardinen in einer Büchse, und hörte, dass Alek sich an diesen Tag so ganz genau erinnerte, war Fern mehr als geschockt. Ihr fehlten auf einmal die Worte, und so starrte sie ihn einfach nur an, unfähig etwas zu sagen, während das Meer sanft an den Schiffsbauch klatschte. Etwas machte Klick in ihrem Kopf. Es war, als fügten sich die letzten Teile des himmlischen Tetris-Spiels dorthin, wohin sie gehörten.

«Kannst du das nochmal wiederholen?», flüsterte sie schließlich.

Aleks Gesicht lag im Schatten. «Was? Ob du dich an den Tag erinnerst, als du mich hast gehen lassen?»

Alle Luft wich aus Ferns Körper, als wäre gerade ein Sumo-Ringer auf ihrem Solarplexus gelandet. Es war so dermaßen offensichtlich, dass sie fast laut herausgelacht hätte. Wie hatte sie nur so dumm sein können?

«Ich habe dich gehen lassen», flüsterte sie. Das Schweigen dehnte sich aus, während ihr klopfendes Herz fast das Plätschern des Meeres übertönte. «Mein Gott, du warst es die ganze Zeit! Alek, du bist derjenige, den ich habe ziehen lassen!»

Plötzlich war ihr alles klar. Es war, als hätte sie Ewigkeiten die Rückseite eines Wandteppichs angestarrt und ihn jetzt zum ersten Mal umgedreht, um festzustellen, dass all die wirren Knoten und Nähte aus gutem Grund da waren. Man kann in seinem Leben viele Leute lieben, dachte Fern, und aus vielen verschiedenen Gründen, aber es gab nur einen Seelenverwandten. Die Schwierigkeit war, herauszufinden, um wen es sich handelte, und dann bei ihm zu bleiben.

Sie starrte Alek an, als sähe sie ihn zum ersten Mal. All die Wochen, die sie damit vergeudet hatte, das Chaos zu entwirren. Sie hatte Matt und Seb und Luke auf unterschiedliche Weise geliebt, aber sie musste sich dabei immer Mühe geben, die Person zu sein, die diese Männer in ihr hatten sehen wollen. Deshalb hatten diese Beziehungen nicht funktioniert – sie war schlicht mit den falschen Männern zusammen gewesen!

Fern begriff plötzlich, dass man mit dem Menschen zusammen sein sollte, bei dem man am meisten man selbst sein konnte. Und für sie war Alek dieser Mensch. Er hatte sie noch nie peinlich gefunden oder sie für eines ihrer Dramen oder Missgeschicke gescholten. Im Gegenteil, er war eher ihr Mittäter gewesen und hatte sie ermutigt. Der Umzug nach Prag, zum Beispiel. Zoe und ihre Familie hatten sich Sorgen gemacht, während Alek nicht mal mit der Wimper zuckte.

Alek verstand sie total.

Das war schon immer so gewesen.

«Ist alles in Ordnung?», erkundigte er sich besorgt, während Fern ihn unverwandt anstarrte. «Was ist los? Bist du krank? Sag was, Fern. Du bist plötzlich so weiß!» Mit seinem starken Arm zog er sie zu sich heran, drückte sie fest an seine Brust, strich ihr die Haare aus dem blassen Gesicht und flüsterte ihr auf Tschechisch Koseworte ins Ohr. Sie blickte zu ihm auf, und ihr Herz setzte einen Schlag aus, als sie die Liebe in seinen dunklen Augen sah. Warum war ihr das vorher nie aufgefallen?

Er hielt ihr Gesicht in den Händen und schaute auf sie herab. «Was ist los? Bitte sag's mir, Fern. Du weißt, du kannst mir alles sagen.»

Ihr Magen zog sich zusammen. Konnte sie wirklich? Vielleicht gab es nur eine Möglichkeit, das herauszufinden?

«Alek», flüsterte sie, «es gibt etwas, das du wissen musst, etwas, das ich dir sagen muss. Etwas, das ich tief in mir drin schon ewig weiß. Aber ich war so blöd, dass ich nicht sehen konnte, was direkt vor meiner Nase war.»

Alek sah ihr fest in die Augen, als versuchte er, dort zu lesen, was sie meinte. «Und was genau ist dieses Etwas?», fragte er leise.

Fern schluckte. Sein Gesicht war ihrem so nahe, dass seine weichen Lippen nur einen Kuss entfernt waren.

«Ich hätte das schon vor langer Zeit tun sollen. Ich zeig's dir», flüsterte sie. Dann beugte sie sich vor und tat das Mutigste, was sie je gemacht hatte. Sie küsste Alek.

«O Fern», stöhnte er und zog sie dann so fest an sich heran, dass sie durch den dünnen Stoff seines Hemds sein galoppierendes Herz spürte. «Kannst du dir vorstellen, wie lange ich schon davon geträumt habe, dich zu küssen?»

«Nicht wirklich», krächzte sie.

Alek berührte sanft mit dem Zeigefinger ihre Wange. «Mein ganzes Leben lang», sagte er leise, und dann küsste er sie wieder, und nichts mehr sonst war von Bedeutung, denn alles, woran Fern denken konnte, war, dass sie diesen Kuss nie enden lassen wollte. Sie schmolz wie Eiscreme, so wunderbar war es. Sie liebte die Art, wie Aleks Bartstoppeln an ihrer Backe kratzten und wie sein Mund perfekt zu ihrem zu passen schien. Nichts sonst war wichtig. Und während sie sich küssten, schaukelte das kleine Boot sie sanft über den Wechsel der Gezeiten, jede Welle im Rhythmus ihrer Herzen.

Schließlich lächelten sie sich schüchtern an. Alek strich ihr mit den Händen übers Gesicht, als müsste er sich vergewissern, dass er nicht träumte. Fern begriff, dass sie keine Hellseherin mehr brauchte, die ihr die Zukunft vorhersagen müsste. Ihre Zukunft, ihre Vergangenheit und ihre Gegenwart waren hier und jetzt.

Und nun, wo sie gefunden hatte, wonach sie so lange gesucht hatte, wusste Fern, dass sie ihn nie wieder gehen lassen würde.

Kate Langdon
Abgeblitzt!

Samantha Steele ist 33, angehende Teilhaberin einer Werbeagentur und genießt das großstädtische Singleleben in vollen Zügen. Doch der schöne Unbekannte der letzten Nacht entpuppt sich als glücklich verheirateter Ehemann. Dummerweise ist er außerdem noch Kapitän der nationalen Fußballmannschaft. rororo 24328

Kämpfe, Küsse, Kugelbauch

Nina Brandhoff
Küssen in Serie

Janine ist 28, erfolglose Schauspielerin und dazu auch noch unglücklich verliebt. Aber das soll sich jetzt ändern. Janine ist nämlich fest entschlossen, keinem Mann mehr nachzuweinen. Auch nicht Arthur. Aber der ruft einfach nicht zurück. rororo 24563

Mia Morgowski
Auf die Größe kommt es an

Frauenheld Tom ist zum ersten Mal liiert und es gestaltet sich gar nicht so übel. Bis Luke ihn aufklärt: Routine killt den Sex. Tom ist alarmiert und beschließt, seinen Marktwert zu testen. Doch das viel dickere Problem kommt auf zwei Beinen daher: die hochschwangere Lydia. rororo 25322

BW 25/6

Weitere Informationen in der Rowohlt Revue *oder unter* www.rororo.de